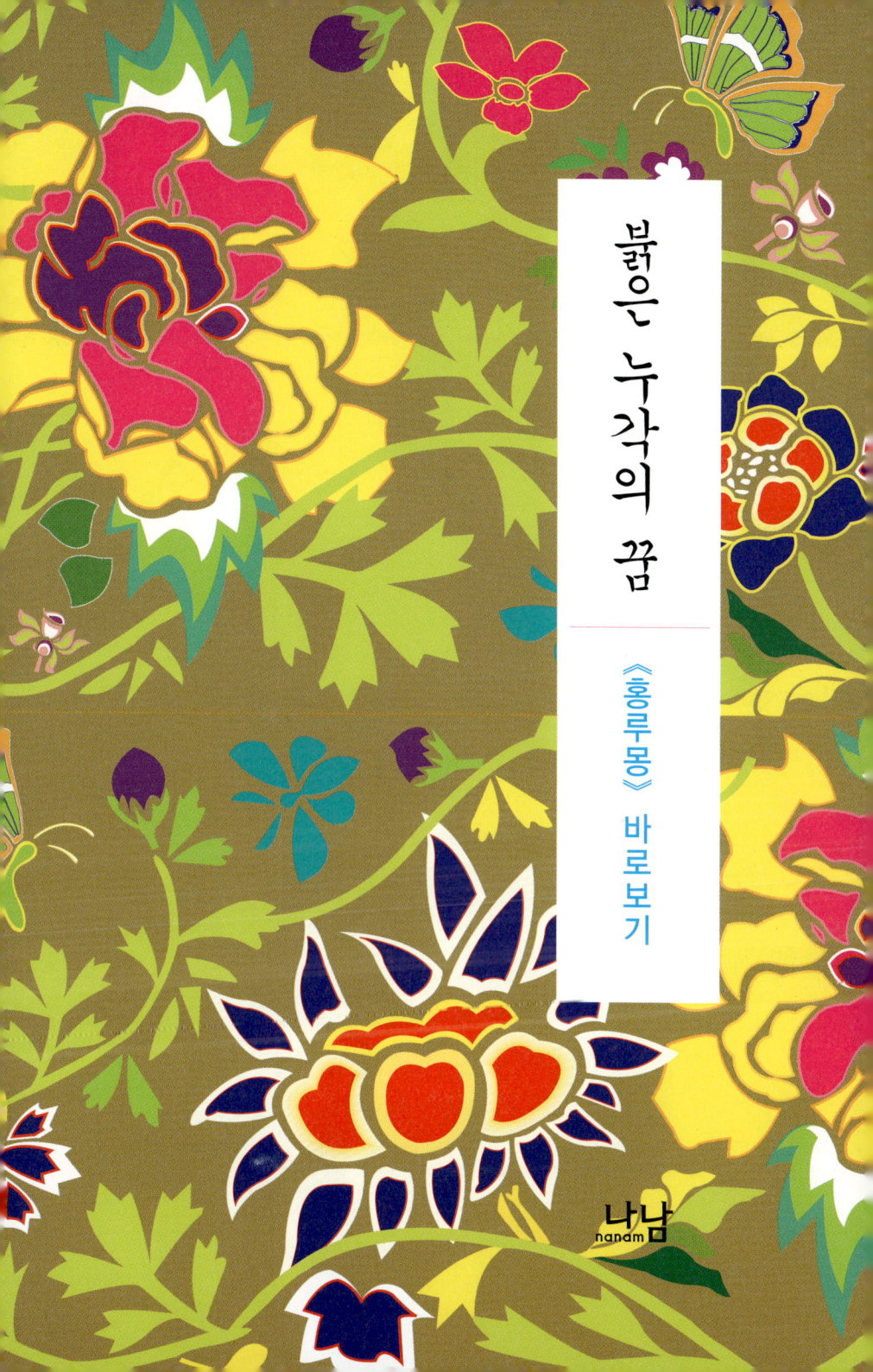

붉은 누각의 꿈

《홍루몽》 바로보기

나남
nanam

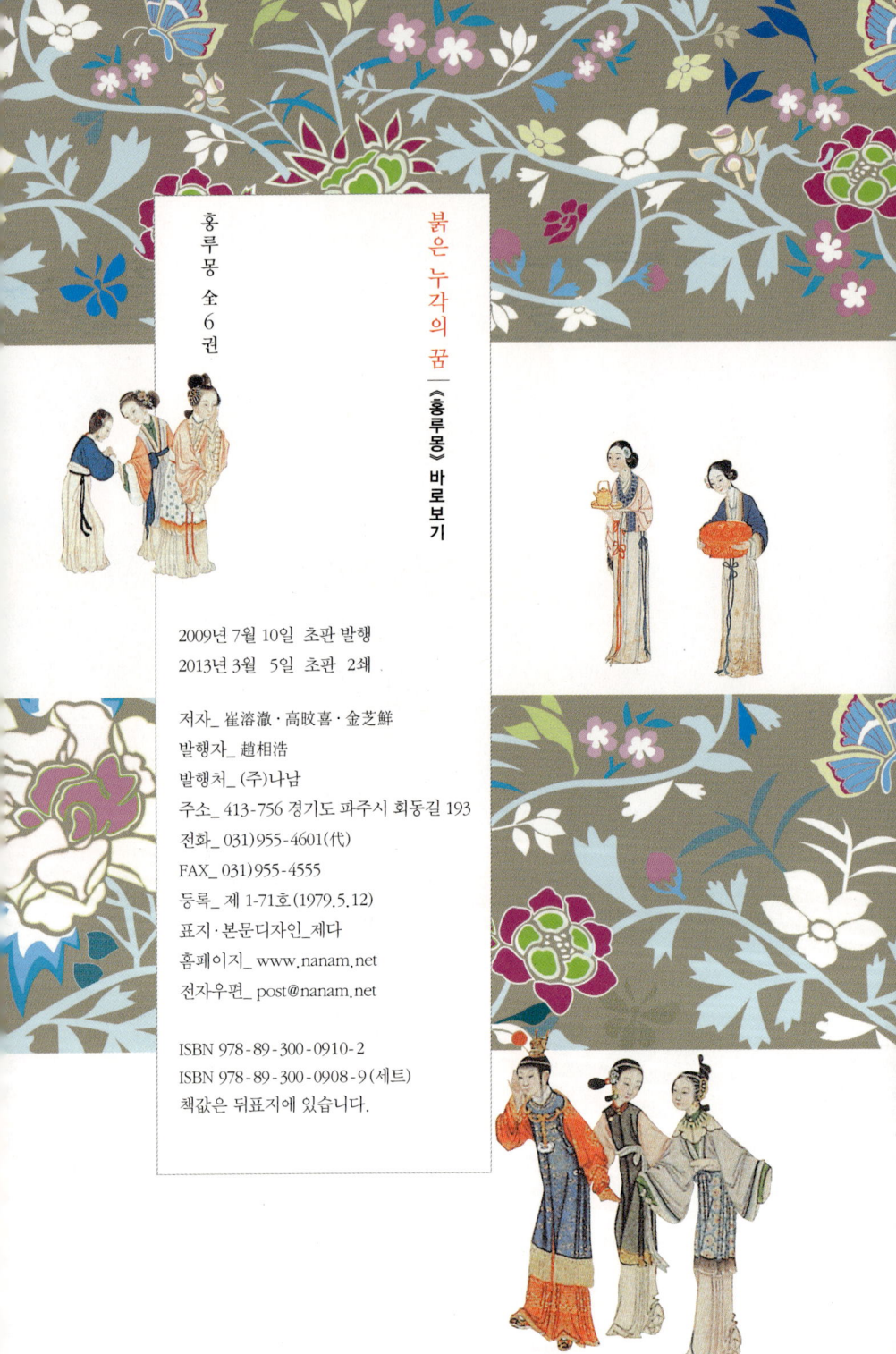

홍루몽 全 6 권

붉은 누각의 꿈 ─ 《홍루몽》 바로보기

2009년 7월 10일 초판 발행
2013년 3월 5일 초판 2쇄

저자_ 崔溶澈·高旼喜·金芝鮮
발행자_ 趙相浩
발행처_ (주)나남
주소_ 413-756 경기도 파주시 회동길 193
전화_ 031)955-4601(代)
FAX_ 031)955-4555
등록_ 제 1-71호(1979.5.12)
표지·본문디자인_제다
홈페이지_ www.nanam.net
전자우편_ post@nanam.net

ISBN 978-89-300-0910-2
ISBN 978-89-300-0908-9(세트)
책값은 뒤표지에 있습니다.

Grand view of the *Dream of Red Mansions*

紅樓夢

붉은 누각의 꿈

《홍루몽》 바로보기

최용철 · 고민희 · 김지선

나남
nanam

청경봉 아래 스님과 도사가 돌을
인간세상에 데려가기로 하다.

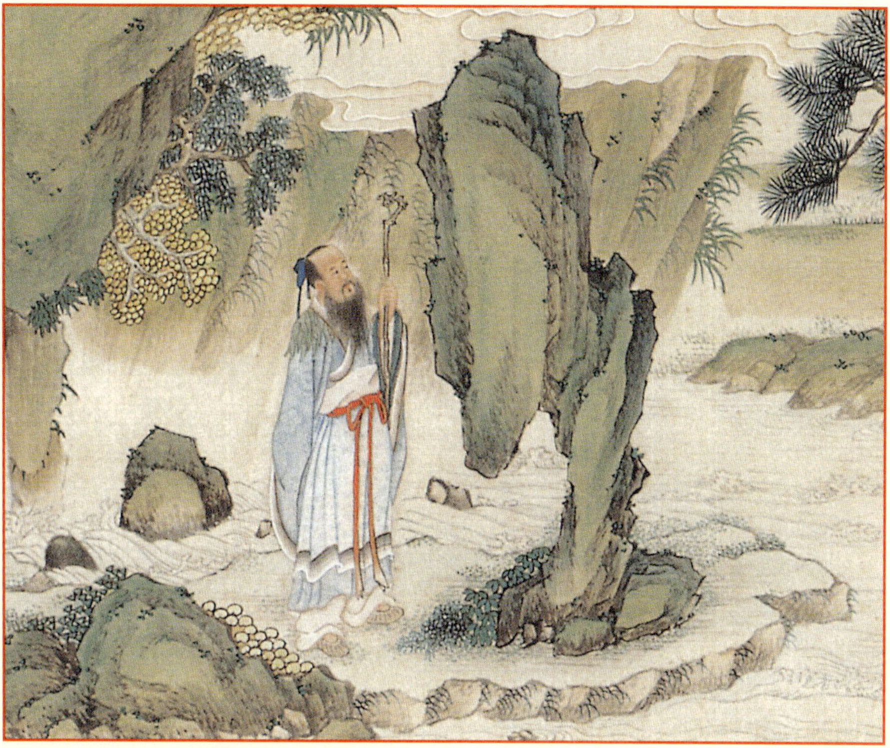

제
1
회

공공도인이 청경봉 돌 위에 적힌
이야기를 읽고 세상에 전하다.

대옥이 가우촌을 따라 상경하다.

보옥과 대옥이 첫 대면하는 날
보옥이 통령보옥을 내던지다.

보옥이 꿈속에서
태허환경을 노닐다.

제
13
회

왕희봉이 녕국부를
관리하다.

제
5
회

보옥이 태허환경에서
홍루몽곡을 듣다.

진가경의 장례를
호화롭게 치르다.

원춘귀비의 친정 나들이.

❀

귀비가 성대한 연회를 베풀고
대관원을 명명하다.

원춘 귀비 배 타고
대관원 노닐다.

❀

보차의 생일날 잔치를 열고
연극을 구경하다.

제
22
회

대보름날 귀비가 보낸
등불 수수께끼를 풀며 즐기다.

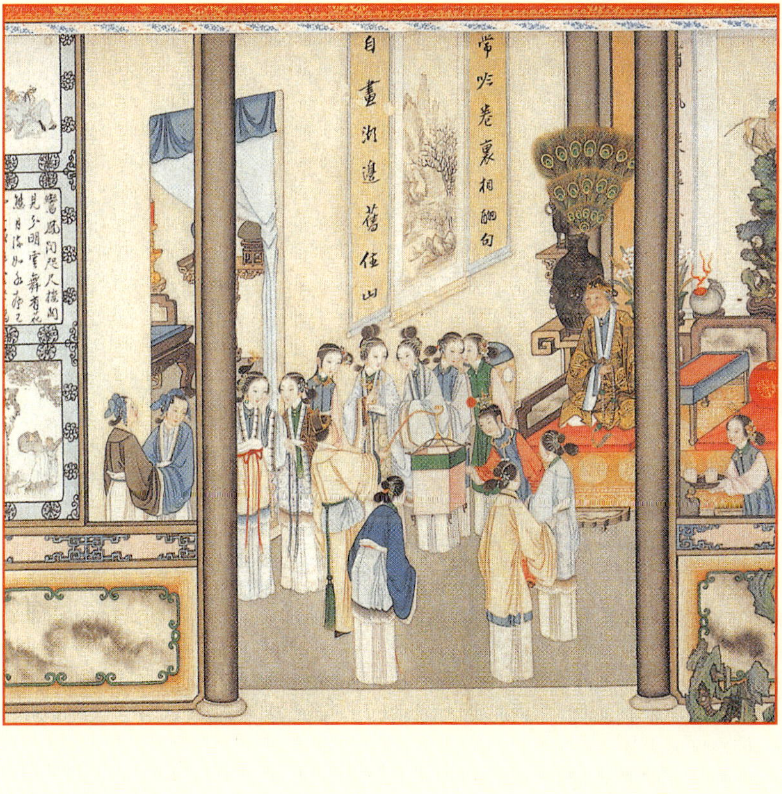

보옥은 심방갑에 앉아
《회진기》를 읽고,
대옥은 떨어진 꽃잎을 긁어모아
꽃무덤을 만들다.

제
23
회

제
27
회

❀

보차가 적취정에서
호랑나비를 잡으려 하다.

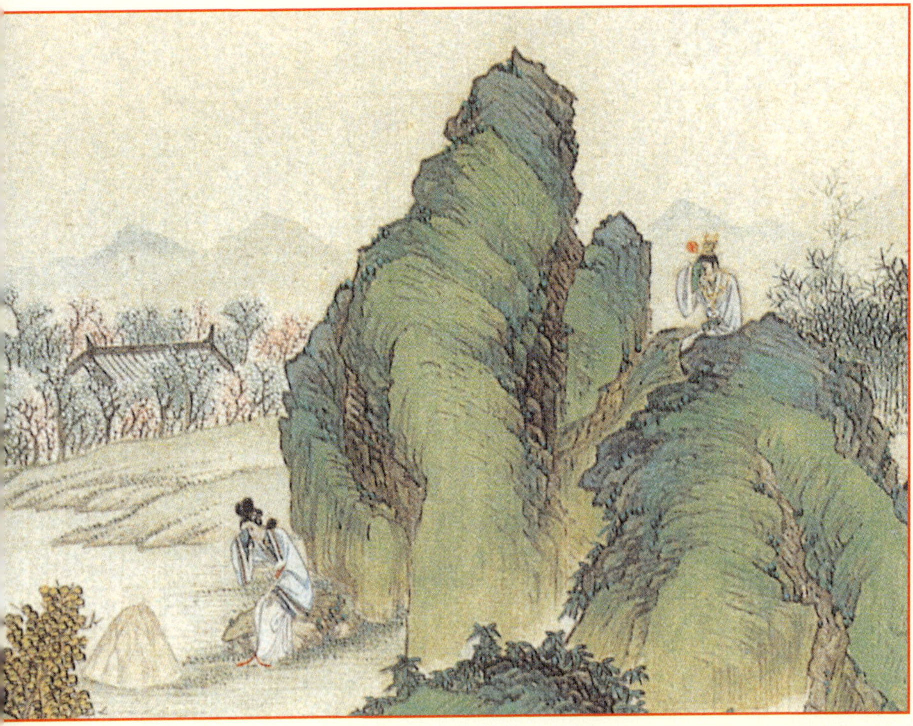

제
28
회

꽃무덤가에서 대옥은

덧없는 청춘을 슬퍼하며 눈물짓다.

보옥이 가정에게
호되게 매를 맞다.

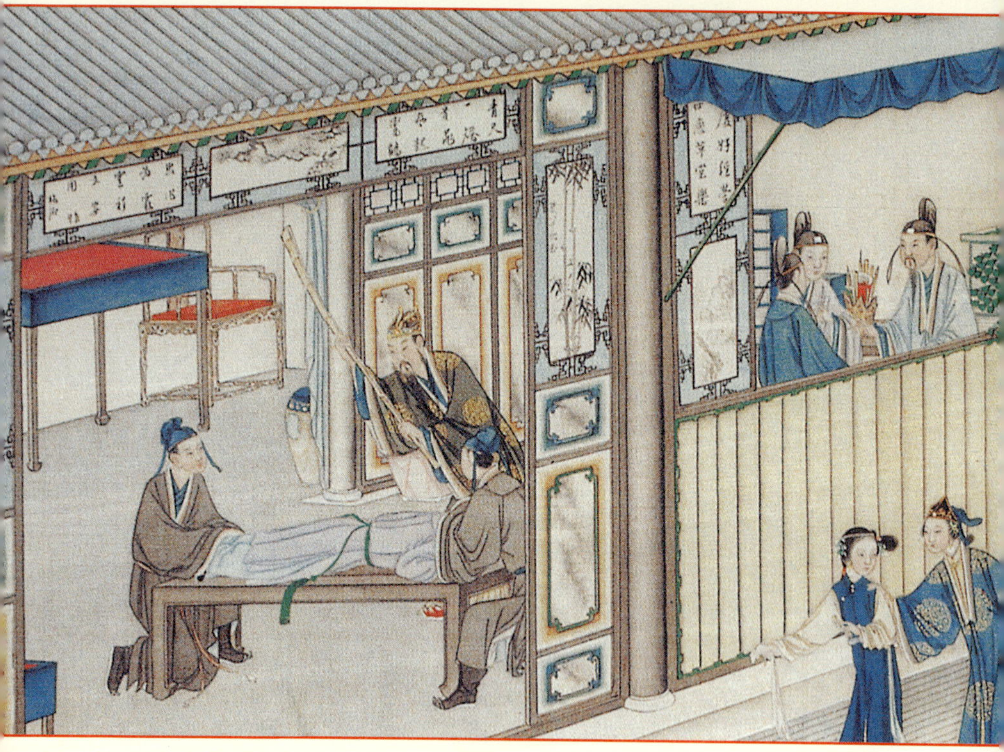

제
34
회

대옥이 보옥의
병문안을 하다.

❀

추상재에서 해당사를 결성하다.

❀

유노파가 처음으로
대관원을 구경하다.

우향사에서 게 연회를 벌이다.

제 38 회

가모가 대관원에서
연회를 베풀다.

보옥이 수선암에서
몰래 분향하다.

제
41
회

❧

보옥이 농취암에서
묘옥의 대접을 받다.

가련이 몰래 재미를 보다
희봉에게 들키다.

향릉이 대옥에게
시를 배우다.

눈 내린 날 노설암에서
사슴고기를 구워먹다.

눈 내린 농취암에
매화향기 가득하다.

제
52
회

청문이 병든 몸으로
보옥의 공작털 외투를 기워주다.

섣달 그믐날 녕국부에서
제사를 지내다.

제
53
회

대보름날 저녁
영국부에서 잔치를 베풀다.

강남의 진씨 일가가 상경하여
가부를 방문하다.

제
57
회

자견이 보옥의 속마음을 떠보다.

장미초와 말리분으로
말다툼이 일어나다.

자매들이 한가롭게 바둑 두고
물고기 구경하다.

제
62
회

사상운이 술에 취해
꽃그늘 아래 잠들다.

❀

이홍원에서 보옥의
생일잔치를 열다.

우삼저가 치욕을 못 이겨
원앙검으로 자결하다.

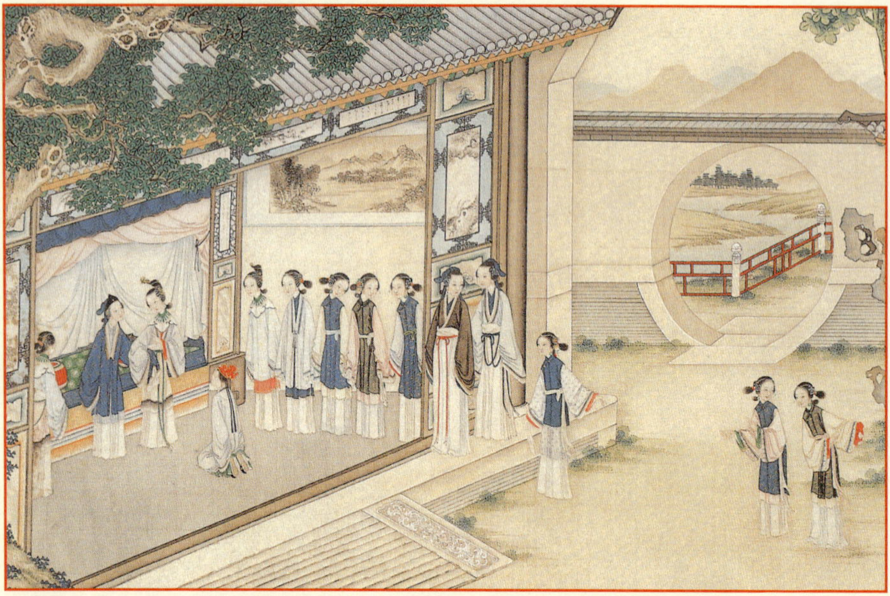

제
68
회

희봉이 우이저의 일로
녕국부에서 소동을 일으키다.

❀

대옥이 도화사를
다시 결성하다.

보옥과 자매들이
연날리기를 하다.

❀

대관원을 수색하다.

가모의 팔순 잔치를 열다.

제
77
회

청문이 억울하게
이홍원에서 쫓겨나다.

보옥이 죽은 청문을
그리워하며 제문을 짓다.

향릉이 설반에게
모진 구박을 당하다.

제
82
회

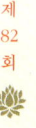

대옥의 병이 깊어지다.

제
81
회

탐춘, 이문, 이기, 형수연이
낚시로 운수를 점치다.

보옥이 서당에서 경서를 풀이하다.

❀

대옥의 꿈속에서 보옥이
자기의 마음을 보여주겠다면서,
칼로 심장을 도려내려 하다.

가모, 형부인, 왕부인, 희봉이
귀비의 병문안을 하다.

❀

대옥이 보옥에게
금보(琴譜)를 설명해주다.

제
87
회

❁

대옥은 사연있는 물건들을 보고,
보옥과의 옛일을 회상하며 눈물짓다.

보옥이 죽은 청문을 그리워하며
홀로 향을 사르다.

제 89 회

대옥이 보옥과 보차의 혼인말을 듣고, 몸져 자리에 눕다.

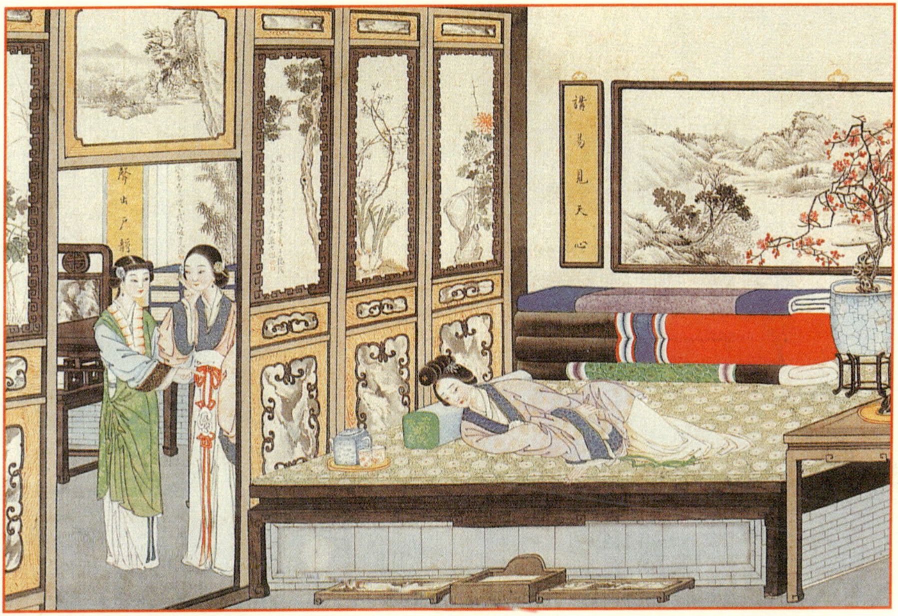

제 97 회 ✿ 대옥은 죽기 전에 손수건과 시고(詩稿)를 화로에 던져 불태우다.

제 97회 🪷 보옥이 보차와 혼례를 치르다.

보옥이 죽은 대옥의
영전을 찾아가다.

제
98
회

❀

가엾은 대옥의 혼백
선계로 돌아가다

희봉이 달밤에 유령을 만나다.

대관원에서 법력으로
요괴를 몰아내다.

제
110
회

✿

가모가 천수를 다해
이승을 떠나다.

제

111
회

원앙은 가모를 따라
목숨을 끊고 태허환경으로
돌아가다.

❀

가부가 비어있는 틈을 타
종놈이 도둑떼를 끌어들이다.

春風如聽古人書

❀

희봉은 유노파에게
교저를 맡기다.

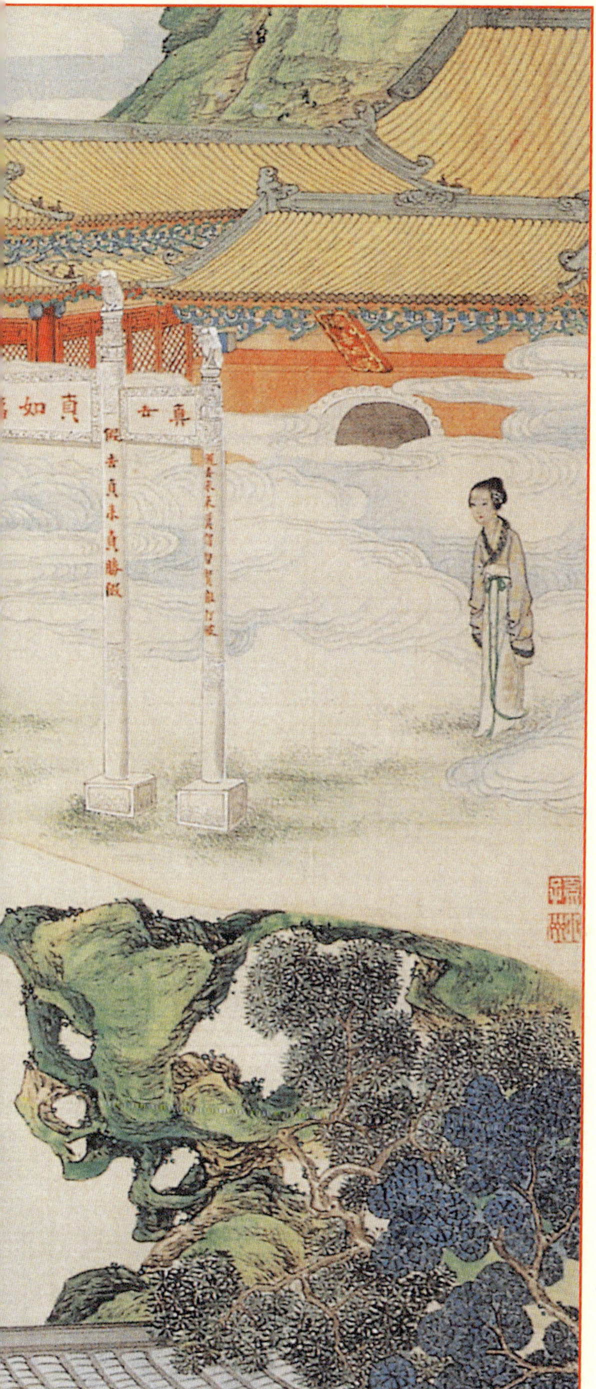

제
116
회

보옥은 정신을 잃고 꿈속에서 태허환경으로 들어가다.

가정이 어머니의 영구를
고향으로 모셔가다.

보옥이 통령보옥을
중에게 돌려주려 하자
습인과 자견이 말리다.

눈밭에서 보옥이 가정에게
하직인사를 올리다.

제
120
회

진사은은 스님과 도사를 만나
돌이 청경봉 아래로 돌아갔음을
듣게 되다.

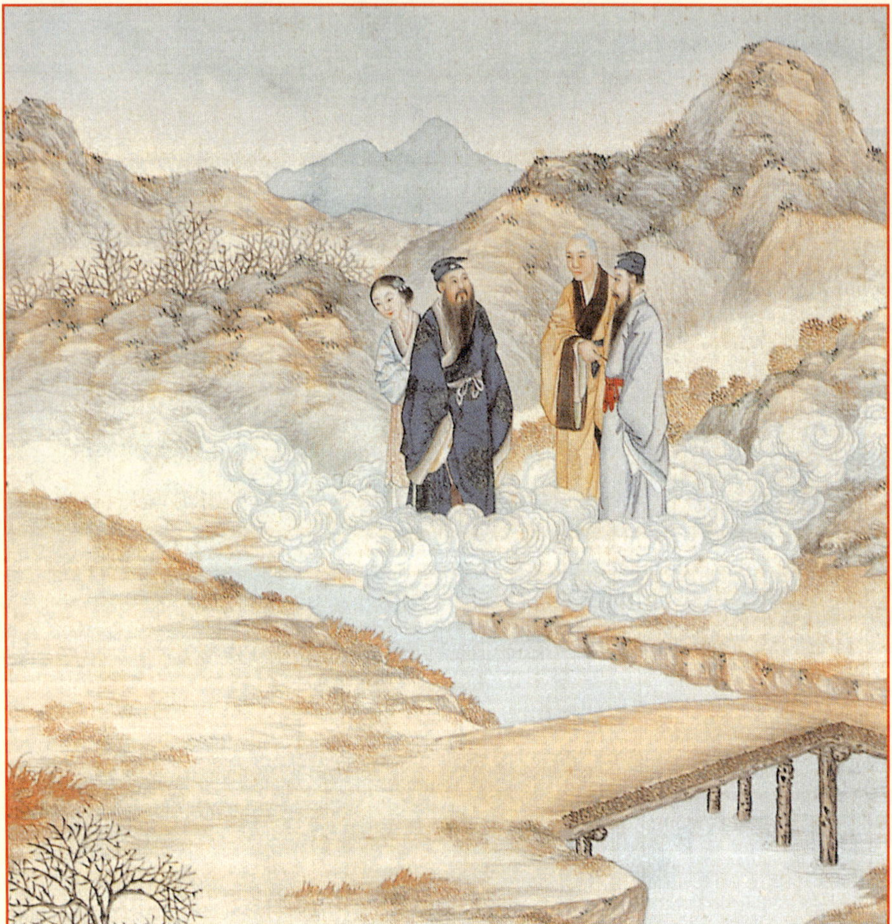

팔려갈 위기에 처한 교저
유노파가 구하다.

중국인에게 있어서《홍루몽》은 영원한 마음의 고향이라고 할 수 있을 것 같다. 그들과 말을 나누고 그들의 삶의 모습을 살펴보다 보면《홍루몽》에 대한 기억이 곳곳에서 묻어나고 있음을 발견하게 된다.《홍루몽》에 대한 중국인의 관심은 예나 지금이나 늘 현재진행형이다. 전통 시기에는 속서(續書)를 비롯하여 설창(說唱), 무용, 곡예 등 다양한 민간 예술로 개작되었고, 현대에 이르러서는 회화, 음악, 연극, 드라마, 영화 등 여러 방면에서 창조적 영감의 원동력이 되고 있다.《홍루몽》은 지나간 '과거'의 흔적이 아니라 여전히 오늘의 중국인과 함께 살아 숨쉬는 '현재'의 문화인 것이다. 이 때문에《홍루몽》은 가장 중국적인 문화유산으로 꼽히며, 중국 고유의 사유 방식과 문화 원형을 이해할 수 있는 중요한 텍스트로 평가받고 있다.

분명 오늘날 중국인의 가치관과 인생관에서《홍루몽》이 차지하는 의미는 하나의 고전 그 이상의 것이다. 그것은 '홍루문화'라는 문화현상의 원형이자 실체이고, 끊임없이 고증하고 토론하고 논쟁을 통해 재현해야할 대상이다. 소설 속의 가씨집안 사람들이 그 옛날에 무엇을 먹고 살았으며 어떤 공간에서 어떻게 지냈었는지에 대해 언제나 뜨거운 관심을 갖고 있다. 소설의 무대인 대관원(大觀園)은 북경과 상해를 비롯하여 중국 곳곳에서 재현되고 있으며 이를 학문적으로 고증하려는 움직임이 부단히 일어나고 있다. 또한

《홍루몽》의 음식문화를 재현한 홍루연(紅樓宴)은 거의 해마다 개최되고 있고, 《홍루몽》을 드라마나 연극, 영화로 만들 때마다 각 기획사에서는 홍학 전문가를 초빙하여 당시의 생활상을 고증하여 정확하게 재현하려는 노력을 아끼지 않는다. 이러한 몇 가지만 보더라도 《홍루몽》이 중국인들의 문화와 정신세계에서 차지하는 자리가 얼마나 큰지 알 수 있다.

《홍루몽》의 가치와 의미가 이렇게 깊은 만큼, 중국과 대만, 싱가포르 등의 중화문화권은 물론 일본과 구미 각지의 중국학계에서도 일찍이 《홍루몽》에 대해 주목하였고 그 연구 또한 광범위하고 심도 있게 다루어져왔다. 한국에서도 그동안 홍학 연구의 성과가 상당히 축적되었고 최근에는 더욱 다양한 방법론이 제기되고 있는 실정이다. 하지만 이러한 학술적인 토대에도 불구하고 국내에서 이에 대한 대중적인 관심은 그다지 확산되지 않았다. 더욱이 《삼국지연의》에 쏟아지는 지대한 관심과 비교하면 더욱 대조적이다. 《삼국지연의》의 경우, 꾸준히 새로운 번역본이 출판되고 여러 작가들에 의해 개작되기도 하였으며 아동 서적, 영상 서사, 게임 서사 등 다양한 매체를 통해 끊임없이 재창조되고 있다. 사실 다른 어떤 고전보다도 《홍루몽》에 대한 애정이 지극한 중국인의 시선에서 볼 때, 유독 《삼국지연의》에만 열광하는 한국의 독서취향은 다소 기형적이라고 볼 수도 있을 것이다.

이러한 문화현상 이면에는 여러 가지 원인이 있겠으나 근본적인 원인은 《홍루몽》의 풍부한 내용과 의미를 다양한 각도에서 접근하고 소개하는 방법론이 적극적으로 제기되지 못했던 점에 있다. 작가는 자신의 경험을 바탕으로 대관원에서 일어나고 있는 지극히 평범한 일상들을 지나치리만큼 세세하게 묘사하는데, 문화적 배경에 대한 이해가 부족한 외국 독자들에게 이러한 묘사들은 자칫 지루하거나 재미없는 부분으로 다가갈 수 있다. 한국 독자들에게 《홍루몽》이 절실하게 다가오지 않는 이유 중 하나가 바로 당시 사회적 배경과 그 문화적 맥락에 대한 이해 부족에 있다고 해도 과언이 아닐 것이다.

이 책의 기획은 바로 이러한 문제의식에서 이루어진 것이다. 《홍루몽》이 가진 섬세함을 외국어로 표현하기가 얼마나 어려운지는 중국인 독자들도 스스로 인정하고 있다. 소설을 위한 작품인지, 시를 위한 작품인지 구분하기 어려울 정도로 시가를 많이 삽입하고 있는 것은 물론이고 500명이 넘는 등장인물 개개인의 성격과 개성을 살려가며 번역하는 작업은 엄청난 내공을 필요로 하는 것이었다. 그 중에서도 더욱 까다로운 것은 과거의 상황을 번역하면서 그 문화적 배경도 함께 담아내는 것이다. 《홍루몽》은 여러 세대를 거치면서 응집된 문화 현상들이 고스란히 배어있는 작품이기에 이에 대한 배려 없이 번역하기란 불가능한 일이다. 하지만 번역문에 일일이 각주를 달아 설명을 곁들이면 자칫 독서의 흐름을 방해할 것이고, 간략하게 줄이거나 생략하면 전후의 맥락을 이해하지 못하는 독자들이 작품을 난해하게 받아들일 수 있을 것이다. 이 책은 《홍루몽》에 대한 폭넓은 이해와 감상뿐 아니라 중국의 문화적 배경에 대한 이해를 돕기 위해 번역서의 자매편으로 기획된 해설서다.

이 책의 구성은 크게 '쉽게 읽기', '깊이 알기', '넓게 보기' 세 부분으로 되어있다. 먼저 초보적인 독자를 위해 '쉽게 읽기'를 마련하여 작품의 줄거리, 인물과 배경, 전반 5회에 나오는 시의 상징, 작자와 판본에 대해 알 수 있도록 하였다. 다음으로 보다 세심한 독자를 위해 '깊이 알기'를 준비하여 이 책의 주제와 구성, 언어예술과 시대적 상황, 연구사 등에 관한 내용을 소개하였다. 작품에 내재된 예술성과 사상성, 작가의 치밀한 표현기법 등을 분석함으로써 이 책의 문학적, 학술적 가치를 이해할 수 있게 될 것이다. '넓게 보기'에서는 작품의 문화적 토대를 이루는 음식, 복식, 건축, 놀이, 풍습 등 다양한 문화 현상에 대해 설명하고 관련 그림도 함께 제시하여 보다 생생한 홍루문화를 느낄 수 있도록 하였으며 연극과 영화, 드라마 등 다양한 현대적 매체로 재해석된 모습을 소개하여 21세기 학술과 문화의 코드로 부상하는 《홍루몽》의 가치와 의미를 음미해 보았다. 그림 자료의 경우, 청대 손온(孫

蘊)의 《전본홍루몽(全本紅樓夢)》과 개기(改琦)의 《홍루몽도영(紅樓夢圖詠)》을 비롯하여 현대에 나온 홍루문화 관련 저술을 널리 참조하였다.

메마르고 궁핍한 영혼으로 살아가는 현대인들에게 《홍루몽》은 이상향과도 같은 그리움의 대상이 될 것이다. 그곳은 감성과 시의(詩意)가 충만한 공간이고, 세상의 모든 추악함으로부터 벗어나 유유자적할 수 있는 세계이기도 하다. 하지만 그곳으로 가는 길은 결코 쉽지 않다. 왜냐하면 그곳은 고통과 허무, 눈물과 회한 등 고단한 삶의 아픔과 사랑의 상처를 겪은 사람들만이 진정으로 도달할 수 있는 곳이기 때문이다. 때로 고통스럽고 험난하기도 하겠지만 《홍루몽》이라는 이상향에 도달하기 위한 수많은 감성의 곡절들은 다시 우리의 감성과 영혼을 풍요롭게 해줄 것이다. 《홍루몽》을 읽는 것은 인간의 진실과 인생의 진정한 의미를 배우는 길이다.

이 책이 독자 여러분의 곡절 많은 항해를 함께 할 진정한 등대가 되어주기를 바랄 뿐이다.

최용철·고민희·김지선

제1부

홍루몽 쉽게 읽기

《홍루몽》

제목에 얽힌

사연들

《홍루몽紅樓夢》이란 무슨 뜻인가. 글자대로 풀이하면 '붉은 누각의 꿈'이다. '누樓'는 부잣집 후원에 지어진 아름다운 전각을 가리킨다. 붉은 누각, 그 화려한 곳에는 귀한 집안의 딸들이 살고 있다. 그곳은 여인들의 천국이자 청춘이 피어나는 아늑한 정원이다. 하지만 인생의 봄날은 결코 길지 않다. 그 따스함과 노곤한 기쁨을 잠시 즐기다 보면 어느새 봄은 저만치 가버리고, 흐드러지게 피었던 꽃잎도 어느덧 우수수 떨어진다. 청춘은 그렇게 소리 없이 사라진다. 그래서 붉은 누각에서 꾸는 꿈은 짧고도 아름다운 청춘의 꿈이요, 봄날의 꿈이다. 인생은 한바탕 꿈이라고 하지 않았던가. 《홍루몽》은 바로 꿈이라는 은유를 통해 인생의 허무함을 절절한 심정으로 노래한다.

　현재 전해지는 《홍루몽》이라는 제목은 사실 본래 제목이 아니었다. 심지어 초기 필사본에서 '홍루몽'은 아예 제목으로 쓰인 적이 없고, 가보옥이 꿈에서 들은 〈홍루몽곡紅樓夢曲〉이라는 노래의 제목에 나오는 정도였다. 그런데 중간에 어떤 변화를 거쳤는지, 무슨 사연이 있었는지 몰라도 조설근曹雪芹이 죽은 지 30년 만에 나온 목활자 간행본에는 '석두기'가 아니라 '홍루몽'

이 제목으로 붙여진 것이다. 그 후부터 작품의 제목은 '홍루몽'으로 굳어졌다. 이는 많은 사람들이 '홍루몽'이 책의 내용과 주제를 나타내는 데 가장 적합하다고 판단한 결과라 하겠다.

《홍루몽》제1회에는 이 책의 유래를 밝히는 문장이 보인다. 여기에는《석두기》와《홍루몽》외에도《정승록情僧錄》,《풍월보감風月寶鑒》,《금릉십이차金陵十二釵》등 여러 제목이 소개되고 있다. 특히 작품 속에서 작자가 스스로 밝히고 있다는 점이 특이한데, 각각의 의미를 살펴보면 작품의 주제를 쉽게 이해할 수 있다.

> 이로부터 공공도인空空道人은 공空을 통해 색色을 보고 색에서 정情이 일어나 다시 정을 전하면서 색으로 들어가고, 색에서 공을 깨닫게 되었으니 이름을 정승情僧으로 바꾸고,《석두기》를《정승록》이라 하였다. 동로東魯의 공매 계梅溪는 이 책의 제목을《풍월보감》이라 하였고, 또 오옥봉吳玉峰은《홍루몽》이라고 하였다. 훗날 조설근이 도홍 헌悼紅軒에서 십년간 읽으면서 다섯 차례나 내용을 더하고 빼고 하여 목록을 편성하고 장회를 나누어 제목을《금릉 십이차》라고 하였다.

먼저,《홍루몽》의 원제인《석두기》에서 석두石頭는 돌이라는 뜻이다.《석두기》는 글자 그대로 풀이하면 '돌의 이야기'이다.《홍루몽》에서 돌의 내력은 여와보천女媧補天이라는 신화와 관련이 깊다. 옛날 천지에 홍수가 나고 큰 혼란이 일어났을 때, 여와는 돌을 달구어 하늘에 난 구멍을 메웠다. 이때 쓰이지 않은 돌 하나가 청경봉青埂峰 아래에 버려져 있다가 스님과 도사를 우연히 만나 인간으로 환생하게 된다. 이 돌이 가보옥의 전신前身이다. 돌은 19년을 살다가 인생의 깨달음을 얻고 다시 청경봉 아래의 돌로 돌아온다.《석두기》는 바로 '가보옥으로 환생

석두기

한 돌이 온갖 경험을 겪는 이야기'를 중심 줄거리로 부각시킨 제목이다.

그렇다면 여기에서 우리는 "이야기의 주인공이 왜 돌인가?"라는 질문을 제기해볼 수 있다. 사실 이 돌은 그냥 평범한 돌이 아니라 여와의 손길을 거친 뒤에 영기가 통한 돌이다. 중국신화에서 여와는 인류를 창조한 여신이자 땅, 다산, 풍작을 상징하는 대지모신大地母神이다. 돌 역시 전 세계의 민속에서 다산, 풍작의 상징과 연관되어 있다. 이렇게 볼 때, 가보옥에게는 만물을 감싸고 끌어안는 여신의 이미지가 투영되어 있음을 알 수 있다. 모신의 현현인 가보옥은 세상의 모든 차별과 불평등을 감싸 안고, 온갖 생명이 없는 미물에게도 온정을 베푼다. 이러한 배경은 가보옥의 여성스러운 기질을 이해하는 데 핵심이 된다.

다음으로 《정승록》의 경우, 속세와의 인연을 끊어야 하는 수도승과 '정情'이라는 단어의 조합은 언뜻 보기에 모순처럼 보인다. 하지만 《홍루몽》에서 구현하고자 하는 정은 단지 남녀간의 정만을 의미하지 않는다. 그것은 남녀의 정이라는 경계를 넘어 우정이나 박애처럼 인간과 인간 사이의 정을 의미하기도 하고, 새나 나무, 꽃 등 우주의 모든 미물에 대한 정까지 포괄한다. 진정한 깨달음이란 텅 비어있는 '무無'에서 이루어지는 것이 아니라 지극히 평범한 인간의 삶 속, 즉 '정'에서 얻어지는 것이다. 이 때문에 공공도인은 '공'이 아닌 '정'을 통해 진정한 깨달음을 얻게 되었고, 스스로 이름을 정승으로 바꾼 것이다.

'진정眞情'은 작자가 작품을 통해 드러내고자 무던히도 애쓴 주제 중 하나이다. 세상을 살아가는 인간에게 진실로 가치 있는 것은 부귀공명을 쫓는 헛된 꿈이나 탐욕에 충실한 욕망이 아니라 인간의 지극한 마음이다. 그래서 진정은 세상의 모든 부조리와 추악함, 억압과 싸울 수 있는 힘이 된다. 이러한 의도를 가장 잘 살린 제목은 《풍월보감》이라 할 수 있다. 《풍월보감》에서 '풍월風月'은 남녀간의 정욕에 대한 은유이며, '보감寶鑒'은 그것을 비추어 경계하는 거울을 의미한다. 풍월보감은 총 120회 중 제12회에 단 한 번 등장하지만, 진정을 추구하는 작자의 주제의식을 상징하는 중요한 도구가 된다.

　제12회에서 절름발이 도사가 가져온 풍월보감은 매우 신령스러운 거울이다. 가서賈瑞가 병이 나 어떤 약을 써도 차도가 없던 중, 절름발이 도사가 나타나 거울을 주면서 정면을 보지 말고 뒷면만 보라고 신신당부한다. 뒷면을 비춰본 가서는 거울에 해골이 나타난 것을 보고 깜짝 놀란다. 그래서 이번에는 정면을 보았더니 아름다운 왕희봉王熙鳳이 가서를 유혹하고 있었다. 결국 가서는 그 유혹을 뿌리치지 못하고 거울 속으로 빠져 들어가 죽는다. 여기에서 아름다운 여인의 모습이 나타난 거울의 정면은 인간의 욕망을 상징한다. 반면 해골이 비춰진 뒷면은 인생의 본질을 나타낸다. 작자가 풍월보감이라는 신비한 거울을 통해 말하고 싶었던 주제는 바로 인간의 욕망은 헛되고 부질없는 것이며, 인생의 본질은 결국 죽음이라는 것이었다.

　한편 조설근이 도홍헌에서 10년간 읽으면서 다섯 차례나 내용을 빼고 붙이고 하여 장회를 나누고 제목을 《금릉십이차》라고 하였다고 했는데, 실제로 이 제목이 정식 제목으로 쓰인 적은 없다. '금릉십이차'에서 '금릉金陵'는 오늘날 남경南京으로, '십이차十二釵'는 12개의 비녀를 가리킨다. 《금릉십이차》는 풀이하면 '금릉의 열두 여인들의 이야기'로 이야기의 중심이 남자 주인공 가보옥이 아닌 열두 여인에 있음을 표방한 제목이다. 《홍루몽》은 그야말로 여성들의 이상향이 재현된 공간이다. 작자는 진실한 감성을 품으며 살아갔던 여인들에게 무한한 동경심을 표하였고, 남자보다 훨씬 뛰어난 재주를 지녔지만 슬픈 운명을 겪어야만 했던 여인들에게 한없는 애도를 보냈다. 작자의 이러한 심정이 《금릉십이차》라는 제목에 그대로 표현되었다.

　또한 앞의 인용문에서 오옥봉이 책 제목을 《홍루몽》으로 하였다고 했는데, 오옥봉이 누구인지 현재 전해지는 자료는 거의 없다. 오옥봉과 《홍루몽》에 대한 언급은 《갑술본甲戌本》에만 나오며 다른 판본에서는 보이지 않는다. 그러한 상황에서 《홍루몽》이라는 제목이 오늘날까지 남아서 사용되고 있다는 점이 호기심을 불러일으킨다. 《갑술본》의 본문 앞에는 '범례凡例'라는 대목이 첫머리를 장식하고 있다. 거기에 《홍루몽》의 제목과 관련하여 다음과 같은 문장이 전해진다.

【범례凡例 홍루몽 지의旨義】
　이 책의 제목은 아주 많다. 하지만 《홍루몽》이 그 중 전체를 아우르는 이름이다. 또한 《풍월보감》은 남녀사이의 정을 경거망동 하지 말라고 경계하는 뜻이고, 《석두기》는 돌이 자신의 경험을 기록한 이야기라는 뜻이다. 이 세 가지 제목들은 모두 작품에서 제시된 바가 있다. 예컨대 가보옥이 꿈속에서 들은 곡의 제목이 〈홍루몽십이곡〉이었으니 이는 《홍루몽》이라는 제목과 연관성이 있다. 또 가서가 병중에 절름발이 도사로부터 '풍월보감'이라는 거울을 받는 것은 《풍월보감》이라는 제목과 연관성이 있다. 그리고 공공도사가 지난날의 사연을 기록한 돌을 발견하는 것은 《석두기》라는 제목과 연관성이 있다. 이 외에도 《홍루몽》을 《금릉십이차》라고도 하였는데, 그 제목을 살펴보면 필시 금릉의 열두 여인에 관한 이야기라는 것을 나타낸다. 하지만 전체 작품을 검토해보면 여러 계층의 여인들이 망라되어 있으니 어찌 열두 여인에만 그칠 것인가. 그 중에서도 열두 명이 구체적으로 누구인지 분명히 밝히고 있지 않으니, 제5회에서 금릉십이차의 예언시와 〈홍루몽십이곡〉에서 고찰이 가능할 따름이다.

　여기에서 우리가 주목할 부분은 "《홍루몽》이 그 중의 전체를 아우르는 제목이다"라고 한 구절이다. 정작 이 필사본은 《석두기》를 제목으로 삼았으나, 《홍루몽》이 작품 전체를 아우르는 제목이라고 지적한 것은 흥미로운 점이다. 비록 작품이 담고 있는 내용이 풍부하고 방대하여 하나로 압축하기에 어려운 감이 있지만, 총괄적으로 보았을 때 인생의 허무함을 노래한 것이 《홍루몽》의 가장 큰 주제라고 보아도 무방할 것이다.

　아무리 부귀영화를 누리는 거대한 가문도, 어여쁜 여인들의 모습과 청춘도 결국 물거품과 꿈같이 슬픔만 남기고 사라지는 것이다. 남가일몽南柯一夢의 깨우침은 이렇듯 《홍루몽》에 이르러 심오한 예술적 경지로 승화되었다.

　작품 속에서 언급된 제목 외에도 청말에 《홍루몽》이 금서가 되었을 때

《금옥연金玉緣》이란 제목이 잠시 사용된 적이 있었다. 물론 작자가 이 제목을 직접 사용한 적은 없고, 훗날 서적의 전파과정에서 붙여진 제목이다. 이야기의 중심을 가보옥과 임대옥의 사랑에 두지 않고, 가보옥과 설보차의 현세의 인연, 즉 '금옥양연金玉良緣'에 두었다는 점이 특이하다. 아무리 전생으로부터 맺어진 인연이 깊더라도 현실에서의 인연이 더 중요하다는 믿음이 반영된 제목이라 하겠다.

《홍루몽》을 지칭하는 제목들이 많고 다양한 것은 그만큼 《홍루몽》이 포괄하고 있는 주제의식이 광범위하다는 것을 보여준다. 《홍루몽》을 지칭하였던 여러 제목의 의미와 유래들을 살펴보면 작품이 형성되어온 복잡한 과정을 이해할 수 있고, 다양한 시각과 측면에서 《홍루몽》을 파악하는 계기를 얻을 수 있다. 이처럼 《홍루몽》은 심오하면서 진지한 인생의 주제를 던져주면서 마치 팔색조와 같은 변화무쌍한 모습으로 독자들에게 다가온다.

등장인물

소개

권문세가인 가씨賈氏 집안을 주 무대로 곡절 많은 이야기들이 펼쳐지는《홍루몽》에는 무려 500여 명의 인물이 등장한다. 하나의 문학 작품에서 이처럼 수많은 인물이 등장하여 풍부하고 방대한 이야기를 만들어가는 사례는 전 세계적으로도 찾아보기 힘들다. 더욱이《홍루몽》의 인물들은 숫자 면에서도 엄청난 규모를 보여주지만, 한두 차례 출현했다가 사라지는 주변인물도 모두 뚜렷한 개성을 지니고 있어《홍루몽》의 예술적 가치를 높여준다. 작자는 이처럼 고도로 계산된 창작구상에 따라 플롯 하나하나를 만들고, 그에 따라 이야기를 전개하는 한편, 엑스트라에 불과한 인물에도 그 인물을 등장시킨 이유와 역할을 부여하고 있다. 이러한 수많은 인물의 다양한 에피소드가 얽히고설키면서 120회에 달하는 거대한 장편소설이 완성된 것이다.

하지만 등장인물이 지나치게 많다보니 독자 입장에서 그들을 모두 기억해내고, 각각 인물이 의미하고 상징하는 바를 파악하기란 쉽지가 않다. 곱씹고 또 여러 번 곱씹어야 겨우 진정한 맛을 느끼게 되는 것을 어찌 짧은 일견一見에 모두 알아낼 수 있으리오. 그저 망망한 바다 위를 건너는 항해에 지표가

되기를 바라며, 몇몇 주요 인물들을 간략하게 소개하기로 한다.

*가나다 순 _ [ ] 속 숫자는 해당인물이 처음 등장하는 횟수임.

*가교저 賈巧姐

금릉십이차金陵十二釵 중 한 명으로 가련賈璉과 왕희봉王熙鳳
의 딸이다. 대저大姐라고도 한다. 한 회에서 교저巧姐와 대
저 두 이름이 동시에 나오는 경우가 있어서 다른 인물인 것
같지만 실은 같은 인물이다. 처음에는 대저로 불리다가 유
노파가 교저巧姐라는 이름을 지어준 후로는 교저로 불린다.
제42회에서 대저가 감기에 걸리자, 왕희봉은 유노파
에게 좋은 이름을 지어달라고 부탁한다. 유노파는 대
저가 7월 7일에 태어났기에 교저라는 이름을 지어준다. '교巧'에는 "화를 복
으로 바꿔준다"라는 뜻이 있다. 가부賈府가 몰락한 후, 가운賈芸, 가환賈環 등
이 몰래 교저를 팔아버리려고 하나 유노파의 도움으로 위기에서 벗어나고,
나중에는 유노파의 중매로 주씨周氏에게 시집간다.[6]

*가란 賈蘭

가주賈珠와 이환李紈의 아들이고 가모賈母의 증손이다. 나이가 어
리기 때문에 작품 속에서 자주 언급되지 않는다. 가란은 유복자
로 태어나 이환의 정성어린 교육을 받으며 자란다. 다섯 살이 되
던 해에 학당에 들어가 공부하고, 가보옥賈寶玉, 가환賈環을
따라 활쏘기를 배운다. 열세 살에는 할아버지 가정賈
政의 명을 받들어 궤획시姽嫿詩를 짓기도 한다. 가란
은 효성이 지극하고, 가모의 상중에도 공부하는 것을 게을리 하
지 않는다. 후에 숙부인 보옥과 함께 과거에 응시하여 130등
으로 급제하였다.[2]

*가련 賈璉

가사賈赦의 장자長子이고 왕희봉王熙鳳의 남편이다. 글공부에는 관심이 없고 임기응변에 능하다. 그러나 재주나 꾀가 아내인 왕희봉에 훨씬 못 미친다. 부부지만 왕희봉과는 늘 딴생각을 품으며 살아간다. 제21회에서 딸 교저가 천연두에 걸리자 가련은 재계齋戒를 한다는 명목으로 왕희봉과 거처를 따로 쓰면서 그 틈을 타 여러 여자들과 어울린다. 제44회에는 왕희봉의 생일날 포이鮑二댁과 정을 통하다가 희봉에게 들켜 크게 싸우는 사건이 일어난다. 제64회와 제65회에서는 왕희봉 몰래 우이저尤二姐와 신방을 차리는데 그것도 결국 희봉에게 발각된다. 희봉이 죽자 시녀였던 평아를 아내로 맞이한다.[2]

*가모 賈母

가씨 집안의 최고 어른으로 가대선賈代善의 부인이다. 금릉의 귀족 사후가史侯家의 딸로 사태군史太君이라 부르기도 한다. 가보옥의 친할머니이고 임대옥의 외할머니이다. 가모는 적손자인 가보옥을 끔찍이 총애하고 귀하게 여기기 때문에 아들 가정과 마찰을 빚기도 한다. 이러한 갈등은 제33회 중 가보옥이 가정에게 매를 맞는 대목에서 극명하게 드러난다. 가부가 최고로 번성하던 시기의 경험자이자, 현세의 부와 영예를 마음껏 누린 향유자이다. 가모가 중심이 되는 이야기는 그리 많은 편이 아니지만 여러 에피소드마다 관련되어 있는 중요한 인물이라 할 수 있다.[2]

*가보옥 賈寶玉

《홍루몽》의 남자 주인공으로 태어날 때 입에 옥을 물고 태어나 이름을 보옥이라고 지었다. 영국부榮國府의 적손嫡孫으로 가정賈政과 왕부인王夫人 사이에서 난 둘째 아들이다. 임대옥林黛玉과는 고종사촌지간이고 또 다른 여주인공인 설보차薛寶釵와는 이종사촌지간이다.

가보옥은 상당히 복잡한 성격을 가진 인물이다. 귀족가문의 자제이지만 늘 전통적인 예교에 반항하고, 사회적으로 수용되기 힘든 말과 행동을 일삼는다. 작품에서는 괴팍한 성격과 특이한 감성을 지닌 인물로 묘사되고 있다. 가보옥은 임대옥과 설보차 모두에게 호감을 느끼지만, 임대옥과 혼인하기를 간절히 원한다. 그러나 집안의 실권자인 가모는 임대옥의 몸이 약하다는 이유로 가보옥과 설보차를 결혼시키고자 한다. 왕희봉의 계략에 속아서 가보옥은 설보차와 결혼하게 되고 임대옥은 그 순간 쓸쓸히 숨을 거둔다. 가부는 몰락하고, 사랑하는 사람도 잃게 된 가보옥은 인생무상을 느끼고 과거 시험장에서 홀연 사라진다.[2]

*가서 賈瑞

서당 훈장인 가대유賈代儒의 장손이다. 가대유 대신 잠시 서당 일을 맡았지만 단정치 못하여 늘 사단을 일으키곤 한다. 회방원會芳園에서 형수인 왕희봉王熙鳳의 미모에 반하여 호시탐탐 수작을 걸려고 한다. 하지만 영리한 왕희봉은 이를 눈치 채고 계략을 꾸민다. 가서는 계략에 걸려들어 두 번이나 얼어 죽을 뻔한 일을 당하고, 이 일에 대한 충격과 상사병 때문에 결국 앓아눕는다. 절름발이 도사가 풍월보감風月寶鑒이라는 거울을 가져와 정면을 보지 말고 반대쪽만 봐야 한다고 경고하였지만, 경고를 무시하고 거울의 유혹 속으로 빠져 들이가 끝내 목숨을 잃게 된다.[9]

*가석춘 賈惜春

금릉십이차 중 한 명으로 가경賈敬의 딸이고 가진賈珍의 누이이다. 보옥에게는 팔촌누이가 되며 가부賈府의 네 자매 중 가장 어리다. 석춘은 그림 그리는 실력이 뛰어나 제42회에서 〈대관원행락도大觀園行樂圖〉를 그리기도 한다. 석춘은 평소 수월암水月庵의 어린 비구니 지능智能과 어울려 지내면서 자신도 나중에 머리를 깎고 비구니가 되겠다고 한다. 이는 훗날 가부가 몰락한 뒤 비구니가 되는 그녀의 운명을 암시한다. 가부가 몰락한 뒤, 석춘은 대발帶髮여승이 되고, 시녀 자견紫鵑의 시중을 받으며 대관원 내 암자에 머물게 된다.[2]

*가영춘賈迎春

금릉십이차 중 한 명이다. 가사賈赦의 딸로 서출庶出이며 가보옥과는 사촌지간이다. 온화하면서 과묵한 성격이지만 때로 너무 유약하고 순종적이며 방관적인 태도를 취하기도 한다. 대관원 수색 사건 때, 자신의 시녀인 사기司棋가 쫓겨나는 순간에도 아무런 보호도 해주지 못하는 나약한 모습을 보인다. 제73회에서 부친의 명을 따라 원하지 않은 결혼을 한다. 남편 손소조孫紹祖에게 온갖 핍박을 당하다가 결혼한 지 일 년여 만에 죽게 된다.[2]

*가용賈蓉

가진賈珍과 우씨尤氏의 아들이고 진가경秦可卿의 남편이다. 집안의 권세에 힘입어 돈을 주고 5품 관직 하나를 얻었을 뿐, 하는 일 없이 빈둥거리며 주색에 빠져 사는 인물이다. 제63회와 제64회에서는 이모뻘인 우씨 자매와 어울리며 음탕한 행동을 일삼고, 계략을 세워 가련賈璉이 우이저尤二姐를 첩으로 얻을 수 있도록 도와준다. 후에 가부가 가산을 몰수당하면서 아버지 가진은 귀양 가지만 가용은 나이가 어리고 죄가 없다는 이유로 풀려난다.[2]

*가우촌賈雨村

호로묘葫蘆廟에 얹혀살던 가난한 선비로 과거시험에 합격하여 단번에 높은 관직까지 오른다. 관리가 된 후에 설반薛蟠의 살인사건을 맡았다가 호관부護官符를 보고 사건을 모른 척 덮어둔다. 가우촌이라는 이름은 '가어존假語存'의 해음자諧音字로 "거짓된 이야기는 남아있다"는 뜻이다. 인생의 모든 부귀영화는 허망한 꿈에 불과하다는《홍루몽》의 주제를 암시하고 있다. 진사은甄士隱과 함께 대비를 이루는 인물로 가부와 직접 관련은 없지만, 작품의 서두와 말미에서 주변인의 시선으로 가부의 일들을 독자들에게 설명해준다.[1]

*가운賈芸

가부賈府 일가의 인물로 가보옥賈寶玉의 조카뻘이다. 보옥보다 서너 살 가량이 많지만 가보옥의 양아들이 되기를 원하며 영리하고 잔꾀가 많다. 왕희봉의 비위를 맞추어 대관원에서 화초와 나무 심는 일을 맡게 된다. 이홍원怡紅院의 시녀 소홍小紅과 마음을 주고받는다. 평소 가장賈薔, 왕인王仁, 형덕전邢德全, 가환賈環 등을 불러 모아 술 마시며 노름을 즐긴다. 가부가 몰락한 후, 이들과 함께 계략을 꾸며 형부인邢夫人을 속이고, 교저를 변방 지역의 번진藩鎭으로 팔아버리려다 실패한다.[13]

*가원춘賈元春

금릉십이차 중 한 명으로 가정賈政의 장녀이다. 여사女史가 되어 입궁하였다가 현덕귀비賢德貴妃에 책봉된다. 제18회에서 귀비貴妃가 된 가원춘이 가부로 성친省親을 나오고, 가부에서는 대관원大觀園이라는 거대한 정원을 지어 귀비의 성친을 준비한다. 원춘은 궁궐로 돌아간 뒤, 대관원에 가보옥과 자매들이 들어가 살도록 명한다. 그 후로 작품에 직접적으로 등장하지 않고 제22회에서 가부에 수수께끼 초롱을 보내는 대목, 제28회에서 하사품을 보내는 대목에서 잠시 언급될 뿐이다. 제95회에서 병으로 요절한다. 그녀의 죽음은 곧 가부의 몰락을 암시한다. 작품 내에서 차지하는 비중은 크지 않지만, 원춘의 귀비 책봉과 죽음은 가부의 부귀영화와 몰락을 드러낸다.[2]

*가정賈政

가대선賈代善과 가모賈母의 차남이자 가보옥의 부친이다. 영국부榮國府의 모든 일은 가정을 중심으로 일어난다. 전통적 유교의 가치관을 대표하는 인물로, 자유분방하고 격식에 얽매이는 것을 싫어하는 보옥에 대해 늘 불만을 느낀다. 제2회에서 가보옥이 돌잡이로 연지와 비녀, 팔찌를 집어 들자 주색잡기나 하는 부류가 될 거라고 여겨 좋아하지 않는다. 제33회에서는 보옥의 행실에 대한 불만이 폭발하여 심하게 매질을 하게 되고, 이 때문에 가모와 갈등을 빚기도 한다.[2]

*가탐춘賈探春

금릉십이차 중 한 명이다. 가정賈政의 차녀로 생모는 가정의 첩 조이랑趙姨娘이다. 가탐춘은 가씨 자매 중에서 가장 재능이 비범하고 일처리도 유능하며, 왕희봉을 대신하여 가부의 일을 잠시 맡기도 하였다. 적극적인 성격에 시 짓는 것을 매우 좋아하여 대관원에서 처음으로 시 모임을 제안한다. 해당시사海棠詩社가 결성된 이후로 가보옥과 대관원의 여인들은 자주 모여 시를 짓고 서로 평가하는 기회를 갖는다. 그러나 탐춘은 자신의 재능과 포부를 제대로 펼쳐보지도 못하고, 청명절淸明節에 멀리 남쪽 해안으로 시집가 쓸쓸하게 살아간다.[2]

*가환 賈環

가정의 첩 조이랑趙姨娘의 아들로 가탐춘의 친동생이자 가보옥의 이복동생이다. 교활하고 잔인한 성품으로 제25회에서 보옥을 질투하여 보옥의 얼굴에 화상을 입히고, 제33회에서 금천金釧의 자살이 보옥 탓이라고 고자질하기도 한다. 후에 가용과 함께 교저를 몰래 변방으로 팔아넘기려는 계략을 꾸민다.[2]

*금천아 金釧兒

왕부인王夫人의 시녀이며 옥천아玉釧兒의 언니다. 제30회에서 왕부인이 낮잠을 자는 동안 가보옥과 잠시 농담을 주고받다가 왕부인에게 들키고 만다. 왕부인에게 뺨을 맞고 바로 쫓겨나서는 부끄러움과 굴욕을 참지 못하고 우물에 몸을 던져 자살한다. 가보옥의 이복동생인 가환은 이 일로 가보옥을 모함하고, 가보옥은 가정에게 심한 매질을 당한다. 보옥은 왕희봉의 생일날 아침, 몰래 성 밖으로 빠져나와 죽은 금천아를 위해 제사를 지내며 영혼을 위로해준다.[7]

*묘옥 妙玉

금릉십이차 중 한 명으로 농취암櫳翠庵에 거주하는 비구니이다. 귀족가문 출신이어서 성격이 고상하면서도 괴팍한 면이 있다. 세속의 사람들과 잘 어울리지 않지만 가보옥에게는 늘 은근한 정을 느끼고 있다. 제63회에서 가보옥의 생일에 '함외인檻外人'이라는 이름으로 서신을 보내고, 이를 본 가보옥은 묘옥과 정신적인 공감대를 느껴 '함내인檻內人'이란 이름으로 답장한다. 결벽에 가깝도록 고아한 삶을 추구하였지만, 제112회에서 가부에 도둑이 들었을 때 도적들에게 겁탈당해 잡혀가는 비참한 최후를 맞는다.[17]

*사상운 史湘雲

금릉십이차 중 한 명으로 충정후忠靖侯 사정
史鼎의 질녀이자 가모賈母의 친정 조카의 손
녀딸이다. 성격이 밝고 긍정적이며 귀족가문의
소녀답지 않게 여성스러움보다 남성다운 면모
가 훨씬 두드러진 인물이다. 일찍이 부모를 여의고 숙부인 충정
후의 손에 키워졌으나, 천성적으로 낙천적인 성격 덕분에 신세를 한
탄하거나 상념에 젖는 경우가 거의 없다. 제31회에서 사상운이 금기린金麒麟
을 줍는 장면은 위약란衛若蘭의 배필이 된다는 것을 암시한다. 후에 사상운은
위약란과 결혼하지만, 결혼한 지 얼마 되지 않아 위약란은 폐병에 걸려 죽고
사상운은 과부가 된다.[19]

*설반 薛蟠

설부인薛夫人의 외아들이고 설보차薛寶釵의 오빠이다. 귀족자제이지만 일자
무식에 가까울 정도로 무지하고 저속한 인물로 설부인과 설보차에게 늘 골
칫거리이다. 제4회에서 풍연馮淵을 때려죽이고 향릉香菱을 시녀로 사들였다
가 나중에 첩으로 삼는다. 질투가 심하고 표독스러운 하금계夏金桂를 아내로
맞이하면서 집안에는 분란이 끊이지 않는다. 싸움에 난봉질만 일삼다가 또
사람을 해치는 바람에 멀리 유배된다. 후에 사면을 받아 석방되고 잘
못을 뉘우친다.[3]

*설보금 薛寶琴

설부인의 질녀이며 설과薛蝌의 여동생이다. 용모가 빼어나고 재능
과 식견이 뛰어나 설보차와 견주어도 손색이 없다. 어릴 때부터
부친을 따라 많은 곳을 여행하여 보고 들은 것도 많다. 제49회에
서 부친이 사망한 후, 설과를 따라 남경으로 와서 가부에 잠시 머물

며 대관원의 여인들과 함께 어울려 지낸다. 가모는 설보금을 매우 총애하여 왕부인王夫人에게 수양딸로 삼으라고 명하기도 한다. 후에 매한림梅翰林의 아들과 결혼한다.[49]

*설보차薛寶釵

금릉십이차 중 한 명으로 설부인의 딸이자 설반薛蟠의 여동생이다. 또한 왕부인王夫人의 조카딸로 가보옥賈寶玉과는 이종사촌간이다. 전통적인 현모양처상으로 가보옥은 설보차에게도 호감을 느끼지만, 예법과 입신양명을 중시하는 그녀의 태도는 가보옥과 잘 맞지 않은 부분이기도 하다. '금옥양연金玉良緣'의 예언대로 가보옥과 결혼하지만 끝내 가보옥의 사랑을 얻지 못한다. 가보옥이 출가한 뒤, 유복자를 낳아 독수공방하며 살아간다.

설보차 역시 재색을 두루 갖추고 있으며, 허약하고 감수성이 예민한 임대옥과는 여러 면에서 대조를 이룬다. 천성적으로 사치를 싫어하여 몸단장이나 집안을 꾸미는 데 소박함을 추구한다. 또한 자신의 마음을 숨길 줄 알고 사람을 다루는 처세술에 뛰어나다. 설보차가 아플 때마다 먹는 냉향환冷香丸은 그녀의 냉정한 성격 일면을 암시하고 있다.[4]

*왕부인王夫人

가정賈政의 처이자 가보옥賈寶玉의 모친이다. 설부인의 언니이고 왕자등王子騰의 동생이다. 영국부榮國府에서 가씨賈氏, 왕씨王氏, 설씨薛氏 가문을 연결하는 중요한 인물이다. 하나밖에 없는 아들 가보옥을 지나치게 사랑하고 걱정한다. 평소 자애롭고 선량한 성격이지만 냉정한 면도 있다. 제30회에서 낮잠을 자다가 금천아金釧兒가 가보옥과 농담을 주고받는 것을 듣고는 금천아를 가차 없이 쫓아낸다. 결국 쫓겨난 금천아는 분을 참지 못하고 우물에 빠져 자살한다. 대관원 수색사건 때 청문晴雯, 사기司棋, 방관芳官 등의 시녀들을 사소한 일로 트집 잡아 내쫓기도 한다.[2]

*왕희봉 王熙鳳

금릉십이차 중 한 명으로 가련賈璉의 처이자 가모의 손자며느리다. 왕부인에게는 친정 질녀이고 가보옥에게는 외사촌누나이자 사촌형수이다. 아름다운 외모를 지닌 여인이지만 남성적인 기질이 강하여 '매운 고추[鳳辣子]'라고 불린다. 재치와 유머감각이 뛰어나고 사무처리 능력 역시 매우 탁월하여 가부의 안팎을 마음대로 장악한다. 그러나 권모술수에 능하고 악랄한 면이 있어, 계략을 꾸며 가서와 우이저尤二姐를 죽게 만들고, 가보옥을 교묘하게 속여 설보차와 결혼시킨다. 고리대금을 놓았다가 가부의 재산이 몰수당할 때 모두 들통 나고, 가부가 몰락한 뒤 병에 걸려 죽는다.[3]

*우삼저 尤三姐

녕국부 우씨尤氏의 이복동생으로 우씨의 계모가 데리고 온 딸이다. 우이저尤二姐의 친동생이다. 진가경秦可卿의 장례에서 가진과 가련의 농담에 대범하게 대처하는 등 당차면서 남성을 유혹할 줄 아는 매력적인 여성이다. 연극 공연을 보면서 배우 유상련柳湘蓮을 연모하게 되고, 유상련은 원앙보검을 정표로 주면서 결혼을 약속한다. 하지만 유상련이 우삼저에 관한 좋지 않은 소문을 듣고 그녀의 정조를 의심하며 파혼을 선언하자, 우삼저는 원앙보검으로 목을 베어 자결하면서 자신의 본심을 밝힌다.[63]

*우이저 尤二姐

녕국부 우씨의 이복동생이고 우삼저의 친언니이다. 진가경의 장례에 참석하면서 모친을 따라 우씨의 안채에 들어와 살게 된다. 가련賈璉은 우이저와 우삼저 두 사람을 모두 탐내지만, 우이저가 가련을 마음에 두자 가용賈蓉이 중매를 서서 왕희봉 몰래 신방을 차리게 한다. 가련이 출장간 사이에 비밀이 누설되고, 왕희봉은 계략을 꾸며 우이저를 대관원으로 불러들인다. 우이저는 희봉의 온갖 푸대접을 받으며 살다가 잉태하였던 아이가 유산되자 절망하고 금을 삼켜 자살한다.[63]

*원앙 鴛鴦

가모賈母로부터 두터운 신임을 받는 시녀다. 대대로 노비 집안의 자식이지만 강직하고 신의가 있는 인물이다. 제46회에서 가사賈赦가 첩으로 데려가려 하자 머리를 자르겠다며 저항한다. 제111회에서는 평소에 신임해주던 가모가 죽자 자신도 따라서 목을 매어 자살한다.[20]

*유노파 劉姥姥

영국부榮國府와 아주 먼 인척이 되는 시골노파로 재치와 익살이 넘치고 세상물정에 밝다. 유노파가 가부에 오는 장면은 총 세 번인데 작자는 주변인인 유노파의 시선을 통해 가부의 부귀영화와 몰락의 과정을 묘사하고 있다. 특히 제39회에서 제42회에 이르기까지 유노파가 대관원에서 보고 듣는 놀라운 광경들은 가부의 영화로움이 극치를 이루고 있음을 보여주는 대목이다. 제113회에서 왕희봉의 병이 위독해지자 교저를 부탁받고, 제

119회에서 교저가 멀리 번방으로 팔려갈 위험에 처했을 때 평아平兒와 함께 시골에 숨겨준다. 후에 교저에게 중매를 서준다.[6]

*유상련柳湘蓮
원래 명문가의 자제로 성격이 호탕하고 의협심이 강한 인물이다. 극단 사람들과 함께 어울려 연극공연을 하기도 하고, 가보옥, 진종秦鐘 등과 친분을 쌓으며 지낸다. 가련이 중매를 서 우삼저에게 원앙보검을 징표로 주고 결혼을 약속한다. 그러나 우삼저에 대한 좋지 않은 소문들을 듣고서 혼사를 취소한다. 이 일로 우삼저는 원앙검으로 자결하고, 유상련은 뒤늦은 후회를 하면서 도사를 따라 출가하게 된다.[47]

*이환李紈
금릉십이차 중 한 명으로 가주賈珠의 처이고 가란의 모친이다. 가정의 며느리이며 가보옥의 형수이다. 남편이 죽자 청상과부가 되어, 시부모를 모시고 자식 양육에 의지하며 지내는 인물이다. 작품에서 이환의 말로에 대한 직접적인 언급은 거의 없다. 다만 제5회에서 이환의 운명을 예언한 시에 아들 가란이 공을 세워 높은 지위에 오르고, 이환도 여생의 복을 누리게 된다는 묘사가 보인다.[4]

*임대옥林黛玉
금릉십이차 중 한 명으로 임여해林如海와 가모의 딸인 가민賈敏 사이에 태어났고 가모의 외손녀이자 가보옥의 고종사촌동생이다. 선비가문에서 태어나 어릴 때는 부모의 총애를 받고 자라지만, 부모를 일찍 여의고 외조모의 집에서 키워진다. 이러한 처지 때문에 늘 비애와 상실감을 느끼고, 몸에는 병이 떠나지 않는다. 임대옥 역시 외모가 매우 출중하고 재주가 뛰어나지만, 감수성이 예민하고 감정 기복이 심한 모습은 설보차와 대조를 이룬다.

　고독하게 홀로 독서를 즐기는 임대옥은 가보옥의 정신세계를 가장 잘 이해하는 인물이다. 두 사람은 '목석전맹木石前盟'의 인연으로 맺어진 사이이고 깊이 사랑하지만, 가모와 왕희봉은 임대옥이 병약하다는 이유로 두 사람의 결혼을 반대한다. 결국 왕희봉의 계략으로 가보옥은 설보차와 결혼하고, 제97회에서 결혼식이 진행될 때 임대옥은 쓸쓸하게 죽음을 맞이한다.[2]

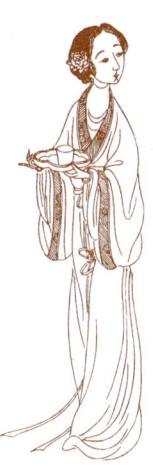

＊자견紫鵑

원래는 가모의 시녀로 앵가鸚哥라고 불렸다. 임대옥이 영국부榮國府로 들어오자 가모가 대옥의 시녀로 보냈다. 자견은 평소 임대옥의 말벗이 되어 근심을 위로해주기도 하고 친자매처럼 지낸다. 임대옥과 가보옥의 혼사가 이루어지지 못할까 염려하여 제57회에서는 일부러 가보옥의 애정을 시험해보는 일을 벌이기도 한다. 가보옥과 설보차의 혼례에 보옥을 속이기 위한 들러리로 지목되었으나 이를 거부한다. 임대옥이 죽은 뒤에는 가석춘賈惜春을 따라 출가한다.[8]

＊장옥한蔣玉函

예명藝名은 기관琪官이고 여자 주인공역을 맡는 남자 배우다. 제28회에서 가보옥과 처음 만나면서 호감을 느끼고, 서로 가지고 있던 천향국茜香國의 수건과 송화단 수건을 주고받는다. 제5회에서 습인의 운명을 예언한 시에 습인襲人이 배우에게 시

집간다는 묘사가 나오는데, 이는 가보옥이 출가한 뒤 습인이 장옥함과 결혼하게 되는 것을 암시한다.[28]

*진가경 秦可卿

금릉십이차 중 한 명으로 가용賈蓉의 처이다. 가모가 증손자며느리 중에서 가장 마음에 들어하던 인물이지만 제13회에서 병으로 일찍 죽는다. 작품에서는 병으로 죽는 것으로 묘사되고 있지만 진가경의 죽음에 대해서는 의심스러운 점이 많다. 제5회에서 진가경의 운명을 예언한 시나 《금릉십이차정책金陵十二釵正册》의 그림, 제7회에서 늙은 하인 초대焦大가 욕설하는 장면 등을 통해 보건대, 진가경은 시아버지 가진과 불륜관계를 맺고 이에 대한 죄책감으로 목을 매고 자살한 것으로 추정된다. 세속적인 욕망의 비참한 결말을 상징적으로 보여주는 인물 중 하나이다.[5]

*진사은 甄士隱

타고난 성품이 무사태평하고 사리사욕이 없는 인물이다. 애지중지 아끼던 딸 진영련甄英蓮이 실종되고 호로묘의 화재로 가산을 잃게 된 후, 절름발이 도인이 부르는 〈호료가好了歌〉를 듣고 깨달음을 얻어 출가한다. 가부와 직접적인 관련은 없지만 작품의 서두와 말미에서 가우촌과 함께 가부에서 일어나는 일과 흥망성쇠의 과정, 결말을 객관적인 입장에서 바라보고 독자들에게 전달하는 역할을 한다. 진사은甄士隱이라는 이름은 '진사은眞事隱'의 해음자諧音字로 "진짜 일은 숨긴다"는 뜻이다. 인생의 진정한 의미는 부귀공명이 아니라 인간 내면에 있는 진실한 마음에 있다는 《홍루몽》의 핵심적인 주제를 암시하고 있다.[1]

*진종 秦鐘

진가경秦可卿의 동생이다. 가보옥과 친척관계를 따지자면 아저씨와 조카뻘이 되지만, 두 사람은 처음 보자마자 서로의 모습을 흠모하여 지기知己가 된다. 수월암의 어린 비구니 지능과 마음이 맞아 함께 몰래 도망가려고 하였으나 들통 난다. 이로 인해 아버지가 화병으로 죽고 진종 역시 병이 들어 죽는다.[5]

*청문晴雯

가보옥의 시녀로 미모가 빼어나고 영리하며 심지가 굳어 임대옥의 분신으로 여겨지는 인물이다. 신분은 비록 비천한 시녀지만, 무조건 주인의 비위를 맞추려 하지 않고 도도하고 자존심이 강하다. 원래 뇌대賴大댁이 가모에게 바치려고 사들인 시녀인데, 가모는 미모와 언변, 바느질 솜씨가 모두 뛰어난 것을 보고 보옥의 시녀로 보낸다. 뛰어난 외모와 손재주 때문에 남들의 시기와 미움을 사기도 한다. 대관원 수색사건 후, 평소에 청문을 곱게 보지 않던 왕부인이 사소한 일로 트집 잡아 청문을 쫓아낸다. 제77회에서 폐병에 걸려 홀로 쓸쓸하게 죽는다.[5]

*평아 平兒

왕희봉王熙鳳의 시녀이자 가련賈璉의 첩이다. 신중하고 사려 깊으며 주인에게 충심을 다해 왕희봉의 신뢰와 총애를 받는다. 가련과 왕희봉 사이를 세심하게 보살피고 사단이 일어날 일은 미리 막는 역할을 한다. 제21회에서 가련의 방을 청소하다가 여자 머리카락을 발견하고 이를 덮어줌으로써 분란의 소지를 없앤다. 제67회에서 가련이 우이저尤二姐와 신방을 차린 것을 알고 왕희봉에게 알리지만 우이저가 왕희봉에게 핍박받는 것을 보고는 그녀를 동정하기도 한다. 왕희봉이 죽은 뒤 가련의 정실이 된다.[6]

*향릉 香菱

진사은의 딸로 본명은 진영련甄英蓮이다. 원소절元宵節에 하인의 등에 업혀 등불 구경을 나갔다가 유괴된다. 우여곡절 끝에 설반薛蟠의 시녀로 팔려가고 이름을 향릉으로 바꾼다. 향릉은 영리하고 학구열도 있어 임대옥에게 시를 배우기도 한다. 질투심 강하고 표독스러운 하금계夏金桂가 설반의 아내가 되면서, 하금계로부터 늘 핍박받으며 고통스러운 삶을 살게 된다. 제103회에서 하금계가 몰래 향릉을 독살하려 하였으나 도리어 자신이 화를 입어 죽는다. 그 후 향릉은 설반의 부인이 되지만 난산으로 죽는다.[1]

*화습인 花襲人

가보옥의 시녀다. 본명이 원래 진주珍珠였으나 성이 화씨花氏였기에 가보옥은 "화기습인[花氣襲人 : 꽃의 향기가 사람에 스며드네]"이라는 시구에 착안하여 습인이라는 이름을 지어주었다. 제6회에서 가보옥과 운우지정雲雨之情을 나누게 되고, 이로부터 가보옥과 가장 가깝고 친밀한 관계가 되었다. 평소에 가보옥을 다정다감하게 보살피는 한편, 잘못한 점을 지적하고 이를 고치라고 당부하기도 한다. 이러한 모습 때문에 설보차의 분신으로 여겨진다. 신중하고 세심하며 살뜰하여 가모는 물론 왕부인으로부터 두터운 신임을 받는다. 가보옥이 출가한 후 수절하려고 하였으나 《금릉십이차우부책金陵十二釵又副册》의 예언대로 장옥함蔣玉函에게 시집간다.[3]

내용 및

주요사건

소개

❀《홍루몽》의 큰 줄거리 ❀

【옥을 물고 태어난 사내아이】

태초에 하늘이 무너지자 여와_{女媧}라는 여신은 오색영롱한 돌을 달구어 하늘을 기우려고 마음먹었다. 여와는 대황산 무계애에서 높이 열두 길, 사방 스물네 길이나 되는 거대한 바윗돌 36,501개를 달구어 그 중에서 36,500개만 쓰고 나머지 돌 하나는 청경봉 밑에 내버려두었다. 버려진 이 돌은 여신의 손이 거친 뒤로 영기_{靈氣}가 통하여 제 마음대로 움직이고 커졌다 작아졌다 하며 인간의 말도 할 수 있게 되었다. 그리하여 돌은 하늘을 깁는 데 사용되었던 다른 돌들을 부러워하며, 자신은 특별한 재주가 없어 버림받았다고 생각하였다. 이에 스스로 원망스럽고 부끄러워 밤낮으로 슬픔에 젖어 있었다.

  하루는 돌이 홀로 신세한탄을 하고 있는데, 어디선가 기골이 장대하고 풍채가 늠름한 스님과 도사가 걸어왔다. 스님과 도사는 청경봉 아래에 앉아 인간세상의 온갖 부귀영화와 세태에 대해 말하고 있었다. 돌이 그 옆에서 이야기를 듣다보니 문득 저 세상으로 내려가고 싶은 마음이 솟구쳐 올랐다. 그래서 두 선인仙人에게 자신을 저 아름다운 세상으로 데려다 달라고 졸랐다. 두 선인은 훗날 때가 되면 후회 없이 돌아와야 한다는 다짐을 받고 그렇게 해주기로 하였다. 그리고는 거대한 돌을 작고 정교한 구슬로 만들었는데, 옥돌은 부채 손잡이에 매달 수 있을 만큼 작고 예뻤다. 두 선인은 세상 사람들이 귀하게 여길 수 있도록 옥돌에 글자 몇 개를 새기고는 옷소매에 넣고 길을 떠났다.

그 후로 돌은 이리저리 마음대로 떠돌아 다니며 노닐다가 우연히 경환선녀에게로 갔다. 선녀는 이 돌의 신비한 내력을 알고는 신영시자로 삼았다. 신영시자가 된 돌은 서방 영하靈河의 강가에 있는 어여쁜 강주선초에 날마다 감로를 뿌려주었다. 그러던 중 신영시자가 인간세상으로 내려가게 되고, 강주선초 역시 자신을 키워준 은혜를 평생 눈물로 보답할 것을 다짐하면서 아리따운 여인의 모습으로 환생한다. 신영시자는 오색영롱한 구슬을 입에 물고 태어나 이름을 보옥이라고 하였고, 강주선초는 그의 고종사촌 누이 임대옥으로 태어난다.

【가보옥과 그의 자매들】

오늘날 남경인 금릉金陵의 석두성石頭城에는 개국공신으로서 황실의 특별한 총애를 받으며 1백년 가까이 부귀영화를 누리고 있는 두 형제 가문이 있었다. 나라[國]의 안녕[寧]과 번영[榮]을 기원한다는 의미에서 '녕국부寧國府'와 '영국부榮國府'라고 불리는 집안이었다. 두 집안은 한 골목을 사이에 두고 나란히 붙어있어 서로 늘 왕래하였다. 보옥은 영국부의 둘째 나리 가정과 왕부인 사이에서 둘째 아들로 태어났다. 보옥은 태어날 때부터 외모가 출중하였고 매우 영특하였다. 또한 주위의 친척 자매들이나 시녀들에게 더할 나위 없이 친절하고 자상하게 대하니 누구도 가보옥을 사랑하지 않을 수 없었다. 특히 가씨 집안의 최고 어른인 가모에게 보옥은 눈에 넣어도 아프지 않을 만큼 귀한 손자였다.

하지만 때로 가보옥은 기이하고 남다른 언행으로 사람들을 놀라게 하였다. 돌잡이를 하면서 온갖 물건을 상 위에 펼쳐놓았으나 보옥은 다른 것은 거들떠보지도 않고, 여자 아이들이 좋아하는 연지분과 비녀, 가락지 등을 집어 들었다. 아버지 가정은 서운한 마음을 감출 길이 없었다. 그로부터 가정은 보옥을 더욱 엄하게 대하였으나 할머니 가모의 총애는 날로 더해가기만 했다. 점점 영리한 개구쟁이가 되어가던 보옥은 "여자는 물로 만든 몸이고 남자는 진흙으로 만든 몸이라, 여자를 보면 기분이 상쾌하고 남자를 보면 냄새가 나서 견딜 수가 없다"는 황당한 말을 내뱉어 주위 사람들을 놀라게 하였다.

보옥은 항상 집안의 누이들과 시녀들에게 둘러싸여 그들과 스스럼없이 어울려 지낸다. 가씨 집안의 네 딸들은 그 이름부터 심상치가 않다. 첫째 딸은 봄의 첫날인 설날 아침에 태어나서 원춘이라고 지었고, 둘째 딸은 봄을 맞이한다는 뜻에서 영춘, 셋째 딸은 봄을 즐기고 탐색한다는 뜻에서 탐춘, 그리고 넷째 딸은 가는 봄을 아쉬워하며 애석해 한다는 뜻에서 석춘이라고 이름을 지었다. 이 네 아가씨들의 이름은 세상의 모든 부귀영화나 청춘은 언젠가는 봄처럼 사라진다는 《홍루몽》의 주제의식을 비유적으로 드러내고 있다.

그리고 가보옥의 앞에는 임대옥과 설보차라는 아리따운 두 여인이 나타난다. 두 사람은 성격면에서 매우 다르지만 가보옥은 두 사람 모두에게 호감을 가진다. 이 외에 가모 친정의 손녀딸인 사상운, 큰어머니 형부인의 친정 조카딸 형수연, 설이모의 친척인 설보금 등 순결하고 아리따운 소녀들이 대관원에 들어와 즐거운 시간을 보내며 순진무구한 세계를 만들어 나간다. 뿐만 아니라 보옥의 옆에서 늘 살뜰하게 보살펴주는 습인과 청문, 사월 등의 시녀들은 가보옥에게 무한한 기쁨과 삶에 대한 희망을 주는 여인들이다. 대관원은 그야말로 여인들의 천국이었다.

가보옥과 그의 자매들, 가보옥을 따랐던 여인들은 대관원이라는 낙원 속에서 행복하고 순수한 청춘의 시대를 보내지만, 그들의 삶은 언제까지나 그리 평온하고 즐거운 것이 아니었다. 차츰 나이가 들고 인생의 곡절을 겪으면서 하나둘씩 불행의 나락으로 떨어진다. 이렇듯 작자는 대관원의 여인들에게 끝없는 연민과 동정을 보내면서 꿈같은 세월, 다시는 돌아오지 않을 청춘, 그 아련한 세월에 대한 참회를 그리고 있다.

【임대옥과 설보차라는 두 여인】

천진무구한 삶을 살아가던 보옥 앞에 어느 날 새로운 식구가 들어왔다. 고모가 돌아가시자 그 딸인 임대옥이 가부로 오게 된 것이다. 처음 보옥의 눈에 비친 대옥은 얼굴에 수심이 가득하고 가냘프고 고운 자태의 여자 아이였다. 두 사람은 어린 나이였지만 서로를 바라보는 순간 언젠가 만나 본 듯한 느낌을 받는다. 대옥을 보자마자 보옥은 할머니를 향해 다짜고짜 "저는 이 누이를 본 적이 있어요"라고 소리친다. 두 사람은 다름 아닌 천상세계에서부터 인연을 맺었던 신영시자와 강주선초의 화신이었던 것이다.

첫 만남부터 두 사람 사이에는 친척간의 친분을 뛰어넘는 오롯한 정이 싹트게 된다. 둘은 밤낮으로 같이 지내고 함께 대관원을 노닐며, 할머니 가모의 지극한 사랑을 받는다. 그러던 중 두 사람 사이에 새로운 인물이 등장한다. 바로 보옥의 이종사촌 누나인 설보차이다. 보차는 어머니 설부인과 오빠 설반을 따라 가부에 들어왔다. 품성이 단정하고, 모든 사람들과의 대인관계가 원만하며, 항상 분수에 맞게 처신하여 많은 사람들이 보차를 좋아하고 따랐다.

설보차는 어려서 어느 스님으로부터 받은 황금 목걸이를 늘 목에 걸고 다닌다. 자물통 모양의 목걸이에는 길조를 상징하는 구절이 쓰여 있다. 그것은 보옥이 입에 물고 태어난 통령보옥에 새겨진 구절과도 절묘한 대구를 이룬다. 통령보옥의 앞면에는 "통령보옥, 잃지도 말고 잊지도 말라. 신선 같은 수명이 무궁하리라"라고 새겨져 있고, 뒷면에는 "첫째, 사악함을 물리치고, 둘째, 질병을 고치고, 셋째, 화복을 알린다"라고 새겨 있다. 한편 설보차의 황금 목걸이 앞면에는 "헤어지지 말고, 버리지도 말라"라고 새겨져 있고, 뒷면에는 "고운 청춘 영원히 이어지리라"라고 새겨져 있다. 이를 본 두 사람은 서로가 현세의 인연, 금옥양연金玉良緣으로 맺어진 사이임을 확인하게 된다.

대옥의 여린 마음에 불안과 초조, 안타까움이 시작된 것은 바로 이 무렵이었다. 그녀는 총명하고 재기발랄하였지만, 소심하고 내성적인 성격으로 주변사람을 의심하고 아랫사람들에게 신경질적으로 대하기도 하였다. 대옥은 사람들이 긍정적인 성격의 보차를 더 좋아하고 따르며, 무엇보다 보옥의 마음을 알 수 없었기에 날로 불안하고 초조해 했다. 그럴 때마다 보옥은 자신의 마음은 항상 대옥의 곁에 있다고 위로하면서 대옥을 달래준다.

처음 만났을 때부터 마음이 잘 맞아 보옥은 평생을 대옥과 함께하리라 마음먹고 있던 터였다. 하지만 가보옥은 역시 설보차에게도 호감을 느끼고 있다. 사실 보차와 대옥이라는 이름은 보옥의 이름에서 각각 한 글자씩 떼어내어 만들어진 것으로 두 여인은 두 사람이자 한 사람이기도 하고 보옥의 내면에 숨어있는 두 가지 모습이다. 즉, 보옥의 내면에는 임대옥으로 대변되는 절대 순수에 대한 갈망이 존재하지만, 다른 한편에는 설보차로 대변되는 현실지향적 성향이 여전히 존재하고 있는 것이다. 그렇기에 그들이 없으면 보옥의 존재도 없는 것이고, 보옥에게 두 사람은 어느 편으로도 기울기가 어려운 이상형의 양면이라고 해야 옳았다.

하지만 가보옥의 정신세계를 누구보다 가장 잘 이해해주는 여인은 임대옥이었다. 결국 귀족 공자로서의 삶, 현실에 안착하고자 하는 습성을 떨쳐버리지 못한 가보옥이었지만, 내면에는 자유분방함과 순수함을 추구하려는 의지가 더욱 강하게 있었다. 이 때문에 설보차보다 임대옥에게 더욱 마음이 기울었던 것이다. 그러나 현실에서 가보옥의 인연은 설보차였다. 가보옥과 임대옥은 전생에서부터 맺어진 인연이었지만 이승에서는 어긋나는 운명이었다. 전생의 인연과 현세의 인연이 얽혀 엇나가는 사랑을 하는 세 사람의 비극은 이렇게 시작되고 있었다.

【꿈속 태허환경에서 〈홍루몽곡〉을 듣게 되고】

매화꽃이 만발한 어느 봄날, 꽃구경 잔치를 하던 한낮에 졸음을 못이긴 보옥은 큰댁 녕국부 진가경의 내실에서 잠을 청하게 되었다. 보옥은 눈을 감자마자 꿈인 듯 생시인 듯 저도 모르게 별천지의 세계에 빠졌다. 그곳은 태허환경이라는 곳이었다. 경환선녀는 그를 인도하여 세상 모든 여인네들의 운명이 적혀있는 책과 그림을 구경시켜 주었다. 그 중에서 보옥은 자신의 고향인 금릉의 열두 여인들을 노래한 예언시를 보게 된다. 하지만 그것이 무슨 뜻인지 알아차리지 못했다.

거기에는 원춘을 비롯하여 가씨 집안의 네 아가씨, 그리고 임대옥, 설보차, 사상운을 노래한 시가 있었고, 형수 이환, 외사촌 누나이자 사촌 형수인 왕희봉, 희봉의 어린 딸 교저, 조카며느리지만 보옥에게 사랑을 가르쳐주는 진가경, 암자에 있으면서 보옥에게 은근한 정을 보내는 여승 묘옥 등 열두 여인의 운명을 묘사한 시와 그림이 있었다. 경환선녀는 아직 나이 어린 보옥이 인생과 사랑의 종말을 제대로 깨닫지 못하자 〈홍루몽곡〉 열두 가락을 들려준다.

세상이 처음 열릴 때, 그 누가 사랑의 씨앗 뿌렸던가.
너나없이 사랑의 정은 깊어만 가는데
속절없는 날, 가슴 아픈 날, 쓸쓸한 이 순간에,
애타는 맘 풀어보려 노래 부르노라. 금과 옥을 슬퍼하는 홍루의 꿈이여 그리고는 다시 열두 여인의 운명을 노래하면서 세상사 모든 것은 허무하여 의지할 수 없고 믿을 수 없는 것이라고 말해준다. 하지만 보옥은 여전히 그것이 무슨 뜻인지 알 수 없었다. 경환선녀는 마침내 보옥에게 운우雲雨의 일을 가르쳐주고는 가경可卿이라는 아리따운 여인을 보옥의 배필로 짝지어 주었다. 가경은 경환선녀의 동생으로 대옥과 보차를 모두 닮은 듯한 모습이었다. 그래서인지 가경은 두 가지 아름다움을 갖추고 있다는 뜻의 겸미兼美라는 아명이 있었다. 두 사람은 백화가 만발한 천상의 정원에서 한시도 떨어지지 않고 마음껏 뛰놀며 사랑을 나누었다.

그러다가 두 사람은 문득 어느 한 곳에 이르게 되었다. 온통 가시덤불에 호랑이와 승냥이가 득실거리고 시커먼 시냇물이 앞을 가로막고 있는 곳이었다. 그곳은 바로 만길 깊이에 천길 너비가 되는 미진迷津이었다. 인연이 있는 사람만이 건널 수 있는 곳으로, 가보옥은 무거운 업보의 짐을 지고 헤어날 수 없는 미망의 강물 속으로 빠져든다. 벼락 치는 소리가 들리면서 수많은 야차와 물귀신이 나타나 보옥을 끌어 들이려고 하자 놀란 보옥은 진땀을 비처럼 흘리고 소리를 지르며 깨어났다.

보옥에게 〈홍루몽곡〉은 깨달음을 얻게 해주는 예언이었지만, 아직 인생의 고통과 허무함을 알지 못하는 열세 살의 소년이 그 오묘한 진리와 의미를 이해하기란 쉬운 일이 아니었다. 천상세계의 가경과 헤어날 수 없는 사랑의 미망에 빠져든 보옥은 이제 성장통을 앓기 시작한다. 잠에서 깬 가보옥은 옷을 갈아 입혀주던 시녀 습인과 처음으로 운우의 일을 치르게 된다. 보옥은 이제 소년에서 성인으로 성장하게 된 것이다. 그 후로 보옥은 남달리 습인을 살갑게 대하였고, 습인 역시 보옥을 더욱 극진히 보살피게 된다.

【가부, 세상의 모든 부귀영화를 누리다】

일찍부터 궁중에 들어가 여사女史가 되었던 원춘은 귀비로 책봉된다. 그러던 어느 날 황제는 귀비에게 특별히 윤허를 내려 친정나들이를 하게 하였고, 이를 준비하기 위해 가부의 사람들은 영국부와 녕국부 담을 허물어 거대한 정원을 만들었다. 정원의 이름은 총체적으로 바라본다는 의미인 '대관원'으로 정하였다. 가부의 사람들은 개국 초기부터 부귀영화를 누리면서 가산을 탕진해왔고, 가세는 점점 기울어가고 있었다. 그런데 그즈음에 원춘이 귀비로 책봉되었으니 가부의 사람들은 다시 한 번 영광을 재현할 기회를 기다리며 들뜬 마음으로 귀비의 친정 나들이를 준비하였다.

가부 사람들은 귀비의 친정 나들이에 극도의 사치와 성대함을 다한다. 하지만 원춘은 오히려 사치스러움을 버리고 검소하게 하라고 지시한다. 귀비가 친정나들이를 끝내고 돌아가자 대관원은 가보옥과 집안 아가씨들의 차지가 되었다. 가보옥은 대관원 중에서도 가장 화려한 건물인 이홍원怡紅院에 들어가 살기로 한다. 마치 태허환경에서 노닐 듯이, 대관원이라는 화려하고 아름다운 정원에서 가보옥은 누이들과 함께 시를 짓고, 수많은 시녀들과 온갖 소소한 사연들을 만들어가며 지낸다. 그들에게 대관원은 자신들만의 낙원이었고, 세상의 더럽고 어두운 현실로부터 스스로를 격리시키고 보호할 수 있는 성이었다.

특히 작가는 가부의 이러한 화려한 삶을 묘사하는 과정에서 유노파라는 독특한 장치를 사용한다. 즉, 전지적 시점에서 서술하여 직접적으로 독자들에게 보여주는 것이 아니라, 시골 출신 유노파의 시선을 통해 가부의 화려함과 사치스러움을 간접적으로 전달하는 것이다. 이 때문에 작품에서 유노파의 등장은 가씨 집안의 흥망성쇠를 목격할 수 있는 계기가 된다. 유노파가 가부에 오는 장면은 총 세 번으로 독자들은 첫 번째, 두 번째 등장에서 가부의 영화로움을, 세 번째 등장에서 가부의 몰락을 감지할 수 있다. 가부의 사치스럽고 화려한 생활은 유노파의 두 번째 등장을 묘사한 제39회에서 제42회까지의 내용에서 집중적으로 드러난다.

대관원에는 너무도 특별한 사연과 물건들로 가득하지만, 정작 그 안에서 생활하는 사람들에게 그것은 너무도 일상적이고 평범한 것들이다. 반면 유노파의 눈에 가부의 모든 광경은 어느 것 하나 신기하지 않은 것이 없다. 유노파는 생전 처음 보는 거울 방에 잘못 들어갔다가 길을 헤매기도 하고, 바느질 견본보다 더 정교하게 생긴 과자를 먹으며 좋아서 너스레를 떨기도 한다. 그러나 유노파가 신기해하는 것들에 대해 가부의 아가씨들은 물론 시녀들조차도 시큰둥한 반응을 보인다. 이렇듯 작자는 유노파가 대관원의 풍경을 바라보는 시선을 통해 가부의 사람들이 누리는 부귀영화의 극치를 표현하고 있다. 주변인의 입장에서 가부의 생활을 지켜보며 그 모습을 그대로 독자들에게 비춰 보이는 유노파는 마치 가부의 거울과도 같은 존재이다.

【쇠퇴와 파멸로 이르는 길목에서】

정점에 오르면 반드시 내려가는 법도 있는 법이다. 가부가 아무리 영화로운 삶을 대대로 누려왔다고 해도 그저 먹고 마시고 가산을 탕진하다보니 경제적 형편은 실상 그렇게 넉넉한 편이 아니었다. 가세는 이미 점점 기울고 있었으나, 아무도 가문의 미래에 대해 걱정하거나 그 상황을 심각하게 받아들이지 않았다. 작품 초반에 진가경이 병으로 죽으면서 왕희봉의 꿈에 나타나 가문의 몰락을 경고하지만, 왕희봉 역시 그 심오한 의미를 알아채지 못한다. 진가경이 왕희봉에게 건네는 말을 살펴보자.

> 세상에서 늘 말하는 속담이 있지요. 달도 차면 기울고 물도 차면 넘친다고 했지요. 또 높이 올랐다가 떨어지면 더욱 심하게 다친다고 하지 않았던가요? 우리 집안도 지난 백 년 동안이나 그 이름을 날리면서 영화를 누렸지만, 즐거움이 극에 달하면 슬픈 일이 생긴다고 했듯이, 고목나무 쓰러지면 원숭이들이 흩어진다고 했듯이 이젠 서서히 그 속이 텅 비어 가는 것만 같아요.

진가경은 이어서 선조들의 묘소 근처의 땅을 많이 사놓고, 거기에 서당을 세워 후손들이 공부도 하고 농사도 지을 수 있도록 미리 대비하라고 권고한다. 하지만 가세가 기울고 있음을 피부로 느끼지 못하는 왕희봉과 가씨 집안사람들에게 이 경고는 마이동풍과도 같은 것이었다. 그 후로도 집안에서는 불미스러운 사건이 끊이지 않았고, 꼬리를 물고 일어나는 추문과 갈등관계는 가부의 몰락을 부채질하는 원인이 되었다.

사실 가부가 서서히 몰락하는 데에는 다 원인이 있었다. 먼저, 가부의 가장 큰 어른인 녕국부의 가경賈敬은 생업은 고사하고 집안을 지키지도 않으며, 성 밖에 있는 도교사원에 머물면서 오로지 불로장생의 연단술에만 매달려 지낸다. 그래서 녕국공의 작위는 자연히 아들인 가진에게 계승되었지만, 그 역시 특별한 생업이 없이 선조의 명망만 먹고사는 자였다. 뿐만 아니라 가진은 체통을 지키지 못하여 며느리 진가경과 불륜관계를 맺기도 하였고, 처제인 우이저, 우삼저와도 애매한 관계를 맺어 늘 추문을 일으키곤 하였다.

다음으로 영국부의 경우, 영국공의 작위는 가모의 큰아들 가사賈赦에게 주어졌지만 역시 무능력자로서 가세를 일으키는 데에는 아무런 관심도 없다. 쓸데없이 권세만 부리고 가문의 세력에 힘입어 약자를 괴롭히기도 한다. 그나마 영국부의 중심이 되어 군자로서의 모습을 보이는 인물은 둘째 아들 가정이다. 가정은 유가적 군자의 풍모를 지니고 있고, 글공부에 전념하여 조정의 관료가 되었다. 하지만 가정은 지방관이 되어 집을 떠나 지내야만 했고, 이 때문에 대부분의 집안일은 가련에게 맡긴다. 가사의 아들인 가련은 주색잡기에만 능한 인물로 무능력한 조카에게 집안일을 맡긴 가정에게도 어느 정도 책임이 있다고 하겠다.

이처럼 집안의 중요한 일들을 관리하고 처리해야 할 남성 인물들은 하나같이 무능력하거나 책임을 회피하기만 한다. 오히려 중요한 사안들에 대해서는 가모나 왕부인, 왕희봉과 같은 여성 인물들이 주도적으로 결정하고 처리한다. 이러한 와중에 권력의 보호막 역할을 하던 귀비 원춘이 돌연 죽게 되고,

이로부터 가씨 가문은 급속도로 몰락의 길로 접어든다. 가사의 횡포, 가진과 가련의 뇌물관련 비리가 발각되면서 가부는 수색당하고 작위가 박탈되며 재산은 모두 몰수된다. 수색당하는 과정에서 왕희봉이 고리대금을 놓아 돈을 착취하던 일이 발각되고, 가사와 가진은 멀리 변방지역으로 귀양 간다.

특히, 작품 속에서 인물들간의 갈등이 가장 고조되는 부분은 제74회 대관원의 수색사건이다. 형부인이 대관원에서 수춘낭繡春囊을 발견하고 기강이 무너졌다는 이유로 왕부인의 꼬투리를 잡는다. 이에 왕부인은 스스로의 권위를 세우기 위해 깊은 밤 불시에 대관원을 수색한다. 대관원에서 수춘낭이 발견되었다는 것은 순진무구한 청정세계의 몰락을 의미한다. 이 사건으로 시녀 사기와 하인 반우안은 사랑의 결실을 맺지 못하여 자살하고, 청문, 혜향, 사아, 방관 등의 시녀들이 쫓겨난다. 대관원 수색사건은 가씨 집안의 온갖 비리와 음란한 행위들이 폭로되는 계기가 되고, 이로써 가부의 위상은 땅으로 떨어지게 된다. 부패와 타락이 난무하는 상황들을 하나씩 목격하면서 가보옥은 점차 세상에 대한 허무를 가슴 깊이 느끼게 된다.

【꿈은 사라지고 진정한 자유를 향하여】

가세가 날로 기울면서 대관원 안에서 머물던 꽃다운 아가씨들도 하나둘 떠나간다. 가부의 부귀영화를 뒷받침해주던 귀비 원춘이 세상을 떠나자 집안에는 몰락의 기운이 더욱 짙어지고, 대관원에도 어두운 그림자가 스며든다. 영춘은 부친의 강요에 의해 원하지 않은 결혼을 해서 핍박을 받다가 1년 만에 죽게 되고, 탐춘은 멀리 동남 해안지방으로 시집 가 다시는 친정식구들을 볼 수 없게 된다. 언니들의 불행한 삶을 지켜보던 막내 석춘은 아예 마음을 접고 출가하여 비구니가 되기를 자처한다. 봄으로 상징되는 청춘의 세월은 그렇게 끝나고 있었다.

한편 보옥은 자신의 온 마음을 대옥에게 쏟았고, 대옥과 결혼할 것이라고 굳게 믿고 있었다. 왕부인과 왕희봉도 보옥의 그런 마음을 모르는 바 아니었지만, 아무래도 병약한 대옥을 집안의 후계자인 보옥의 아내로 삼기에 부적합하다고 여겼다. 그래서 두 사람은 은밀하게 가보옥과 설보차의 혼례를 준비한다. 왕희봉은 가보옥을 속이기 위해 신부의 들러리로 대옥의 시녀인 설안을 부르고, 전통적인 혼례대로 신부에게 붉은 수건을 씌워 상대가 설보차임을 눈치 채지 못하게 하였다. 그러나 아무것도 알지 못한 채 결혼식을 치른 가보옥은 자신의 신부가 대옥이 아니라 보차라는 것을 알고는 기절하여 며칠을 드러눕게 된다.

한편 보옥과 보차가 결혼식을 치르는 날, 대옥은 그동안 보옥을 향해 써두었던 편지들과 시 원고를 불에 태우며 쓸쓸히 죽어간다. 모든 사람들이 화려하고 떠들썩한 혼례식장에 모여 즐거워하고 있을 순간이었기에 대옥의 죽음은 더욱 안타깝고 외로운 것이었다. 평소 정성을 다해 대옥을 보살피고 보옥과 인연을 맺어주려고 안간힘을 쓰던 충직한 시녀 자견만이 울음을 삼키며 대옥의 임종을 지켜보고 있었다.

결혼식에서 정신을 잃고 쓰러져 병상에 누워 있던 보옥은 대옥이 죽어간 상황을 전해 듣고 통곡했지만 더 이상 변명할 수도 없었다. 보옥은 점점 말을 잃어갔고 세상을 바로보기 시작했다. 무심히 흐르는 세월 속에서 보옥은 무덤덤하게 사람들을 바라보았다. 사라진 통령보옥 때문에 온 집안이 들썩할 때도 보옥은 오히려 무심하였고 조용히 과거시험을 준비하였다. 다들 이렇게 변한 보옥의 모습을 보면서 그가 망나니 같은 젊은 시절을 청산하고 드디어 집안을 이끌어갈 새로운 후계자로 거듭나게 될 것이라고 하면서 좋아하였다.

과거가 열리던 날, 보옥은 왕부인에게 절을 올리고, 아내인 보차와도 정중하게 이별의 인사를 나누고 과거시험장으로 떠났다. 그리고는 그것이 끝이었다. 보옥은 시험장에서 나오는 순간 어디론가 사라진다. 과거시험에 7등으로 급제하여 황제로부터 특별히 호虢까지 하사받았지만, 이미 모든 부귀영화가 부질없는 것임을 깨닫게 된 가보옥에게 그것은 무의한 것이었다. 가정은 우연히 비릉역毗陵驛을 지나면서 맨 발에 붉은 가사를 입은 보옥을 보게 된다. 보옥은 조용히 나타나 가정에게 인사를 올리고, 스님과 도사의 손에 이끌려 하얀 눈밭을 가로지르며 사라진다. 진정한 깨달음과 자유를 얻은 돌은 원래 자신이 있던 곳인 청경봉 아래로 돌아가게 된 것이다. 우여곡절을 겪으며 흘러가는 우리네 삶의 역정도 바로 이러한 것이 아닐까.

이야기가 코끝을 찡하게 하면, 황당하여도 슬픔만은 더하여라.
애시당초 모두가 꿈이었지 만, 세상사람 어리석음 비웃지 말게나.

회별 주요 사건표

제 1 회	승려와 도사가 인간 세상에 데려간 돌이 가보옥으로 환생함
	진사은의 딸 진영련이 유괴되고 호로묘의 화재로 진사은의 집이 전소됨
	진사은이 도사의 〈호료가〉를 듣고 인생무상을 깨달아 출가함
제 2 회	가우촌이 냉자흥을 만나 녕국부와 영국부의 사정에 대해 들음
제 3 회	임대옥이 상경하여 영국부에 들어옴
	설반은 집안의 권세를 믿고 풍연을 때려죽이고 향릉(진영련)을 사들임
제 4 회	가우촌이 호관부를 보고 설반의 살인사건을 덮어줌
	설부인이 설반과 설보차를 데리고 상경함
제 5 회	가보옥이 꿈에서 태허환경을 노닐다가 금릉십이차의 예언시와 그림을 봄
제 6 회	유노파가 영국부를 찾아와 왕희봉을 만남
제 7 회	녕국부에서 가보옥과 진종이 처음 만남
제 8 회	가보옥과 설보차가 통령보옥과 금쇄를 서로 바꾸어 봄
제 9 회	가보옥과 진종이 가숙에 들어가 공부하게 됨
제 11 회	가경의 생일
제 12 회	가서는 왕희봉을 흠모하다 계략에 걸려 병사함
	임여해가 중병을 얻어 임대옥이 양주로 내려감
제 13 회	진가경의 죽음
제 14 회	진가경의 장례
	임여해의 죽음
제 16 회	가정의 생일
	가원춘이 봉조궁으로 봉해지고 가부는 성친省親을 위해 별장을 건설함
	진종의 죽음
제 17 회 ~ 제 18 회	성친 별장(대관원)이 완성되고 가정 일행과 보옥이 편액과 대련을 지음
	묘옥이 영국부에 들어옴
	원춘의 성친
제 22 회	설보차의 생일
제 23 회	귀비의 명으로 가보옥과 누이들이 대관원으로 옮겨가 거처하게 됨

예언시와

〈홍루몽곡〉

《홍루몽》은 소설이지만 시적인 아름다움을 갖추고 있는 작품이다. 곳곳에 우아한 서정성과 함축미, 은근한 상징이 배어있어 시적 향기를 물씬 풍길 뿐 아니라 내용 중 상당부분이 시와 연결되어 작품 자체가 거대한 시를 이루고 있다고 해도 과언이 아니다. 인생의 슬픔과 기쁨, 고통과 회한의 감정들이 시에 녹아나 독자에게 감동을 주기에 많은 중국독자들은 《홍루몽》에 매료되는 이유 중 하나로 아름다운 시들을 읽는 즐거움을 꼽는다.

그런데 문제는 시의 표현이나 내용이 때로는 너무나 함축적이고 비유적이라 이에 대한 사전지식이 없는 독자들은 그 깊은 맛과 여운을 제대로 이해하기가 쉽지 않다는 점이다. 특히 제5회에서 가보옥이 꿈속 태허환경을 노닐면서 우연히 보게 되는 예언이나 〈홍루몽곡〉 등은 여인들의 운명을 은유적이면서 상징적으로 묘사하고 있어 일반 독자들은 그 시의 내용이 궁극적으로 무엇을 암시하고 있는지 파악하기가 어렵다. 독자들의 이해를 돕기 위해 제5회의 예언시와 〈홍루몽곡〉에서 대관원 여인들의 운명이 어떻게 상징적으로 묘사되고 있는지 살펴보기로 한다.

【《금릉십이차정책》의 예언시】

제5회에서 가보옥은 진가경의 방에 놀러갔다가 잠깐 잠이 든다. 꿈속에서 태허환경을 노닐다가 우연히 시와 그림이 있는 책들을 보게 되는데, 그것은 《금릉십이차정책金陵十二釵正册》과 《금릉십이차부책金陵十二釵副册》, 《금릉십이차우부책金陵十二釵又副册》이라는 것으로 각각 열두 여인들의 운명을 노래한 책이었다.

우선 《금릉십이차정책》에 들어가는 열두 여인들은 '금릉십이차'로 불리는 여주인공들이다. 거기에는 임대옥과 설보차를 비롯하여 사상운, 묘옥이 포함되어 있고, 가부의 네 딸인 원춘, 영춘, 탐춘, 석춘, 가보옥의 형수 이환, 외가의 누나이자 친가의 형수인 왕희봉, 희봉의 딸 교저, 큰댁의 조카며느리이면서 꿈속의 연인인 진가경 등이 들어간다. 이 열두 여인들이 어떤 기준에 의해 선정되었는지 구체적으로 알려지지는 않는다. 하지만 주인공 가보옥과 정신적, 육체적 교감이 비교적 높았던 인물들이라는 점과 이야기의 전개상 중요한 역할을 한 인물들이라는 점에서 공통점을 찾을 수 있다.

다음으로 《금릉십이차부책》에도 열두 여인의 운명이 묘사되고 있지만, 작품 속에서는 향릉의 운명에 대한 언급만 보인다. 향릉은 비록 시녀로 전락하기는 했지만, 원래 소주蘇州의 선비인 진사은의 딸이었으므로 한 단계 높은 격인 《부책》에 들어간 것으로 추정된다. 또한 《금릉십이차우부책》에는 작품에서 비교적 비중 있는 역할을 한 열두 시녀들의 운명이 적혀 있는데, 제5회에는 그 중 보옥의 시녀인 습인과 청문의 운명에 대한 언급만 제시되고 있다.

작자는 이렇듯 《정책》과 《부책》, 《우부책》에 적혀있는 총 서른여섯 여인들의 운명을 작품 속에서 모두 보여주지 않는다. 나머지에 대한 상상은 독자들의 몫인 것이다. 그 명단에 들어갈 수 있는 여인들은 누가 될 것인가. 그것을 맞추어내고 서로 토론해보는 것도 《홍루몽》을 읽는 재미 중 하나가 될 것이다.

먼저, 금릉십이차 중에서도 임대옥과 설보차에 대한 작자의 배려는 특별하다. 두 여인의 이미지와 운명이 하나의 그림과 시 안에 혼재되어 나타나는데 여기에는 작자의 치밀한 구상이 숨어 있다. 사실 임대옥과 설보차의 이름은 보옥의 이름에서 한 글자씩 따서 지어진 것으로 두 사람은 가보옥의 분신이자 내면의 양면성을 상징한다. 둘이면서 하나이고 하나이면서 둘이기도 한 두 여인의 운명은 선명한 대조를 이루면서 독자들에게 생생한 시각적 상상을 불러일으킨다. 《금릉십이차정책》의 첫 번째 장에는 말라 죽어가는 두 그루의 나무에 옥 허리띠가 걸려있고, 나무 아래 흰 눈이 쌓인 곳에는 금비녀가 꽂혀있는 그림이 있다. 시는 이러하다.

베를 멈춰 격려한 부덕이 안타깝고,
버들 솜 노래 부른 재주가 가련하다.
옥 허리띠 숲 속에 걸려있고,
금비녀는 눈 속에 묻혀버렸네.
可嘆停機德, 堪憐詠絮才. 玉帶林中掛, 金簪雪裏埋.

시의 전반부 두 구절은 각각 설보차와 임대옥의 이미지를 표현한 것이다. "베를 멈추고 덕을 격려하였다嘆停機德"는 구절은 한漢나라 악양자樂羊子의 아내가 공부를 중도에 멈춘 남편을 깨우치기 위해 짜던 베를 잘라버린 전고에서 나온 것이다. 늘 보옥의 입신양명을 소원했던 설보차의 심정을 묘사하고 있다. 두 번째 구절에서 펄펄 내리는 눈의 형상을 봄날 버들 솜에 비유한 것은 진晉나라 사도온謝道韞의 시구에서 유래한 것이다. 시적 감수성이 남달리 뛰어난 임대옥을 은유적으로 묘사한 구절이다.

시의 후반부에서 두 그루의 나무에 걸린 옥 허리띠는 임대옥의 이름을 풀이하여 표현한 것이고, 눈 속에 꽂힌 금비녀는 설보차의 이름을 상징적으로 나타낸 것이다. 또한 〈홍루몽곡〉 중 〈한평생을 망친 일終身誤〉에서도 설보차는 '산 속의 높은 선비 차가운 눈 속에 있고山中高士晶瑩雪'로, 임대옥은 '저 세상 고운 선녀 외로운 숲 속에 있네世外仙妹寂寞林'로 묘사되고 있다. 모두 한자의 묘미를 잘 살린 표현기법이라 하겠다.

다음 그림에는 활[弓]과 향연香櫞이 그려져 있고 시는 다음과 같다.

이십 년래 시시비비를 변별하면서,
불꽃같은 석류가 궁중에 피었구나.
남아있는 삼춘이 초봄 빛을 따르랴,
맹수가 만날 때 큰 꿈은 스러졌네.
二十年來辨是非, 榴花開處照宮闌. 三春爭及初春景, 虎兕相逢大夢歸.

이 시는 가씨의 딸 중에서 맏이인 원춘의 운명을 노래한 것이다. 그림에서 활이 그려져 있는 것은 궁궐을 의미한다. 활을 나타내는 글자인 궁弓의 발음이 궁宮과 유사하여 궁궐의 이미지를 연상시킨다. 향연은 곧 레몬으로 여기에서 연櫞은 원元과 발음이 비슷하여 원춘을 상징한다. 시의 내용은 원춘이 귀비가 되어 영화로움의 극치를 누리게 되지만, 그녀의 죽음과 함께 가문의 몰락이 이어지는 상황을 암시하고 있다.

마지막 구절에서 시兕는 외뿔난 들소를 가리키고, 호시虎兕는 맹수간의 싸움으로 해석된다. 〈홍루몽곡〉 중 〈인생무상의 한탄恨無常〉에서 "부모님 하루 속히 돌아서 물러나시옵소서天倫呵, 須要退步抽身早!'라고 구절에는 치열한 정치 권력의 다툼에 말려들지 말라는 당부의 뜻이 담겨져 있다. 다른 판본에는 마지막 구절이 "호랑이와 토끼가 서로 만났다虎兎相逢"라고 되어 있다. 이에 대해 인년寅年과 묘년卯年이 교차하는 시기에 원춘이 죽는 것을 표현하였다고 보는 견해도 있다. 하지만 권력투쟁이나 부귀영화는 모두 부질없는 것이라는 주제의식과 관련해서 볼 때, 원본대로 해석하는 것이 더욱 타당해 보인다.

다음에는 두 사람이 연을 날리고 있고 넓은 바다에 배가 떠 있는데, 배 안에는 한 여자가 눈물을 흘리는 그림이 있다. 시는 이러하다.

재주 있고 총명하고 지조 높지만,
하필이면 운수 없이 말세에 나왔네.
청명절 눈물로 강변에서 송별하니,
천리 먼 길 동풍에 꿈은 아득하여 라.
才自精明志自高, 生於末世運偏消. 淸明涕送江邊望, 千里東風一夢遙.

이 시는 탐춘의 운명을 그린 것으로 청명절에 배를 타고 머나먼 남해안으로
시집가는 탐춘의 신세를 상징적으로 그려내고 있다. 탐춘은 재주와 총명함
이 남달랐지만 서출이라는 처지와 가문의 몰락이라는 현실 앞에서 자신의
능력을 마음껏 발휘할 수 없었다. 넓은 바다 위에 떠있는 배에서 울고 있는
여인의 모습은 이렇듯 불우한 운명을 맞게 된 탐춘의 비극적 정서를 잘 표현
하고 있다.

다음에는 흐르는 구름에 한 줄기 굽은 물길이 그려진 그림이 있고 이러한
시가 쓰여 있었다.

부귀는 또한 무슨 소용이더냐.
강보에 싸여 부모 여의었거늘.
눈 깜짝할 사이 석양이로구나.
상수는 흐르고 초의 구름 흩날리네.
富貴又何爲, 襁褓之間父母違. 展眼吊斜暉, 湘江水逝楚雲飛.

이 시는 사상운의 운명을 노래한 것이다. 사상운은 귀족가문에서 태어나 일
찍 부모를 여의고 숙부의 손에 키워진다. 그래도 사상운은 사람들 앞에서 주
눅이 들거나 소극적인 모습을 보이지 않는다. 그녀는 성격이 명랑하고 쾌활
하여 대관원의 사람들과도 잘 어울린다. 하지만 늘 긍정적이고 유쾌한 삶을
누렸던 사상운도 말로가 그리 행복하지 않다. 마지막 구절에서 상수湘水와
구름은 각각 상운의 이름을 상징한다. 시의 후반부는 훗날 위약란과 결혼하
지만 과부가 되어 '떠도는 구름 같은 신세'가 되는 사상운의 운명을 암시한

다. 〈홍루몽곡〉 중 〈기쁨 가운데의 슬픔樂中悲〉에서 "끝내 고당엔 구름 흩어지고, 상강에는 강물 말라 버렸소終久是雲散高唐, 水涸湘江"라는 구절 역시 상운의 운명을 묘사한 것이다.

이어서 고운 구슬 하나가 진흙 속에 떨어져 있는 그림이 나왔다. 시는 다음과 같다.

> 깨끗한 몸 지니려 했지만 그리 안 되고,
> 색 즉시공을 말하여도 그리 되진 못했네.
> 금 같이 옥 같이 태어난 몸 아까워라.
> 결국에는 진흙 밭에 빠지고야 말았으니.
> 欲潔何曾潔, 云空未必空. 可憐金玉質, 終陷淖泥中.

이 시는 묘옥妙玉의 운명을 묘사한 것이다. 묘옥은 선비의 딸이었지만 어려서 출가하였다. 지나칠 정도로 고고하고 깨끗한 성품을 지니고 있지만, 때로 속세의 정을 버리지 못하고 가보옥에 대한 은근한 정을 드러내기도 한다. 청정한 암자에서 참선을 하며 평생을 고결하게 살았으나, 결국 괴한들에게 납치되어 몸을 더럽히는 참담한 운명을 맞는다. 〈홍루몽곡〉 중 〈세속에서 용납 못함世難容〉에서 "너무 고상하면 사람들이 질시하고, 너무 깔끔하면 세상이 싫어하는 법却不知太高人愈妬, 過潔世同嫌"이라는 구절은 묘옥의 지나친 결벽증을 비판한 것이다.

다음에는 무서운 늑대가 미인에게 달려드는 그림이 있다.

> 너는 중산 땅의 이리 같은 자,
> 뜻을 이루자 미친 듯 달려들어.
> 황금 집의 꽃과 버들 같은 몸,
> 일 년 만에 황량의 꿈길로 떠났네.
> 子係中山狼, 得志便猖狂. 金閨花柳質, 一載赴黃粱.

이 시는 요절한 영춘의 운명을 그린 것이다. 첫 구절에서 자子와 계系를 합치면 손孫이 된다. 손孫은 영춘의 남편 손소조를 가리킨다. 구덩이에 빠진 이리를 구해주었더니 되레 잡아먹겠다고 달려들었다는 얘기가 있다. 중산의 이리는 배은망덕의 대명사로 시의 전반부는 포악한 손소조가 착하고 유약한 영춘을 학대한 것을 비유적으로 표현하고 있다. 영춘은 부모의 명에 복종하여 원치 않은 결혼을 하였다가 일 년 만에 죽는 불행한 운명을 맞는다. 마지막 구절에서 황량몽黃粱夢은 인생의 덧없음을 나타내는 말로 당唐나라 전기傳奇소설 《침중기枕中記》에서 유래했다.

다음에는 절간에 미인이 홀로 앉아 독경을 하는 그림이 나왔다. 시는 다음과 같다.

> 삼춘의 영광이 오래가지 못할 줄 알고,
> 검은 승복 차려입고 고운 화장 지웠네.
> 규방에서 곱게 자란 고관대작 따님이
> 부처님 앞 등불 아래 외롭게 누워있네.
> 勘破三春景不長, 緇衣頓改昔年妝. 可憐繡戶侯門女, 獨臥靑燈古佛旁.

이 시는 가씨의 자매들 중 막내인 석춘의 운명을 묘사한 것이다. 첫 구절에서 삼춘三春은 영춘, 탐춘, 석춘 세 자매를 가리킨다. 봄은 젊음이요, 희망이요, 기쁨이다. 하지만 봄의 영광은 길지 않았고, 석춘이라는 이름에서 예견되듯, 그녀는 누구보다 가는 봄을 서러워하였던 것 같다. 너무 일찍 깨달아서 그랬던 것일까. 석춘은 어려서부터 비구니들과 자주 어울려 놀았고, 스스로도 너무 결벽하여 시녀의 작은 실수에도 관대하지 않았다. 시의 후반부는 끝내 부귀영화의 화려함을 버리고 홀로 불가에 입문하는 석춘의 외로운 운명을 묘사하고 있다.

다음에는 얼음산에 봉황새 한 마리가 나는 그림이 있고 시는 이러하다.

봉황새가 어쩌다 말세에나 오셨는가.
모두들 그 재주를 아끼고 사랑했네.
따르고 누르더니 마지막엔 내쳐지네.
울면서 금릉길 떠나니 더더욱 애달프네.
凡鳥偏從末世來, 都知愛慕此生才. 一從二令三人木, 哭向金陵事更哀.

이 시는 가씨 집안의 권세를 틀어쥐었던 왕희봉의 운명을 그린 것이다. 첫 구절에서 범조凡鳥는 말 그대로 '평범한 새'로 해석될 수 있지만 글자를 조합하면 봉鳳자로 이는 왕희봉을 가리킨다. 왕희봉의 외모는 여성스럽고 아름다우나 기질은 웬만한 남자 못지않다. 재주가 남다르고 수완이 뛰어나서 가부의 안팎을 관장하고 경제권을 쥐었으나, 그녀가 누린 권세도 그리 오래 가지 못했다. 얼음산이란 결국 녹아 흐르는 것이 아니던가. 얼음산 위에 봉황이 날고 있는 그림은 왕희봉의 이러한 운명을 보여주고 있다. 더욱이 울면서 금릉길을 떠난다는 마지막 구절은 병이 들어 죽는 왕희봉의 쓸쓸한 죽음을 묘사하고 있다.

이 시에서 세 번째 구절에 대한 해석이 분분하다. 남편 가련에 대해 처음에는 순종하고, 그 후에는 호령하다가, 끝내는 버림받는 왕희봉의 일생을 함축적으로 묘사하였다는 것이 일반적인 견해이다. 여하튼 그녀는 지나치게 영리하여 때로 독한 계략을 꾸미고 다른 사람에게 상처를 주기 때문에 독자들의 미움과 아쉬움을 동시에 불러일으킨다. 〈홍루몽곡〉 중 〈제 꾀에 당한 헛똑똑이聰明累〉에서 "잔재주 너무 많이 굴리다가 오히려 그대 목숨 앗아갔네機關算盡太聰明, 反算了卿卿性命"라는 구절은 왕희봉의 성품을 아주 직설적으로 비판한 것이다.

다음에는 황량한 시골집에 미녀가 베를 짜고 있는 그림이 나왔다. 시는 다음과 같다.

가세가 기울면 귀한 몸 따지지 말고,
집안이 망하면 친척도 논하지 말라.
우연히 유씨 할멈 도와주어,
공교롭게 은인을 만날 수 있었구나.
勢敗休云貴, 家亡莫論親. 偶因濟劉氏, 巧得遇恩人.

이 시는 왕희봉의 딸 교저의 운명을 그린 것이다. 교저는 가련과 왕희봉의 무남독녀 외동딸로 태어나 누구보다도 맑고 깨끗한 영혼을 지녔다. 너무도 귀하게 자랐지만 가부가 몰락한 뒤, 일가친척들의 계략에 의해 멀리 변방으로 팔려갈 처지에 놓이게 된다. 다행히 유노파가 도와주어 위기에서 벗어나고 후에 유노파의 중매로 결혼한다. 초가집에서 베를 짜고 있는 그림 속 여인은 시골로 시집가 평범한 여성으로 살아가는 교저의 미래를 보여주고 있다.

다음에는 잘 자란 난초 화분 옆에 봉황 장식의 모자를 쓰고 노을무늬 덧옷의 예복을 차려입은 여인의 그림이 있다.

복사꽃 오얏꽃 봄바람에 열매를 맺으니,
결국에는 어느 누가 난초 화분만 하리오.
얼음 같고 물 같은 절개에 공연한 질투로
쓸데없이 사람들의 웃음거리 만나는구나.
桃李春風結子完, 到頭誰似一盆蘭. 如冰水好空相妒, 枉與他人作笑談.

이 시는 이환의 운명을 묘사한 것이다. 이환은 가보옥의 형수로 일찍이 과부가 된 여인이다. 슬하에 가란이라는 아들을 두고 평생 자식 양육에만 몰두하며 살아간다. 시의 전반부에서 봄바람에 열매를 맺었다는 구절은 남편 가주賈珠가 일찍 죽고 유복자 가란을 낳은 것을 의미한다. 늘 목석과 같은 마음으로 살아갔기에 시의 후반부에서 얼음 같고 물 같은 절개라고 묘사하였다. 그림에서 잘 자란 난초 화분은 아들 가란을 상징하며, 봉황장식에 노을무늬 예복을 입은 여인의 모습은 가란이 과거에 급제하여 이환이 여복을 누리게 되는 것을 암시한다.

《금릉십이차정책》의 마지막 그림은 끔찍하다. 높은 누각 위에 아름다운 여인이 목을 매고 있는 그림이었다. 시를 살펴보자.

하늘과 바다에 가득한 정의 화신,
정과 정이 만났으니 기필코 넘치리라.
못난 자손 모두가 영국부서 나오는가,
발단은 원래부터 녕국부에 있었다네.
情天情海幻情身, 情旣相逢必主淫. 漫言不肖皆榮出, 造釁開端實在寧.

이 시는 진가경의 처참한 말로를 표현한 것이다. 작품 속에서 진가경은 사려가 깊고 근심이 지나친 성격 때문에 병이 들어 죽는 것으로 묘사되고 있으나, 그녀의 죽음에는 뭔가 석연치 않은 부분이 있다. 예컨대 제7회에서 늙은 하인 초대가 가부의 부패한 모습을 욕하는 장면에서 볼 때, 진가경은 시부媤父인 가진賈珍과 불륜 관계를 맺고 이에 대한 죄책감으로 목을 매어 자살한 것으로 추정된다. 더욱이 〈홍루몽곡〉 중 〈좋은 시절 다 끝났네好事終〉에서 '화려한 들보에 봄은 가고 향기 티끌 떨어지네畫梁春盡落香塵'라는 구절은 진가경이 대들보에 목을 매고 자살한 것임을 암시한다. 또한 제111회에서 원앙이 가모를 따라 목매어 죽으려고 할 때, 진가경의 혼령이 나타나는 장면 역시 진가경의 죽음을 추측하게 하는 대목이다.

시의 전반부에서 묘사된 것처럼, 진가경은 다정함과 음란함의 화신이었다. 진가경은 태허환경에서는 경환선녀의 누이로 잠시 가보옥의 짝이었고, 현실에서는 가진과의 불륜 문제로 가문을 더럽히는 장본인이었다. 이 때문에 작자는 마지막 구절에서 "문제의 발단은 원래 녕국부에 있다"라고 단언한 것이다. 〈홍루몽곡〉에서 "집안이 몰락하는 데 녕寧자가 사단을 일으켰네家事消亡首罪寧"라는 구절 역시 진가경이 집안의 음란함을 조장하고 가문을 망하게 한 원인이라고 지적하고 있다.

【《금릉십이차부책》의 예언시】

《금릉십이차부책》에도 모두 열두 여인의 운명에 대한 시가 적혀 있으나 작품 속에서는 진영련, 즉 향릉에 대한 시만 소개되고 있다. 거기에는 계화나무 옆에 마른 연못이 있고, 그 안에 마른 연줄기와 뿌리가 있는 그림이 있다. 시는 다음과 같다.

> 연뿌리와 연꽃은 한줄기로 향기롭지만,
> 한평생 처지가 정녕코 애달프구나.
> 서로 다른 곳에서 외로운 나무로 자랄 때
> 향기의 혼백은 고향으로 돌아가리라.
> 根並荷花一莖香, 平生遭際實堪傷. 自從兩地生孤木, 致使香魂返故鄉.

첫 번째 구절에서 하화荷花는 연蓮으로 이는 진영련을 가리킨다. 향릉은 그야말로 기구하고 애달픈 삶을 산 여인이다. 선비 집안에서 태어나 부모의 사랑을 받았지만 어려서 유괴되어 시녀로 팔려갔다가 첩이 되었다. 더욱이 첩이 된 이후의 삶도 그리 평탄하지 않다. 시의 세 번째 구절에서 '서로 다른 곳兩地'과 '외로운 나무孤木'는 계桂자를 풀어쓴 것으로 이는 향릉을 괴롭히는 설반의 본처 하금계를 가리킨다.

계화나무 옆에 연못물이 말라있고 그 안에 마른 연줄기와 뿌리가 있는 그림은 표독스러운 하금계의 구박을 받으며 고생스럽게 살아가는 향릉의 처지를 비유적으로 묘사한 것이다. 향릉을 독살하려다 도리어 하금계가 죽게 되자 향릉은 설반의 본처가 된다. 하지만 끝내 난산으로 죽는다. 작자는 마지막 구절에서 "향기로운 혼백이 고향으로 돌아간다"고 묘사하면서 향릉의 죽음을 비통한 심정으로 노래하고 있다.

【《금릉십이차우부책》의 예언시】

《금릉십이차우부책》은 작품에서 비교적 중요한 역할을 한 열두 시녀들의 운명이 적혀 있는 것으로 제5회에는 보옥의 시녀 청문과 습인에 대한 묘사만 나온다. 먼저 검은 구름과 짙은 안개가 가득 그려진 그림이 있고 시는 다음과 같다.

> 날 개이고 달 나올 때 드물고,
> 고운 구름은 쉽게만 흩어지네.
> 마음은 하늘보다 높아도
> 몸은 천하게 태어났으니
> 풍류와 영특함은 원한과 질투 부르네.
> 요절의 원인은 남의 훼방으로 인하니,
> 다정한 도령은 헛된 걱정만 하였구나.
> 霽月難逢, 彩雲易散. 心比天高, 身爲下賤.
> 風流靈巧招人怨. 壽夭多因毀謗生, 多情公子空牽念.

이 시는 청문의 운명을 묘사한 것이다. 첫 번째 구절에서 날이 개면서 달빛이 드러난다는 표현은 청문의 이름을 암시한다. 하지만 실제로 그녀의 현실은 지난하기만 하고, 그림이 암시하듯 그 운명은 검은 구름과 짙은 안개에 가려져 암담할 뿐이다. 비천한 시녀의 신분으로 태어났지만 누구보다 자존심이 강하고, 뛰어난 미모와 손재주 때문에 사람들의 질투와 원한만 사게 된다. 평소 가보옥이 살뜰히 아껴주지만 억울한 누명만 쓴 채 쫓겨나 병들어 죽는다. 청문은 외모나 성격 면에서 임대옥의 분신으로 평가되는데, 보옥이 청문의 죽음을 위로하기 위해 지은 〈부용뢰芙蓉誄〉는 결국 대옥을 향해 미리 지어 바친 제문이라 할 수 있다.

다음에는 싱싱한 꽃다발과 낡은 돗자리의 그림이 있다. 시는 이러하다.

온순하고 상냥함이 다 쓸모없고
향기로운 난초 계화 헛말이었네.
종당에는 배우에게 복이 갔나니,
도령과는 인연 없는 줄 뉘 알았으랴.
枉自溫柔和順, 空云似桂如蘭. 堪羨優伶有福, 誰知公子無緣.

이 시는 습인의 운명을 암시한 시이다. 습인의 원래 성이 화花씨이고, 돗자리를 뜻하는 석席은 습襲과 발음이 비슷하니, 그림 속 꽃다발과 돗자리는 습인을 가리킨다. 습인은 다정다감한 성격으로 평소 극진한 정성으로 보옥을 보살핀다. 또한 보옥이 치기를 떨쳐버리고 가문의 계승자로서 당당하게 일어서기를 늘 바란다. 이러한 모습 때문에 설보차의 분신으로 평가된다. 보옥과 가장 먼저 깊은 인연을 맺은 습인에게는 그와 평생을 함께 하리라는 믿음이 있었다. 하지만 두 사람은 끝내 인연을 맺지 못하고 보옥이 출가하자 습인은 창극배우인 장옥함에게 시집간다. 시의 후반부 두 구절은 습인의 이러한 운명을 함축적으로 묘사하고 있다.

이렇듯 작가는 상징적이면서 함축적인 표현으로 대관원 여인들의 미래와 운명을 묘사하고 있다. 이러한 표현기법은 《홍루몽》의 예술적 가치를 더해주는 요소가 됨에 틀림없지만, 시에 대한 이해가 부족한 독자들이 감상하기에는 분명 난해한 점이 있다. 더욱이 작품의 초반인 제5회에서 예언시와 그림에 대한 묘사가 나와 전체적인 맥락과 이야기의 결말을 파악하지 못한 독자들이 그 오묘한 맛을 이해하며 읽기란 쉬운 일이 아니다. 하지만 아는 만큼 보인다고 하지 않았던가. 그 사연들의 속사정을 조금이나마 들여다보고 다시 읽는다면 좀 더 적극적으로 《홍루몽》의 예술세계를 감상할 수 있을 것이다.

작품의 무대

– 대관원大觀園

《홍루몽》을 읽으면서 등장인물의 성격이나 사건의 전개를 파악하는 것만큼이나 아기자기한 재미를 주는 것은 대관원이라는 공간이다. 대관원은 단순히 이야기가 전개되는 배경으로 존재하는 정태적 공간이 아니다. 사건을 만들어가고 때로 적극적으로 이야기 속으로 개입해 들어오기도 하는 동태적 공간이다. 더욱이 대관원의 각 건축물과 정원 배치, 편액, 대련 등은 주인공들의 성격을 직간접적으로 드러내고, 그들의 미래와 운명을 함축적으로 예시하기도 하여서 작품에 오묘하고 깊은 맛을 더해주는 장치가 된다.

　《홍루몽》의 공간적 배경은 크게 가부와 대관원으로 나누어진다. 황족의 일가들이 거주하는 곳을 부府라고 한다. 가부는 황실과 가까운 인척관계에 있는 가씨 가문의 집을 의미한다. 가부는 다시 영국부榮國府와 녕국부寧國府로 나누어진다. 대관원은 원춘의 성친을 위해 가부에서 지은 별장으로 영국부 동쪽 큰 뜰과 녕국부의 회방원 담장과 누각을 헐어버리고 만든 거대한 정원이다.

　제16회에는 화원의 동쪽부터 서북쪽까지 모두 3리 반가량 되는 터에 대관원을 짓는다는 묘사가 나온다. 여기서 3리 반은 대략 둘레 1,750m, 한 면의 길이가 437.5m의 면적으로 대관원은 단순히 개인 소유 규모의 작은 정원이 아니다. 이러한 거대한 스케일은 북방 황실원림의 특징 중 하나이고, 그 내부에 세워진 건축물의 양식은 남방 문인원림의 특징을 띠고 있다. 이렇게 볼 때, 대관원은 중국 북방과 남방의 건축문화 특징을 이해하는 데 매우 중요한 자료가 된다.

중국문학, 특히 소설작품에서 정원은 남녀의 사랑에 대한 메타포로 묘사되었다. 더욱이 16세기에서 18세기에 이르는 시기에 사대부 집안에서 정원을 만드는 것이 크게 유행하면서 《서상기西廂記》, 《모란정牧丹亭》, 《금병매金瓶梅》 등을 비롯하여 많은 재자가인소설에서 정원은 남녀의 은밀한 만남이 이루어지는 곳, 욕망의 장소로 표현되었다. 남녀의 사랑 이야기가 펼쳐지는 공간적 배경이라는 점에서 볼 때, 대관원 역시 이러한 문학 전통과 맥을 같이하고 있다. 하지만 《홍루몽》이 기존의 사랑 이야기와는 다른 차원으로 승화될 수 있었던 계기는 바로 전통적 정원의 이미지를 계승하되 그것과는 완전히 차별화된 대관원의 구조에 있었다.

우선 대관원은 주거공간과 후원後園이 혼합된 형식이 특징이다. 대관원 내 주거형 건물은 모두 8개로 가보옥의 이홍원怡紅院, 임대옥의 소상관瀟湘館, 설보차의 형무원蘅蕪苑, 영춘의 철금루綴錦樓, 탐춘의 추상재秋爽齋, 석춘의 요풍헌蓼風軒, 이환의 도향촌稻香村, 묘옥의 농취암櫳翠庵이 있다. 주거공간이 있는 후원인 대관원은 우연히 남녀가 만나 은밀한 사랑을 나누는 장소가 아니라, 함께 살면서 자신들만의 세계를 만들어가는 낙원과도 같은 곳이다. 이로부터 《홍루몽》은 여타 재자가인 소설보다 예술적으로 한 차원 더 승화된 작품으로 등장할 수 있었다.

또한 자유분방하면서 시의詩意가 가득한 대관원은 가부의 구조와는 확연하게 차이를 보인다. 미로처럼 얽혀 산발적으로 흩어져 있는 대관원의 건축 배치는 위계질서를 구현하고 있는 가부의 구조와 대비를 이룬다. 이렇듯 열려있는 대관원의 구조는 자유로운 정신과 평등한 인간관계를 구현하고 있다. 대관원은 현실의 모든 억압과 질서, 모순들을 뛰어넘어 완벽한 세상을 꿈꿀 수 있는 곳이다. 제5회에 가보옥이 꿈속에서 노닐던 태허환경이 현실에서 재현된 것이 바로 대관원이다. 대관원은 지금도 여전히 중국인들의 사유 속에서 유토피아의 원형으로 자리 잡고 있다.

대관원은 여러 상징들과 의미들이 얽혀있는 공간이다. 각 건축물들과 풍경들은 하나하나 살아있어 우리의 모든 감각들을 깨어나게 한다. 그것들은 마치 살아있는 생명체와 같아서 소리, 색채, 빛, 냄새를 내기도 하고, 계절의 변화, 자연의 움직임과 함께 시시각각 다른 모습을 보여주기도 한다. 이제 독자들에게 남아있는 것은 하나의 퍼즐을 맞추어 나가듯 대관원 속 미로를 따라 들어가 그 무한한 상징과 의미의 세계를 찾아보는 일이다.

*가모원 賈母院

영국부의 서쪽에 위치하고 있다. 수화문을 지나면 세 채의 뜰이 나오고 정방인 영경당榮慶堂에 가모가 거처한다. 그 앞뜰에 있는 기하재綺霞齋라는 방은 보옥의 서재이다. 후원에 있는 취금문聚錦門은 가부의 후문과 바로 연결된다. 영국부나 대관원에서 쓰는 생활필수품이 들어오거나 외부의 사람들이 왕래할 때 거쳐야 하는 통로이다.

*가부 賈府

대관원과 함께 《홍루몽》의 주요 배경이 되는 공간으로 위계적 현실세계를 구현하는 구조로 이루어져 있다. 가부는 영국부와 녕국부로 구분된다. 골목 하나를 사이에 두고 영국부는 서쪽에, 녕국부는 동쪽에 위치하고 있다. 가부 내의 건물들은 서로 연결되어 있지만, 한 건물에서 다른 건물로 이동하기 위해서는 여러 겹의 문과 대청, 회랑을 지나야 하는 번거로움이 있다. 또한 각각의 건물들은 독립된 구조를 이루고 있어서 매우 폐쇄적인 공간의 형태를 띠고 있다. 부부 사이, 시부모와 며느리 사이, 형제 사이의 경계구분이 명확하며, 삼강오륜의 유교정신을 그대로 반영한 전통가옥이다.

*가정원 賈政院

가정원의 내부는 세 채의 뜰로 나누어진다. 중앙에 가정원, 동쪽에 왕부인원 王夫人院, 서쪽에 조이랑원趙姨娘院이 있다. 가정원의 정방은 영희당榮禧堂이다. 내실에는 천자로부터 하사받은 현판을 모셔두었고, 가부의 모든 일은 영희당을 중심으로 일어난다. 가정원의 후문에서 북쪽으로 더 들어가면 가련과 왕희봉의 처소가 있다. 가정원의 동북쪽에는 이환의 처소가 있고, 영희당 바로 뒤편에는 가보옥이 결혼한 후 지냈던 처소가 있다.

*곡경통유처 曲徑通幽處

'굽이진 오솔길은 그윽한 곳으로 통한다'는 뜻으로 대관원의 아름다운 경치가 시작되는 곳이다. '곡경통유처'는 당나라 상건常建의 시 〈제파산사후선원 題破山寺後禪院〉에 나오는 구절로 중국 정원예술의 핵심이 되는 표현이다. 중국의 정원은 직선이나 기하학 등으로 정리된 프랑스 정원과는 달리 곡선과 자연스러움을 강조한다. 제17회에서 가보옥은 가정과 그 일행 앞에서 정원은 '천연도화天然圖畵', 즉 인위적인 것이 아니라 스스로 이루어지도록 하는 자연미가 있어야 한다고 주장한다. 이는 중국 정원의 핵심이면서 동시에 자연스러움, 인간의 본성을 거스르지 않으려는 정신을 표방하는 대관원을 상징한다.

*난향오 暖香塢

가석춘이 거처하던 곳으로 추상재의 북쪽 도향촌稻香村과 통하는 곳에 위치하고 있다. 제23회에서 석춘이 요풍헌蓼風軒에 들어가 살게 되었다는 묘사가 보이는데, 요풍헌은 석춘의 서재이고 난향오의 별호이다. 제50회에 가모가 난향오에 들렀을 때 붉은 천으로 된 휘장을 들어올리니 훈훈한 향기가 풍겨져 왔다는 묘사가 보인다. '난향暖香'이라는 허경을 잘 살린 장면이다. 제50회에서 가모와 설부인, 희봉, 석춘, 상운 등이 모여서 수수께끼 놀이를 하는 장소이기도 하다.

*녕국부 寧國府

가부의 동쪽에 위치하고 있다. 작품에서 동부東府라고 표현된다. 제3회에서 임대옥의 시선으로 녕국부의 외관이 묘사되고 있다. 굳게 닫힌 정문 앞에 거대한 돌사자가 웅크리고 있고 대문의 편액에는 '칙조녕국부敕造寧國府'라고 쓰여 있다. 그 앞에는 제복을 입은 장정들이 지키고 있어서 매우 엄숙하고 위엄 있는 분위기를 보여주고 있다. 녕국부의 서쪽에는 가씨종사賈氏宗祠가 있고 동쪽에 가진의 정방이 있다. 그 뒤뜰에 회방원會芳園이 있다.

*노설암 蘆雪庵

난향오의 북쪽에 있는 건물로 서쪽으로는 우향사와 연결되는 곳에 있다. 건축양식은 매우 소박하다. 삼면이 물로 둘러싸여 있고, 양쪽 옆에는 푸른 갈대가 있다. 제49회에서 눈이 하얗게 내린 날, 이환과 상운 등의 일행이 노설암에서 노루고기를 먹으며 시를 짓는 장면이 나온다. 제50회에서는 붉은 매화로 시 짓는 놀이를 하는 장면의 배경이 된다.

*농취암 櫳翠庵

비구니 묘옥이 수행을 하던 곳이다. 요정계관凹晶溪館의 서쪽에 위치하며 건물 안 북쪽에 금부처를 모셔두고 있다. 앞뜰에는 붉은 매화가 있다. 매화는 스스로를 '함외인檻外人'으로 지칭하며 세속에 물들지 않고 고고하게 절개를 지키려는 묘옥의 내면성향을 보여주는 상징이다. '농취櫳翠'는 푸른빛의 창가라는 뜻으로 푸른빛의 허경과 붉은 매화는 강렬한 색채의 대비를 이루고 있다. 제41회에서 가모와 왕부인, 희봉, 보옥 등이 농취암에 들러 차를 음미하는 장면이 나온다. 제49회에는 가보옥이 농취암에서 불어오는 향기에 취하는 장면이 묘사되고 있다.

*도향촌稻香村

이환이 거처하던 곳으로 추상재에서 북쪽으로 향하는 길목에 위치하고 있다. 도향촌稻香村은 '벼 향기 풍기는 마을'이라는 뜻으로 두 칸짜리 초가집에 울타리 밖에는 온갖 푸성귀 밭이 펼쳐져 있어 소박한 시골의 풍경을 보여주는 곳이다. 처음에 원춘이 완갈산장浣葛山莊이라고 명하였다. '완갈浣葛'은 본래 부인의 덕을 칭송한 《시경·주남周南》의 〈갈담葛覃〉에서 유래한 표현이다. 일찍 과부가 되어 평생을 수절한 이환의 모습을 상징적으로 보여주는 대목이다.

*소상관瀟湘館

임대옥이 거처하던 곳으로 온통 파초들과 대나무로 둘러싸여 있다. 제23회에서 임대옥은 대나무가 우거지고 그윽하고 조용해서 소상관이 마음에 든다고 하였는데, 임대옥의 내면 성향을 보여주는 대목이다. 죽림칠현竹林七賢이나 죽계육일竹溪六逸 등에서 볼 수 있듯이, 중국문학에서 대나무는 은일문화를 상징한다. 고독함, 고결함, 강직함, 올곧음을 상징하는 대나무는 고결한 성격을 지녔으면서 고독하게 인생을 마감하는 임대옥의 운명을 암시한다.

자욱한 대숲의 짙은 그림자, 푸른 이끼, 푸른 사창 등에서 연상되는 푸른

색은 역시 고독함 속에서 독서를 즐기는 임대옥의 성격을 드러내는 장치이다. 제17회에서 가정 일행이 소상관을 둘러보면서 달밤에 대나무 창 아래에 앉아 책을 읽으면 좋겠다고 평가하는데, 이 장면은 홀로 고독하게 독서를 즐기는 임대옥과 소상관을 연결시키는 고리가 된다. 제40회에서 유노파가 소상관으로 들어가다가 푸른 이끼 때문에 미끄러워 넘어질 뻔한 장면은 임대옥이 사람들과의 왕래가 없이 홀로 고독하게 지내는 상황을 보여준다.

*심방천沁芳川

회방원 귀퉁이의 담 밑에서 냇물을 끌어들인 것으로 대관원 전체를 돌아 흐르다가 마지막에는 이홍원으로 흘러 들어가게 설계되었다. 심방沁芳은 '향기가 스며들다'는 뜻이다. 향기가 부지불식간에 우리의 코에 스며들듯이, 심방천은 대관원 곳곳으로 흘러들어간다는 것을 의미한다. 《홍루몽》에서 물은 눈물, 감성, 여성성, 생명의 근원을 상징하는 모티프이다. 특히 제23회에서 가보옥이 심방천 위로 떨어지는 꽃비를 보며 아쉬워하다 임대옥과 함께 꽃무덤을 만들어주는 장면은 《홍루몽》에서 가장 서정적인 장면 중 하나로 꼽힌다.

*영국부 榮國府

영국부의 내부는 크게 세 채의 뜰로 나뉘어 있다. 동쪽에 가사원賈赦院, 중앙에 가정원, 서쪽에 가모원이 위치한다. 가사원의 뒤뜰에는 이향원梨香院이 있다. 서남쪽에 있는 조그마한 일각문을 나서면 왕부인의 동쪽 뜰과 통하게 되어있다. 원래 영국공이 늘그막에 정양하던 장소로 설보차가 형무원으로 들어가기 전에 거처하던 곳이기도 하다. 앞쪽 대청에 연극을 공연하는 무대가 있어 설보차가 형무원에 들어간 후에는 연극단 어린 배우들이 들어와 머무는 곳이 된다. 제36회에서 가보옥이 영관齡官을 보면서 인생의 정분과 인연에는 제각기 정해진 운명이 있음을 알게 되는 배경이 된다. 제69회에서 희봉의 박대를 받고 괴로워하던 우이저가 생금을 먹고 자살한 뒤 이곳에 잠시 관을 두었다가 장례를 치르게 된다.

*요정계관 凹晶溪館

철벽산 아래 물가 옆에 있는 철벽산장의 휴식터이다. '요凹'는 물, 어두움, 음, 소극성 등의 이미지를 지닌다. '정晶'은 물 위의 '빛'이라는 시각적 이미지를 불러일으킨다. 제75회 철벽산장에서 떠들썩한 잔치를 벌였던 장면과 대비되어 제76회에서는 임대옥과 사상운이 요정계관으로 내려와 은은한 달빛을 즐기면서 시를 읊조리는 이야기가 전개된다. "하늘에 두둥실 뜬 달과 못 속에 비친 쟁반 같은 달이 서로 빛을 다투는 것 같아 마치 몸이 수정궁이나 용궁에 들어앉은 기분이었다"는 묘사는 실경實境과 허경虛境이 서로 어우러지는 장면이다. 《홍루몽》의 미학적 글쓰기의 진면목이 잘 드러난 부분 중 하나이다.

*우향사 藕香榭

연못 가운데 세워져 있는 정자로 사면이 모두 호수로 탁 트여 있고 좌우로 회랑이 있다. 제38회에서 사상운이 가모를 초대하여 계화꽃 구경을 하고 함께 대게 요리를 먹으며 시를 지었던 곳이다. 우향사는 또 가부의 연극단 배우들이 연극을 연습하는 장소이다. 제41회에서 가모가 두 차례 연회를 베풀다가 우향사에서 악단이 연주하는 것을 감상한다. 제81회에서는 탐춘과 이기, 이문, 형수연 네 명의 아가씨들이 낚시를 하면서 운수를 점치는 곳이기도 하다.

*이홍원怡紅院

가보옥이 거처하던 곳으로 대관원에서 가장 화려한 풍격을 지닌 건축물이다. 화려함을 추구하는 가보옥의 내면을 보여주는 대목이다. '이홍怡紅'은 "붉은 것을 좋아하다"는 뜻으로 이는 《홍루몽》의 제목에서 표방하고 있는 시각적 이미지와도 연결된다. 붉은색은 강한 생명력, 열정, 화려함, 활발함 등의 이미지를 연상시키고, 평소 시녀들의 입술에 발린 연지를 훔쳐 먹는 것을 좋아하는 보옥의 독특한 취향을 드러내는 장치이기도 하다.

이홍원 앞뜰 역시 매우 화려하게 꾸며져 있다. 뜰 가운데에는 기암괴석이 있고 양쪽으로 해당화와 파초가 있다. 더욱이 '이홍쾌록怡紅快綠'이라는 편액은 붉은색과 푸른색의 대비를 이루어 시각적인 화려함을 부각시킨다. 제17회에는 이홍원의 마당에 피어있는 해당화는 여인국女人國에서 유독 더 잘 자란다는 묘사가 보인다. 이는 남성 중심의 세계를 거부하고 여인들의 천국인 대관원에 있을 때 가장 행복해하는 가보옥의 내면세계를 은유적으로 표현하고 있다.

*철금루 綴錦樓

가영춘이 거처하던 곳이다. 제37회에서 영춘이 자릉주紫菱洲에 사니까 아호를 능주菱洲라고 하자는 대목이 나온다. 철금루는 들꽃과 마름풀이 만발한 물가에 위치하고 있음을 짐작해볼 수 있다. 철금루의 내부 장식에 대한 묘사는 작품에서 거의 보이지 않는다. 제79회에서 영춘이 손소조에게 시집가게 되었을 때 가보옥이 쓸쓸한 마음을 달래며 자릉주 근처를 배회한다. 갈잎과 마른풀을 보며 시를 읊는 장면은 떠나가는 영춘에 대한 가보옥의 안타까운 마음을 질 표현히고 있다.

*철벽산장 凸碧山莊

대관원의 서북쪽에 위치하고, 대관원에서 가장 높은 봉우리인 철벽산 위에 지어진 건축물이다. 제75회에서 추석날 달맞이 연회가 열리는 배경이 된다.

철벽산장은 대관원 내에서 요정계관凹晶溪館과 대비를 이루는 건축물로 음양의 조화와 대비라는 절묘한 아름다움을 보여주고 있다. '철凸'이라는 글자에서 짐작되듯이, 철벽산장은 산, 밝음, 양, 적극성 등의 이미지를 지닌다. 제75회에서 가부의 사람들이 추석 전날 밤늦도록 떠들썩한 분위기로 술잔치를 벌이는 장소이다. 그러던 중 어디선가 꺼지는 듯한 한숨소리가 들려오고 그 소리에 사람들은 소스라치게 놀란다. 이는 가부의 권세가 서서히 기울어져 가는 불길한 징조를 예시한 장면이다.

*추상재秋爽齋

가탐춘이 거처하던 곳으로 추秋와 상爽, 즉 '상쾌한 가을날'이라는 뜻의 두 글자는 쾌활하고 적극적인 탐춘의 성격을 대변하고 있다. 제40회에 탐춘이 밝고 탁 트인 환경을 좋아해서 방 세 칸을 사이벽도 없이 통방으로 쓰고 있다는 묘사가 보인다. 방안 한가운데 화리花梨 대리석의 큰 탁자가 있고 그 위에 명인들의 서첩이나 벼루, 붓통 등이 있는데, 담백한 실내장식 역시 탐춘의 시원하고 담백한 성격을 보여준다. 제37회에는 탐춘의 적극적인 주도하에 추상재에서 해당시사海棠詩社가 열린다.

*형무원蘅蕪苑

설보차가 거처하던 곳으로 건물의 장식이 너무도 밋밋하고 소박한 풍경은 설보차의 담백함, 검소함을 보여주는 상징이 된다. 꽃은 없지만 형무원을 상징하는 허경은 향기, 후각적 감각이다. 이는 형지청분蘅芷淸芬이라는 편액을 통해서도 잘 드러난다. '형무와 청지의 맑고 그윽한 향기'라는 뜻으로 형무원이 풍기는 향기는 농염한 꽃향기가 아니라 맑고 그윽한 풀 향기이다. 이는 굴원屈原이 〈이소離騷〉에서 청렴결백한 자신을 향초에 비유했던 것을 연상시킨다.

형무원의 허경은 흰색을 통해서도 표현된다. 제40회에는 형무원의 실내가 너무도 검소하여 "눈 속에 뚫어놓은 굴처럼 하얗기만 하다"라고 묘사되고 있다. 흰색은 소박함, 검소함과 함께 침착한 설보차의 성격을 드러내는 이미지가 된다. 흰색과 향기가 총체적으로 연결된 것은 냉향환冷香丸이다. 냉향환은 흰 모란, 흰 연꽃, 흰 부용, 흰 매화로 만든 약으로 흰색과 '냉冷', '향香' 등의 글자는 부드러우면서도 냉정하고 단아한 설보차의 이미지를 표현하고 있다.

*회방원會芳園

원래 가부의 사람들이 모여서 꽃놀이나 술자리를 가졌던 곳이다. 시아버지와의 불륜 관계로 죄책감 때문에 자살한 진가경이 거처하던 곳이기도 하다. 작품에서 풍월의 세계에 대한 은유이자, 현실세계의 비정함과 부패를 상징하는 공간이다. 제11회와 제12회에서 가서가 음심을 품고 희봉을 희롱하는 곳도 회방원이었다. 제16회에서 회방원을 완전히 헐어버리고 그 터에 대관원을 만든다는 묘사는 매우 상징적인 의미를 지닌다. 부패하고 욕망이 가득한 현실세계를 부정하고 새로운 이상세계를 건설하고자 한 작가의 의도가 드러난 부분이다.

작가와

판본 문제

【사라진 흔적들을 찾아서】

중국 고전 장편소설 중에서 작자를 분명히 알 수 있는 작품은 몇몇 손으로 꼽을 정도이다. 《삼국지연의》나 《수호전》처럼 오랜 시간 동안 여러 사람의 손을 거쳐 오면서 작자를 분명하게 알 수 없게 된 경우가 있고, 《금병매》처럼 작가 자신이 이름을 숨기고 필명을 드러낸 경우가 많기 때문이다. 이러한 현상은 소설을 짓는 것 자체가 군자로서 떳떳하지 못한 일로 치부되었던 유교의 전통에서 기인한다. "공자는 괴력난신怪力亂神을 말하지 않았다"는 유가의 오랜 도그마를 벗어나기가 그리 쉬운 일이던가. 해박한 지식과 뛰어난 문장력으로 장편소설을 쓴 사람이라면 당시로서는 문화계 최고의 인물이었을 것이고 신흥문단을 이끌어가는 선두주자였겠지만 보수문단의 비판으로부터 자유롭지는 못했을 것이다.

《홍루몽》의 작가 또한 이와 유사한 처지에 놓여 있었다. 《홍루몽》이 건륭乾隆 연간에 처음 나왔을 때만 해도 작가가 조설근이라는 것은 익히 알려진 사실이었다. 하지만 작가 스스로 자신의 이름을 확실히 밝히지 않아 시간이 흐르면서 누가 《홍루몽》을 썼는지 갈수록 모호한 상태로 남아있게 된다. 그로부터 거의 30년이 지난 후 정위원程偉元이 《홍루몽》을 목활자본으로 간행했을 때는 이미 작가에 대한 정보가 거의 사라지고 난 이후였다. 정위원은 서문에서 이렇게 술회하였다.

> 《홍루몽》의 원제목은 《석두기》로 작가에 대해서는 전해지는 바가 일정치 않아서 도대체 누구의 손에서 나왔는지 알 수가 없다. 다만 작품의 본문중에 조설근 선생이 여러 차례 수정했다고 적혀 있다. 애호가들마다 한 부씩 필사하여 시중에 나오면 그 값이 수십 금을 호가해도 날개 돋친 듯 팔려나갔다.

이러한 상황 때문에 청말까지 조설근은 진지한 연구의 대상으로 부각되지 못하였다. 그 후 청말 왕국유王國維에 이르러 《홍루몽》의 예술적 가치가 본격적으로 논의되면서 작가 문제가 거론되기 시작한다. 1905년 왕국유는 《홍루몽평론》에서 《홍루몽》을 '우주의 대저술'로 극찬하면서 쇼펜하우어 A.Schopenhauer의 비극론 관점에서 《홍루몽》의 철학적 의미를 분석하였다. 이 과정에서 왕국유는 그동안 작가에 대한 연구가 너무나 미흡했던 것에 대해 개탄했다.

> 작가의 성명과 저작의 연도에 대해서는 이 책의 독자들이 마땅히 알아두어야 한다. 하지만 여러 책을 찾아보아도 조설근이 누구인지는 보이지 않았다. 이 책의 작가가 누구인가를 연구하는 것이 이 책의 주인공이 누구인가를 알아보려는 것보다 훨씬 중요한 문제이다. 그러나 아무리 둘러보아도 이를 고증하려는 사람이 없으니 알 수 없는 일이다.… 그러므로 우선 작가의 성명과 저술의 연도가 고증의 대상이 되어야 한다.

왕국유의 이러한 문제제기는 바로 호적胡適의 〈홍루몽고증〉으로 이어진다. 1920년대 초 호적은 《홍루몽》의 작가가 조설근이라는 사실을 본격적으로 고증해 내었으며 판본과 관련된 여러 사실들을 밝혀내었다. 작가와 판본에 대한 호적의 연구는 향후 홍학 연구에 커다란 기틀을 마련해 주었다.

【조설근에 관하여】

청대 건륭연간에 생존하였던 조설근에 대한 기록은 크게 알려진 바가 없다. 조설근의 가문은 명문귀족이었으나 조설근이 소년시절을 보내면서 집안이 돌연 몰락하는 비운을 맞게 된다고 전해진다. 조설근 가문의 이러한 흥망성쇠는 5대에 걸쳐 펼쳐지는 가씨 집안의 역사와도 닮아 있다. 조씨 가문의 부상은 청대의 시작과 궤를 같이한다. 조씨 가문은 명말 요동遼東에서 관리를 지냈는데 조설근의 고조부가 요양遼陽에 있을 때 청대로 복속되면서 청대 황제의 신하가 되었다. 청태종의 아우인 도르곤[多爾袞]이 산해관山海關을 넘어 북경으로 들어올 때 조씨 가문은 함께 입성하였고, 조설근의 증조부는 도르곤과 함께 산서山西를 공략하면서 큰 공을 세워 순치順治황제의 어전시위御前侍衛가 되었다.

훗날 조설근의 증조부는 강녕직조江寧織造를 맡게 된다. 이는 다름 아닌 증조모 손씨가 강희康熙황제의 유모로 발탁되었기 때문이었다. 조설근의 조부 조인曹寅은 어릴 때부터 강희황제와 함께 공부를 하여 절친한 사이가 되었다. 강희황제가 즉위한 이후에는 부친의 직위를 이어받아 강녕직조를 관장하게 되었다. 이 시기에 소주직조蘇州織造나 항주직조杭州織造는 모두 강희황제의 유모를 지냈던 사람들의 가족이나 후손이 맡게 되었다.

만주족의 청대 황실이 북경에 수도를 정하고 중국 전역을 통치하면서 가장 신경 썼던 곳은 한족의 전통적인 기반인 강남지역이었다. 남경과 소주, 항주로 대표되는 이 지역의 민심을 순화시키고 강남의 재야인사들의 은밀한 동태까지 알아내기 위하여 황실은 강남지역 비단공장의 조직을 이용하였다. 강희황제가 자신의 유모를 지낸 사람의 가족이나 직계 후손에게 소주,

항주, 남경의 직조를 맡긴 것도 바로 그러한 이유에서였다. 그들은 한족이면 서도 청대 황실에서 가장 신임할 수 있는 인물들로 현지의 한족 문인들과 교류하면서 사교계를 이끌어갔으며, 지방관으로 파견된 행정관의 동태를 파악하는 역할까지 담당하였다. 이들은 황제에게 직접 전달되는 편지를 정기적으로 썼고 황제 또한 손수 붉은 글씨로 평을 달아서 회신했다고 전해진다.

당시 남경의 강녕직조와 소주직조, 항주직조는 서로 긴밀한 인척관계로 맺어져 있었다. 이는 《홍루몽》에서 가씨와 사씨, 왕씨, 설씨 등 사대가문이 인척관계로 서로 긴밀하게 연결되어 흥하면 같이 흥하고 망하면 함께 망하는 관계였던 것과 매우 흡사하다. 조인이 강녕직조를 맡고 있을 때 소주직조는 그의 처남인 이후李煦가 맡았고, 항주직조는 외가인 손문성孫文成이 맡고 있었다. 《홍루몽》에서 사대가문이 서로 깊은 인척관계로 맺어져 있는 설정 역시 이러한 배경에서 나온 것으로 보인다.

【남경의 명문가 조씨 가문】

조설근의 조부 조인은 조씨 가문에서 가장 혁혁한 이름을 남긴 인물이었다. 무엇보다 강희황제와의 깊은 인연 때문에 다양한 역할을 수행하였다. 특히 강희황제가 재위 61년 동안 여섯 차례에 걸쳐 남방을 순시한 적이 있는데, 그 중 네 차례는 강녕직조에서 조인이 직접 영접하였다. 황제의 행차 때 사용되는 경비는 모두 내무부에서 공급하도록 되어있었고, 강녕직조는 내무부 소속의 직속기관이었으므로 자연히 황제의 어가를 영접하는 역할을 맡게 된 것이다.

황제를 영접하는 기간 동안 직조는 곧바로 행궁의 역할을 담당하게 되었다. 모든 설비와 기물은 궁중과 다를 바 없이 화려하고 사치스럽게 준비되었다. 이러한 물건은 황제가 다녀간 뒤에도 그대로 남아있어서 조씨 집안의 생활은 사치스러움의 극치를 누릴 수 있었다. 《홍루몽》에서 귀비가 된 원춘이 잠시 친정나들이를 할 때, 가부에서 거대한 정원을 짓고 사치스럽게 영접하는 장면은 조씨 집안에서 친히 겪었던 경험을 반영한 것으로 볼 수 있다. 조설근의 부친이나 숙부는 바로 이러한 배경에서 성장하여 훗날 강녕직조의 직위를 이어받았고, 조설근도 대략 열세 살까지는 부귀영화를 누리며 살았던 것으로 전해진다.

조인은 뛰어난 문학적 재능을 지녔던 인물로 강남일대의 명사였다. 게다가 당시 이름난 문인들과 널리 교제하여 사교계의 중심인물이었다. 조인은 시문은 물론 희곡 《속비파續琵琶》를 지었으며 수많은 서적을 소장한 장서가였다. 그의 시문은 《연정시초 棟亭詩鈔》와 《연정시별집 棟亭詩別集》, 《사초詞鈔》와 《사초별집詞鈔別集》, 《문초文鈔》 등에 모두 실려 있다. 또한 강희황제의 특명에 의하여 《전당시全唐詩》 900권을 간행하였다. 양주揚州에 서국을 설치하고 《전당시》를 간행하는 한편 《패문운부佩文韻府》와 《연정오종 棟亭五種》, 《연정십이종 棟亭十二種》 등을 간행하기도 하였다.

하지만 60여 년간 강남의 명문귀족으로 명성을 떨쳐온 조씨 가문의 위세는 중심인물이었던 조인이 급작스럽게 죽으면서 쇠퇴하기 시작한다. 조인의 병이 위중해지자 이를 전해들은 강희황제는 당시 구하기 어려운 키니네 [金鷄臘]약을 파발마로 급히 보내주었다고 한다. 가장 신임하는 신하이자 평생지기인 조인의 죽음을 앞두고 강희황제의 마음이 얼마나 다급했는지 짐작할 수 있는 대목이다. 조인이 죽자 강희황제는 북경에 있던 조인의 아들 조옹曹顒에게 강녕직조의 일을 맡긴다. 그러나 2년 뒤 조인의 외아들인 조옹마저 요절한다. 강희황제는 다시 조인의 양자인 조부曹頫에게 강녕직조의 권한을 내려준다. 강희황제와 조씨 가문의 오랜 인연은 이렇게 이어지고 있었으나 당시 강녕직조의 운영상태는 상당히 불안한 상태였다.

강희황제가 원래 남방지역을 행차하면서 절대로 과도한 낭비를 하지 말라고 경고하였지만, 황제를 영접하는 조인의 입장에서는 자연히 최선을 다해 준비하려고 했을 것이다. 그런데 그 과정에서 과도한 경비가 지출되어 결국

공금부족 현상을 초래하였다. 물론 황제 자신도 그러한 사실은 잘 알고 있었고, 가능한 모든 방법을 동원하여 부족한 공금을 채울 수 있도록 신경을 썼다. 조인에게 비교적 돈벌이가 되는 염정鹽政을 겸임하도록 한 것도 그러한 배려에서였다. 염정은 조정에서 독점으로 장악하고 있는 소금판매업이었으므로 그야말로 노른자위 관직이었다. 물론 비단 생산을 관장하는 강녕직조도 역시 엄청난 경제력과 권력을 보장해주는 자리였지만, 황제를 자주 영접하면서 사치와 낭비가 심해져 제대로 경영하기가 쉽지 않았다.

강희황제는 61년 재위기간을 마치고 운명하였다. 오랜 재위기간중 황태자는 몇 차례의 폐위와 복위를 거쳤지만 결국 황제의 자리를 이어받지 못했다. 새로운 황제로 등극한 사람은 은인자중하며 때를 기다리던 넷째 왕자였다. 옹정雍正황제는 즉위 직후부터 새로운 시대에 걸맞은 대대적인 사회정화 정책을 펼쳤다. 그 첫 번째 숙청대상이 강희황제의 특별 비호를 받으면서 수십 년간 무소불위의 권세를 누렸던 가문들이었다. 그러다 보니 당연히 소주직조 이후의 가문과 강녕직조 조인의 가문이 숙청의 대상으로 떠올랐다.

이후는 옹정 원년에 즉시 파직되고 귀양 갔지만 조씨 가문은 여러 차례 구명운동을 벌이면서 숙청의 칼끝을 모면하려고 노력했다. 하지만 결국 옹정제는 강녕직조에서 만든 부실한 곤룡포를 문제 삼고, 역참에서 소란을 피운 죄를 물어 파직시키라는 명령을 내린다. 조씨 집안은 새로 부임한 수혁덕隋赫德에게 강녕직조 자리를 물려주고 온 가족이 배를 타고 북경으로 떠난다. 북경에는 이미 재산과 하인은 대부분 압수된 상태였고, 일부 저택만 남아있는 상태였다. 이때 조설근의 나이는 열세 살이었다.

【파란 많았던 조설근의 인생】

조설근의 친구인 장의천張宜泉의 시에 의하면, 조설근의 본명은 조점曹霑, 자는 몽완夢阮, 호는 근계거사芹溪居士이다. 본명인 조점은 '점은霑恩', 즉 은혜를 입었다는 뜻으로 강희황제의 특별한 은혜를 입었다는 것을 드러내기 위해 지어진 이름이었다. 한편 현존하는《오경당조씨종보五慶堂曹氏宗譜》에는 조옹의 아들이 천우天佑라고 기록되어 있다. 이 역시 천우신조로 황제의 은총을 입었다는 의미이다. 족보에는 이 외에 다른 정보를 찾아볼 수 없다. 조옹이 사망하던 해에 그의 처 마씨가 임신중이었으므로 유복자에게 천우라는 이름을 아명으로 지어주었다가 훗날 조점을 학명으로 한 것으로 추정된다.

조설근은 조부 조인이 사망한 지 3년쯤 뒤에 태어났다. 조씨 가문의 전성기는 이미 지났고 가세는 점점 기울어가고 있을 때였다. 하지만 조설근은 어린 시절 할머니 이씨의 총애를 독차지하면서 여전히 사치와 낭비의 극치를 누리던 강녕직조 관저에서 생활하였다. 조씨 가문이 조정으로부터 파직당하고 재산이 몰수될 때, 조설근 집안의 재산목록은 "주거지 13처에 방의 수는 총 483칸, 땅은 8처에 총 19경 67무, 집안의 남녀 하인 총 수 114명"이었다. 당시 조씨 가문의 위세와 재산규모가 얼마나 대단했는지 짐작할 수 있다. 조설근은 남다른 예지와 관찰력으로 이 시절 집안의 화려한 풍속이나 온갖 연회활동을 꼼꼼히 눈여겨 살펴보았고, 가족들의 일거수일투족을 일일이 기억하여《홍루몽》의 구체적인 소재로 활용하였을 것이다.

가문이 몰락한 이후, 조설근은 북경으로 이주하게 된다. 조설근의 북경시절에 관한 자료는 거의 찾아보기 힘들다. 북경으로 이주한 뒤에는 국자감國子監에서 수학하였고, 서른 살 무렵에 황실자제의 교육기관인 우익종학右翼宗學에서 조교나 보조교사와 같은 일을 하였던 것으로 알려져 있다. 하지만 조설근은 북경에서도 오래 살지 못하고 북경의 교외 서산기슭으로 이주하여 만주족 기인旗人의 마을에 정착하게 된다.

조설근은 극도의 궁핍 속에서도 시와 그림을 즐기고 지기들과 만나 밤새 술 마시고 환담을 나누며 지냈다. 우익종학에서 만난 돈성敦誠과 돈민敦敏 형제는 나이 차이가 많이 났지만 망년지교를 맺어서 훗날 조설근이 궁핍한 처지에 있을 때에도 늘 왕래하고 시를 주고받으며 정을 돈독히 하였다. 이야기꾼으로서 조설근의 삶은 그렇게 시작되었고, 《홍루몽》은 조설근이 그곳에서 십여 년의 세월 동안 피눈물로 써낸 필생의 업적이었다.

【이야기꾼으로서의 삶과 쓸쓸한 최후】

조설근은 성격이 호탕하고 어디에도 얽매이기 싫어하는 자유분방한 사람이었다. 술과 시를 즐기고 그림을 잘 그렸으며, 천부적으로 문학적 감수성과 이야기꾼으로서의 기질을 타고났다. 이는 유서裕瑞의 《조창한필棗窓閑筆》에 잘 묘사되어 있다.

> 조설근은 몸이 뚱뚱하고 이마가 넓으며 얼굴빛은 검은 편이다. 말을 유창하게 잘하고 풍류가 넘치며 유희에도 능하여 정말로 실감나게 이야기를 전했다. 그의 기이한 이야기를 듣고 있노라면 흥미진진하고 감동적이어서 하루 종일이나 밤새 들어도 지칠 줄 모르니 이로 인해 그의 작품이 지극한 절묘함에 이르게 되었다.

유서는 이와 함께 선배로부터 전해들은 조설근의 말을 덧붙여 인용하고 있다.

> 만일 누구든지 나의 책을 좀 더 빨리 보고 싶은 사람이 있다면 그게 그리 어려운 일은 아니다. 그저 나에게 날마다 남방의 좋은 술 한 병과 구운 오리고기만 마련해 준다면 나는 그를 위해 당장이라도 책을 써낼 수 있으리라.

궁핍한 생활을 하였지만 문학창작에 대한 자부심은 누구보다 높았던 조설근의 모습을 볼 수 있는 문장이다. 하지만 조설근 만년의 생활은 실로 비참한 것이었다. 어려서는 부귀영화의 극치를 누렸고, 고금을 통하는 학식과 재능을 모두 겸비하였지만, 그 재능은 세상에 받아들여지지 못했다. 더욱이 조설근은 빈곤과 천대 속에서도 권세가들 앞에서 자존심을 내세우는 오만한 문사였다. 이는 조설근이 자를 몽완夢阮이라고 정하였던 것에서도 잘 드러난다. "위진남북조 시대의 유명한 문인 완적阮籍을 꿈꾼다"는 뜻으로 완적처럼 자존심 강하고 반항적 성격을 지녔던 조설근의 면모를 엿볼 수 있는 부분이다.

조설근이 죽은 후 돈성이 쓴 만시輓詩에 의하면, 어린 자식이 수개월 전에 병으로 먼저 세상을 떠나자 조설근은 슬픔을 견디지 못하여 죽었다고 한다. 지연재평어脂硯齋評語에는 조설근이 섣달 그믐날인 제석除夕에 타계했다고 전하고 있다. 1763년 2월 12일 그의 나이 48세. 조설근은 일반사람들은 상상도 하지 못할 화려함과 영화로움을 누리며 태어났으나 가문의 몰락과 함께 궁핍한 삶으로 추락하게 된다. 하지만 힘든 생활 속에서도 그가 버틸 수 있는 것은 문학과 술, 친구였다. 뛰어난 재주를 지니고 있었지만 이를 권세가에게 함부로 팔지 않았고 늘 자존심을 유지하며 살았다. 덕분에 말년은 처참한 것이었지만 누구보다도 자유분방하고 뛰어난 감수성으로 자신의 모든 것을 쏟아 부으며 《홍루몽》을 써나갔다. 한 줄 한 줄 써내려간 그 문장들이 모두 조설근의 피와 눈물이었음을 기억해야 할 것이다.

【《홍루몽》의 초기 필사본과 평어】

조설근이 직접 창작한 원고는 지금까지 발견된 바 없다. 현존하는 초기 필사본은 대부분 한 차례 이상 옮겨 베낀 것으로 모두 12종이 전해지고 있다. 이들 필사본 중에는 조설근의 가까운 인척으로 알려진 지연재의 비평이 실려 있는 것이 있는데, 이를 《지연재평본》이라고 한다. 몇몇 중요한 평본들을 소개하면 다음과 같다.

《갑술본甲戌本》은 가장 오래된 필사본의 전사본轉寫本이다. 《지연재중평석두기》라는 제목으로 전해지고, 현재 16회 분량만 남아있다. 제1회에 "지연재가 갑술년1754에 필사하면서 두 번째 비평을 가할 때에도 《석두기》라는 제목을 사용하였다"는 구절이 있어 '갑술본'이라고 부른다.

《기묘본己卯本》도 역시 《지연재중평석두기》라는 제목으로 전해지고 있다. 제목 아래 '기묘년1759 겨울 정본定本'이라는 구절이 있어 '기묘본'이라고 부른다. 원본은 80회본이었으나 현재는 약 45회 분량만 남아있다. 필사된 글자에서 피휘자避諱字를 조사해보면, 이 필사본이 건륭연간 이친왕부怡親王府에서 나왔음을 알 수 있다. 이친왕부는 강녕직조의 조씨 가문과 친밀한 관계를 유지하였던 인척으로 조씨 가문이 몰락한 이후에도 상당히 관심을 보였던 것으로 전해진다.

《경진본庚辰本》도 역시 《지연재중평석두기》라는 제목으로 전해지고 있고, '경진년1760 가을 정본'이라는 구절이 있어 '경진본'이라고 부른다. 원래는 80회였으나 현재 78회 분량만 전해지고 있다. 다른 판본에 비해 쓰인 시기도 이르고 남아있는 분량도 많아 최근에는 이를 저본으로 한 새로운 교주본이 나오고 있다. 인민문학출판사人民文學出版社에서 출간한 《홍루몽》도 전80회는 《경진본》을 저본으로 교감한 것이다. 이 번역본은 이를 저본으로 하였다. 이상 3종의 초기 필사본이 밝힌 간지干支에 의하면 모두 조설근 생전에 나온 것으로 추정된다. 특히 이들 판본들에는 작가와 창작과정에 관련된 여러 가지 사실들을 전하는 지연재 평어가 있다. 지연재는 평어에서 창작의 배경이 되었던 조씨 가문의 인물과 사건, 경험들을 그대로 회고하고 있어 《홍루몽》의 실제 배경이나 창작구상을 고찰하는 데 귀한 가료로 활용되고 있다. 예컨대 《홍루몽》 제1회 책의 유래를 밝히는 문장에서 《갑술본》의 기록을 보면 이러하다.

이로부터 공공도인空空道人은 공空을 통해 색色을 보고 색에서 정情이 일어나 다시 정을 전하면서 색으로 들어가고, 색에서 공을 깨닫게 되었으니 이름을 정승情僧으로 바꾸고, 《석두기》를 《정승록》이라 하였다. 동 로東魯의 공매계孔梅溪는 이 책의 제목을 《풍월보감》이라 하였고, 또 오옥봉吳玉峰은 《홍루몽》이라고 하였다. 훗날 조설근이 도홍헌悼紅軒에서 십 년간 읽으면서 다섯 차례나 내용을 더하고 빼고 하여 목록을 편성하고 장회를 나누어 제목을 《금릉십이차》라고 하였다.

이 구절에 대해 지연재는 다음과 같이 평하고 있다.

만약 설근이 이 책을 열람하고 첨삭하기만 했다면 이 책 첫머리의 서론부분은 대체 누가 썼단 말인가? 이로써 작가의 필법이 지극히 교묘함을 알 수 있다. 뒤에도 이러한 부분이 적지 않은데, 이는 바로 작가가 화가의 연운모호법煙雲模糊法 즉 연기와 구름으로 희미하게 처리하는 기법을 활용하고 있는 것이다. 독자 여러분은 결코 이와 같은 작가의 소설기법에 속아 넘어가지 말아야 비로소 안목이 높아진다고 할 수 있다.

지연재 평어가 사라진 후기 판본에서 대부분의 독자들은 조설근을 공공도인이나 공매계, 오옥봉처럼 작중인물 중 하나로 여기게 되었고, 이 때문에 조설근에 대한 고증이나 연구는 시도조차 되지 않았다. 하지만 이 문장은 조설근이 《홍루몽》의 작가가 분명함을 밝혀주는 대목이다. 이 외 지연재 평어에는 조설근의 사망에 관한 구체적인 기록을 찾아볼 수 있다.

임오년壬午年, 1762 섣달 그믐날에 이 책을 완성하지 못하고 조설근은 눈물이 다하여 세상을 떠났다. 나 또한 조설근의 죽음을 애도하며 눈물이 다하여 죽을 날을 기다리고 있노라.

나는 조설근이 이 책을 지은 것이 자신의 시를 후세에 전하려는 전시傳詩의 의도가 있다고 생각한다.

건륭21년5월 초7일에 작품을 다시 한 번 꼼꼼하게 대조 검토한 결과 추석날 지은 중추시中秋詩가 누락되어 있음을 알았다. 조설근이 이 시를 보충하기를 기다리노라.

이 회를 최종 완성하지 못하고 조설근이 그만 세상을 떠났구나. 아! 애통하도다! 정해년丁亥年, 1767 여름에 기홀수畸笏叟 적음.

이 중 마지막 문장은 기홀수畸笏叟라는 자가 쓴 평어이다. 기홀수의 본명은 알려지지 않지만, 지연재와 마찬가지로 조설근의 집안 인척 중 한 명이고, 조씨 가문의 사정에 대해 잘 아는 인물로 추정된다. 초기 필사본에 있는 평어들은 이처럼 조설근의 창작배경과 작품의 수정 및 보완과정, 사망시기 등 작품 제반에 관한 정보를 제공해주고 있어《홍루몽》연구에 매우 중요한 사료가 된다.

【지연재의 평어 속에 남아있는 회한과 추억】

지연재나 기홀수와 같은 비평가들은《홍루몽》의 창작배경을 충분히 이해하고 있을 뿐만 아니라 창작과정에도 많은 조언과 도움을 주었던 자들이었다. 이들은《홍루몽》이 세상에 알려지는 데 최고의 공로자이면서 실제로 작품에 대한 비평작업도 진행하여 그야말로 최초의 독자이자 비평가였다. 비평가들은 자신이 경험했던 사연들을 평어에서 그대로 묘사하였다.《홍루몽》제38회 가보옥이 합환화合歡花로 담근 술을 한 주전자 데워오라고 하는 대목에는 이러한 회고의 글이 적혀있다.

> 문득 가슴이 아프구나. 작가는 아직도 왜유방矮䫴肪 앞에서 합환화 꽃으로 술을 빚던 일을 기억하고 있단 말인가? 손을 꼽아 헤아리니 어느덧 20년이 되었구나.

또 제41회 농취암에서 묘옥이 가보옥에게 차를 대접하는 대목에서는 이렇게 회고하고 있다.

> 아직도 정사년丁巳年, 1737 봄날에 사원謝園에 차를 보내던 일을 기억하고 있단 말인가? 눈 깜짝할 사이에 어느덧 20년이 흘렀구나.
> 정축년丁丑年, 1757 봄에 기홀수.

이 외에도 제13회에서 왕희봉이 녕국부의 다섯 가지 병폐를 지적하는 대목에서는 30년 전에 직접 목도한 집안의 사정을 회고하면서 통곡하고 싶다는 심정도 함께 밝히고 있다.

> 대갓집 자손들 중에는 이 같은 다섯 가지 폐단을 이어받은 자들이 상당히 많은데 우리 집안이 특히 심한 편이었다. 30년 전에 일어났던 일을 다시 책 속에서 읽게 되니 지금 나는 피눈물을 쏟으면서 통곡하고 싶을 따름이다. … 다섯 가지 병폐에 대해 다 읽기도 전에 나는 그만 대성통곡을 금할 수 없구나. 30년 전 이 글을 쓴 자는 지금 어디에 있단 말인가.

이상의 몇몇 평어들만 살펴보더라도 당시 명문대가였던 조설근의 집안에서 어떤 일이 일어났고, 또한 그러한 경험들이 《홍루몽》에서 어떻게 녹아나는 지 짐작할 수 있다. 초기 필사본에 있는 지연재 평어는 《홍루몽》을 연구하는 데 진실로 소중한 자료임에 틀림없다.

뿐만 아니라 초기 필사본의 평어는 작품의 주제와 구성, 묘사기법과 언어예술 등 다양한 분야에 대한 분석을 겸하고 있어 이를 통해 중국고전비평의 면모를 파악해볼 수 있다. 명말청초에 이미 이탁오李卓吾와 김성탄金聖嘆, 모종강毛宗崗, 장죽파張竹坡 등이 소설비평에 대한 기틀을 마련해놓은 상태였는데, 지연재나 기홀수 등은 기존의 전통을 계승하면서 한 차원 더 높은 경지로 끌어올렸다고 할 수 있다. 이러한 자료들은 전통 시기 문학평론의 정황을 연구하는 데에도 많은 정보를 제공해주고 있다.

【정각본의 출현과 《홍루몽》의 판본들】

독자들로부터 엄청난 관심을 받자 《홍루몽》 필사본은 수십 금을 호가하며 북경에서 전파되었다. 하지만 필사본의 전파는 아무래도 한계가 있어서 전해지는 과정에서 유실되는 부분들이 생기기 마련이다. 그리하여 조설근 사후 30년 가까이 되었을 때에는 이미 원본이 사라진 뒤였고 내용도 온전하지 못한 채 전해지고 있었다. 이에 정위원程偉元은 초기 필사본을 모아 고악高鸚에게 120회본으로 내용을 수정, 보완하게 하고 권두에 등장인물의 그림을 넣어 1791년에 간행하였다. 이때 책의 제목은 원래 제목인 《석두기》가 《홍루몽》으로 붙여졌다. 이듬해인 1792년에 일부 내용을 고친 수정본이 또 나왔으므로 전자를 《정갑본程甲本》, 후자를 《정을본程乙本》이라고 한다. 모두 훗날 수많은 간행본의 모본이 되었다. 《정을본》에는 정위원과 고악이 공동으로 쓴 7개 항목의 〈이끄는 말〉이 있는데, 그 중 첫째 항목을 살펴보면 다음과 같다.

> 이 책의 전 80회가 필사본으로 전해진 지 30여 년이 되었는데 지금 후 40회를 구하여 합쳐서 완전한 책으로 만들었다. 우인들이 빌려서 초록하고자 했으나 보고 싶어하는 사람이 많고 초록도 쉽지 않은 데다 판각을 하는 데도 시일이 걸려 우선 목활자본으로 인쇄에 부쳤다. 하루빨리 애호가들에게 보이고 싶은 성급한 마음에 초각 인쇄할 때에는 상세하게 교정을 보지 못하여 간혹 잘못된 곳도 있었다. 지금 다시 각종 필사본을 모아서 세밀히 교열하고 보완하였으니 독자들의 양해를 바란다.

건륭 말년 《홍루몽》의 명성은 이미 독서계를 풍미하고 있었으나 방대한 규모의 작품을 판각하기란 쉽지 않았을 것이고, 더욱이 후 40회 부분까지 모두 모아서 정리하는 일은 실로 어려운 작업이었을 것이다. 《정갑본》의 서문에 의하면, 정위원은 후반부의 내용을 구하기 위하여 장서가들을 일일이 찾아다녔고 심지어 폐지더미까지 뒤져서 겨우 20여 권을 발굴하였다고 한다. 그러다가 넝마장수에게서 10여 권을 발견하여 비싼 값을 주고 사서 일일이 대조하고 열람해보았더니 대체적인 줄거리가 이어졌다는 것이다. 정위원은 곧바로 동호인인 고악을 불러들여 상세히 교감하고 수정, 보완하도록 부탁하였고, 이에 오늘날 《홍루몽》 120회본이 나오게 되었다. 이 두 사람의 《홍루몽》 복원작업은 실로 위대한 성과라고 하지 않을 수 없다.

한때 후40회의 위작설이 나와 후반부의 내용을 부정하는 이들이 많았으나, 지금 학계에서는 대부분 조설근의 원본에 토대를 두고 고악이 교감하였다는 데 동의하고 있다. 다만 원본이 많이 유실된 상태에서 후40회 부분을 교감, 보충한 것이기에 원래 조설근의 의도나 혹은 지연재 평어에 적힌 일부 내용들과 다른 부분이 들어갔을 가능성은 부인할 수 없다.

건륭乾隆 말년에 나온《홍루몽》의 간행본은 곧이어 중국 전역으로 널리 퍼져나갔고 심지어 해외로도 전해졌다. 뿐만 아니라《홍루몽》의 결말을 새롭게 쓴 속서들도 많이 나왔다.《홍루몽》의 비극적 결말이 독자들에게 얼마나 진한 아쉬움을 남겼는지 짐작하고도 남을 일이다. 청대 후기에는《왕희렴평본王希廉評本》,《장신지평본張新之評本》,《요섭평본姚燮評本》과 같은 판본들이 유행하였고, 청말에는 이들을 묶은《삼가평본三家評本》이《금옥연金玉緣》이라는 제목으로 간행되면서 독자들에게 크게 환영받았다. 한때《홍루몽》이 금서목록에 실리자 출판업자들은 이렇게 이름을 바꾸어가며 계속 간행했던 것이다.

현대판 연활자본은 20세기가 지나서야 나오게 된다. 호적이 발굴한《정을본》은 상해上海 아동도서관亞東圖書館에서 간행되었다. 민국民國시기를 지나 중국 전역에 전해진 것은 바로 이《정을본》계통의 판본이었다. 한편 지연재 평어에 대한 학자들의 연구성과가 지속적으로 나오고,《지연재평본》의 중요성이 계속 제기되자 이를 저본으로 삼은 교감본이 나오기 시작했다. 가장 먼저 나온 것은 1958년 유평백兪平伯이 교감한《홍루몽팔십회교본紅樓夢八十回校本》이었다. 이는《척요생서문본戚蓼生序文本》을 토대로 교감하고 후40회 부분은《정갑본》을 참조한 것이다. 이어서 중국예술연구원中國藝術硏究院의 홍루몽연구소紅樓夢硏究所에서 교감하고 인민문학출판사에서 간행한《홍루몽교주본紅樓夢校注本》은《경진본》을 저본으로 교감한 것으로 지금까지 널리 전해지고 있다. 대만 중국문화대학中國文化大學의 홍루몽연구소조紅樓夢硏究小組에서 나온《교정본홍루몽校定本紅樓夢》역시 전80회 부분이 지연재 평본 계통으로 여겨지는 필사본을 활자화한 것이다.

　이렇듯 《홍루몽》의 판본은 아직까지 모범이 될 만한 판본이 전해지지 않는 실정이고, 여전히 논쟁의 여지를 안고 있다. 다만 정위원이 간행한 판본이 여러 차례 수정되고 보완되어 독자들의 구미에 가장 잘 맞도록 만들어졌다는 점과 지연재 평본이 원작의 의도를 규명할 수 있다는 점에서 중요한 자료로 다루어지고 있는 정도이다. 물론 일반 독자의 경우, 판본의 차이에서 오는 미묘한 차이점을 구별하기란 쉽지 않다. 하지만 판본상의 사소한 차이점들이 가끔 작품의 내용과 주제를 파악하는 데 다른 해석을 불러올 수도 있는 점을 감안한다면, 판본에 대한 기본적인 이해는 독자들이 갖추어야 할 최소한의 구비조건이라고 하겠다.

제 2 부

홍루몽 깊이 알기

《홍루몽》의 주제

• 아직도 계속되는 탐색

《홍루몽》은 18세기 중엽 중국의 정치, 경제, 사회, 문화, 예술 등 다방면에 걸쳐 당시의 사회상을 광범위하고도 여실하게 반영한 작품으로 '중국 전통사회의 백과사전', '고금을 망라하고 만상을 포용한 작품'이라고 칭송된다. 하지만 바로 이러한 점 때문에 《홍루몽》의 주제가 무엇인지 포착하기란 쉽지 않다. 근대중국의 사상가이자 문호인 노신魯迅은 《홍루몽》에 대해 "경학가들은 주역의 원리를 보고, 도학가들은 음란함을 보며, 재자才子들은 애정의 얽힘을 보고, 혁명가들은 만주족 왕조에 대한 배척을 보며, 이야기를 만들어내기 좋아하는 사람들은 궁중비사宮中秘事를 본다"라고 지적한 바 있다. 이는 그만큼 《홍루몽》이 다루고 있는 주제가 광범위하고 한 가지의 시선으로 작품을 파악하기가 어렵다는 것을 보여주는 문장이다.

　그렇다면 《홍루몽》의 주제는 무엇인가? 작자가 《홍루몽》을 통해서 무엇을 말하고자 하였는가 하는 문제는 작품이 창작된 이래 200여 년 동안 줄곧 논쟁의 대상이 되어왔다. 더욱이 1970년대 말 이후 《홍루몽》의 주제에 대해 일종의 쟁명 현상이 일어나기도 하였는데, 그 원인은 대체로 두 가지로 지적할 수 있다. 하나는 작자가 무엇을 말하려고 하였는가에 착안하기보다는 무엇을 '통해' 말하려고 하였나에 관심을 두었던 것에서 비롯되었고, 다른 하나는 방대한 내용의 《홍루몽》을 단 하나의 주제로 파악하려는 오류에서 비롯되었다. 사실 작자가 무엇을 '통해' 말하고자 하였나에 관심을 기울이는 것은 주제보다는 제재에 관한 논의이며, 다의성을 띠는 《홍루몽》을 단일한 주제로 파악하는 것에는 아무래도 무리가 따르지 않을 수 없다.

그간 《홍루몽》의 주제에 관한 학계의 논의를 종합하면, 제4회 호관부護官符 내용이 작품의 주제라는 설, 봉건가족의 흥망성쇠를 그렸다는 설, 주인공들의 사랑과 혼인이 중심 이야기라는 설, 봉건사회에서 젊은 여성들이 겪는 비극을 그렸다는 설, 반봉건을 주제로 하였다는 설, 봉건계급의 후손이 불초하여 후계를 잇지 못하고 패망하는 것을 그렸다는 설, 조씨 집안의 패망을 투사하였다는 설, 황권에 반대하는 내용이라는 설 등이 있다. 그러나 최근에는 점차 《홍루몽》의 주제가 다의성을 띠고 있다는 견해가 수용되고 있는데, 그것은 《홍루몽》의 주제에 대한 인식의 확장이자 심화라고 볼 수 있으며, 오랫동안 갇혀있던 사고의 틀에서 벗어났음을 의미한다.

그 중 대표적 견해는 대체로 세 가지 정도다. 첫 번째 견해는 《홍루몽》의 주제가 문학적, 역사적, 철학적 삼층의 구조를 이룬다는 것이다. 문학적 주제는 청춘과 애정, 생명의 아름다움과 함께 그 아름다움의 훼멸을 그렸고, 역사적 주제는 계급투쟁과 정권다툼을 묘사하였으며, 철학적 주제는 인생과 사회에 대한 성찰과 깨달음을 표현하였다는 것이다. 두 번째 견해는 《홍루몽》이 애정의 송가頌歌, 동심의 찬가, 청춘의 비가悲歌라는 세 가닥의 선율을 노래하였다는 것이고, 세 번째 견해는 세 층위의 비극, 즉 반항적 기질 때문에 사회에 수용되지 못한 가보옥의 비극, 비참한 운명을 겪은 여인들의 비극, 서서히 몰락한 가씨 집안의 비극이 주류를 이루고 있다는 것이다.

　이와 같은 다양한 견해들은 각각의 관점과 입장에서 《홍루몽》을 해석한 것인데, 제각기 타당한 일면을 지니면서도 《홍루몽》의 주제를 온전하게 드러냈다고 하기에는 미진한 감이 없지 않다. 마치 모자이크처럼 갖가지 목소리와 색깔들이 조화롭게 모여서 전체의 주제를 이루고 있는 것, 그것이 바로 《홍루몽》이라는 작품이다.

【주제의 모호성】

• 누가 그 숨은 뜻을 헤아려 줄까?

그러면 독자들은 《홍루몽》의 주제를 어떻게 파악해야 할 것인가? 이 문제는 상당히 어려우면서도 의외로 쉽게 접근할 수 있다. 왜냐하면 작가는 작품 속 인물들의 목소리를 통해 창작의도를 드러내고 있기 때문이다. 물론 작가는 안개와 베일로 가려가며 자신의 목소리를 드러내고 있기 때문에 그 실체를 파악하기가 쉽지는 않다. 조설근은 특히 당시 문인들의 자유로운 창작활동을 억압했던 문자옥에 연루될 것을 염려하여 자신이 《홍루몽》을 쓰고자 한 의도를 명확하게 제시했다가, 때로는 은폐시키기도 하고, 때로는 암시적으로 드러내기도 하면서 '기어코' 독자들에게 밝히고자 했다.

　그러한 주제의 명시, 은폐, 암시는 전체 120회 중 제1회부터 제5회까지 작품의 프롤로그에 해당하는 전반부 5회에서 찾아볼 수 있다. 《홍루몽》은 구성면에서 다른 장편 백화소설들과는 구별되는 독특한 점이 있는데, 바로 주요 인물들의 운명, 작품의 결말에 대한 암시, 앞으로 일어날 여러 사건들의 근거가 모두 전반부 5회에서 모두 드러나고 있는 것이다. 따라서 전반부 5회는 전체 작품을 이해하는 데 관건이 된다고 할 수 있으며, 주제를 파악하는 근거 또한 여기에서 찾아야 할 것이다.

1) 주제의 명시

작자는 제1회에서 자신이 《홍루몽》을 쓴 의도는 인생의 허무를 이야기하기 위함이라고 분명하게 밝혀놓고 있다.

이곳에서 몽夢이니 환幻이니 여러 말이 나오고 있는데, 이는 실로 독자의 눈을 깨우치고자 하는 것이며, 또한 이 책의 주된 의미라고도 하겠다.

'이 책의 주된 의미'란 다름 아닌 《홍루몽》의 주제를 가리킨다. 더욱이 작자가 말하고자 하는 인생의 허무는 역시 제1회에서 "속세 중에도 즐거운 일이 있기는 하나 영원히 지속되는 것은 아니다. 게다가 '미중부족, 호사다마美中不足, 好事多魔'라는 여덟 글자는 이어져 있으니, 순식간에 즐거움이 다하면 슬픔이 생기는 법이다. 사람은 변하고 사물도 바뀌니, 결국은 허망한 꿈인 것이며 모든 것은 공空으로 돌아간다"라고 한 문장에서 더욱 구체화되어 나타난다. 또한 '돌에 쓰인 이야기'를 세상에 전했다는 공공도인도 그 이야기를 읽고 공허空虛를 깨달았다고 하였으니, 이러한 '몽夢', '환幻', '공空', '허虛' 등은 작품의 주제와 긴밀하게 연결되어 있는 개념이라고 할 수 있다.

2) 주제의 은폐

조설근은 인생의 허무를 깨우치기 위하여 《홍루몽》을 썼다고 창작의도를 직접 밝혔지만, 다른 한편에서 《홍루몽》을 쓴 의도를 교묘하게 은폐시키려 한 흔적 또한 전반부 5회의 내용에서 찾아볼 수 있다. 작자는 《홍루몽》, 즉 《석두기》라는 작품은 실제 사실을 '숨기고' 쓴 것이라고 밝히고 있다.

일찍이 한 차례 꿈을 꾼 뒤, 진짜 일은 숨겨 버리고 통령의 이야기를 빌려 이 《석두기》 한 권을 지었노라.

여기에서 독자들은 실제 사실이 무엇이고, 왜 감추고 썼는가에 관심을 기울여야 할 것이다. 그것은 주제와도 연결되는 문제이다. 어떻게 해서 돌의 이야기가 전해지게 되었는지 설명하는 첫 회의 내용에 의하면, 조설근은 결코 《석두기》의 작가가 아니다. 그저 돌이 인간 세상에 내려가서 겪은 이야기를 10년 동안 읽으면서 다섯 번이나 내용을 더하고 빼고 하여 목록을 편성하고 장회章回를 나눈 편집자일 뿐이다. 이러한 설정은 조설근이 문자옥이 극심했던 당시 상황에서 자신이 이야기하고자 하는 바가 정면으로 드러나는 것을 피하기 위해 고의로 은폐수법을 사용한 것으로 이해할 수 있다.

그렇다면 작자가 자신의 의도를 정면으로 드러낼 수 없었던 이유는 무엇이었을까? 조설근이 살았던 건륭연간의 정치적 상황을 고려해 볼 때, 자신의 의도를 정면으로 드러내면 안 될 이유 중 하나는 작가가 어떤 형태로든 작품을 통해 현실비판적 시각을 다분히 드러내고 있다는 점에 있다. 제1회《석두기》의 유래를 밝힌 문장에서 공공도인이 돌에 적힌 이야기를 읽고 사람들에게 전하게 된 이유는 그 이야기가 시국을 개탄하거나 정치적 현상을 언급하지 않고 애정문제를 다루었다는 데 있었다. 하지만《홍루몽》에는 청 중엽의 봉건사회가 핍진하게 묘사되어 있고, 당시 작가로서는 자신의 비판적 시각을 겉으로 드러낼 수 없었기에 이러한 은폐수법을 사용했던 것이다.

이러한 정황을 미루어 볼 때, 우리는 작가가 '감추고' 쓴 '실제 사실'은 다름 아닌 당시의 현실사회에 대한 여실한 묘사이고, 여기에 비판적 시각이 투영되어 있음에 수긍하지 않을 수 없다. 이와 같은 목적에서 의도된 작가의 은폐수법은 대단히 교묘하여, 자칫하면 독자들이 《홍루몽》을 애정을 주제로 한 이야기로만 읽을 소지가 다분하다. 그렇기 때문에 조설근은 스스로 은폐수법을 써서 의도적으로 보호막을 쳐 놓았음에도 불구하고, 독자들이 자신의 의도를 알아차리지 못할까봐 염려하였고, 자신의 의도를 읽어주기를 간절히 바랐던 것 같다. 작가의 그러한 염려와 바람은 《석두기》의 유래를 밝히는 문장 끝에 쓰여 있는 절구 한 수에 고스란히 담겨 있다.

온통 황당한 말 투성이라 지만,
쓰라린 눈물만 얼룩져 있도다!
모두들 작가가 어리석다 하나,
그 누가 숨은 뜻 헤아려 주려나?

또한 가장 이른 시기의 필사본인 《갑술본》의 범례에도 다음과 같은 시구가
보인다.

글자마다 보이느니 핏자국이요,
십 년의 고초가 예사롭지 않도다.

만일 작가가 애정문제만 다루었다면 무엇 때문에 피와 눈물로 이 작품을 써
내려갔을 것이며, 무슨 까닭에 숨은 뜻을 헤아려 달라고 절규하였던가? 지연
재가 평어에서 스스로를 은폐하는 작가의 수법이 대단히 교묘하니 독자들은
여기에 절대로 속지 말아야만 그 의도를 제대로 간파할 수 있다고 한 말이
독자들에게 시사하는 바는 매우 크다.

3) 주제의 암시

이렇게 볼 때, 《홍루몽》의 주제는 복합적이면서 입체적이라고 할 수 있으며,
'인생무상의 깨우침'과 '현실비판'이라는 이중구조로 얽혀있다 해도 무리가
없을 것 같다. 그런데 《홍루몽》의 이러한 주제는 명시나 은폐가 아닌 암시로
도 전달된다. 조설근은 '인상무상의 깨우침'에 대한 명시와 '현실비판'에 대
한 은폐를 전반부 5회에서 암시적 수법으로 재차 강조하고 있다. 먼저 작가
는 '인생무상의 깨우침'이 분명한 주제라고 밝히면서, 제1회 〈호료가〉와
〈호료가주해〉 및 제5회 〈홍루몽곡〉을 통해 이를 암시적으로 드러내고 있다.
    제1회 〈호료가〉와 〈호료가주해〉는 표면적으로는 진사은이라는 등장인물

이 인생의 허무를 깨닫고 출가하기까지의 과정을 서술하기 위해 삽입된 것이다. 그러나 진사은의 몰락이 가부의 몰락을 상징적으로 암시한 것과 마찬가지로 작가는 〈호료가〉와 〈호료가주해〉를 통하여 인생무상의 깨우침이라는 주제를 암시적으로 드러내고 싶었던 것 같다. 제1회에서 절름발이 도사가 읊조린 〈호료가〉를 살펴보자.

세상사람 다 신선 좋은 줄 알면서도
오로지 부귀공명 잊지를 못한다네!
고금의 장수 재상 지금은 어디 있나?
황량한 무덤 위엔 들풀만 덮여 있네.

세상사람 다 신선 좋은 줄 알면서도
오로지 금과 은을 잊지는 못한다네!
하루 종일 모자란다 원망만 하다가는
돈 많이 모여지면 두 눈을 감고 마네.

세상사람 다 신선 좋은 줄 알면서도
오로지 예쁜 아내 잊지를 못한다네!
님 살아 있을 땐 날마다 은정 말해도
님 죽어 떠나면 남 따라 멀리 간다네.

세상사람 다 신선 좋은 줄 알면서도
오로지 아들 손자 잊지를 못한다네!
어리석은 부모는 예로부터 많았지만
효성스런 자손을 어느 누가 보았던가?

절름발이 도사가 읊조리는 〈호료가〉를 듣던 진사은은 그 의미를 바로 깨닫고 여기에 해석까지 덧붙이는데 그것이 바로 〈호료가주해〉이다. 인생무상의 깨우침이라는 주제는 진사은의 〈호료가주해〉를 통해서 더욱 구체적으로 암시되고 있다. 또한 제5회 태허환경에서 가보옥이 듣게 되는 〈홍루몽곡〉은 열두 여인들의 운명을 알려주기 위해 삽입된 것이나 그 가운데 인생의 허무를 깨우치려는 주제가 역시 암시되어 있다. 〈홍루몽곡〉에서 "부귀영화도 덧없는 꿈이거니, 찾아든 인생의 불행 한스러워라", "기쁨도 잠깐 새에 슬픔으로 변했네, 아아, 이것이 인생인 걸 어이 피하리요!", "가을에 지는 허무한 꽃신세, 이것이 생사의 운명이니 그 누가 피할 소냐!" 등의 구절은 열두 여인들의 운명 뿐 아니라 우리네 인생의 허무함을 비유적으로 표현한 구절이다.

한편 '현실비판'이라는 주제의 은폐 역시 전반부 5회에서 암시적으로 묘사되고 있다. 작가는 제4회에서 설반의 살인사건을 비중 있게 다루면서 이른바 호관부를 통하여 현실비판의 정신을 은근히 드러내고 있다. 가우촌이 설반의 살인사건을 법에 따라 처리하려 하자, 그 지방의 사정을 잘 알고 있는 문지기 하나가 이를 말리며 호관부를 건네준다. 호관부란 글자 그대로 벼슬자리를 지켜주는 부적이다. 가우촌에게 건네준 호관부에는 다음과 같은 속담이 적혀 있다.

가씨賈氏는 거짓말이 아니라
백옥으로 집을 짓고, 금으로 말을 만든다네.

아방궁 삼백 리라도
금릉金陵의 사씨 하나 다 들어가지 못한다네.

동해 용궁에 백옥 침상이 없으면
용왕도 금릉의 왕씨한테 청하러 온다네.

풍년에는 큰 눈[雪]이 오나니
진주와 금을 흙과 쇠같이 함부로 쓴다네.

이 '호관부' 에는 금릉의 명문거족인 가賈, 사史, 왕王, 설薛 사대 가문의 권세에 대한 내용이 적혀 있다. 가우촌은 문지기로부터 누구든지 그들 사대 가문의 비위를 건드렸다가는 벼슬자리는 물론이요, 목숨까지 부지하기 어렵다는 말을 듣는다. 이러한 장면을 통해 독자들은 세도가들이 마음대로 권력을 휘둘렀던 당시의 사회풍조를 읽을 수 있으며, 더욱이 한두 곳의 특수한 실정이 아니라 "어느 성에서나 다 그렇다" 라고 한 장면에서 문제의 심각성을 실감나게 느낄 수 있다. 작가는 이처럼 작품에서 당시의 세태에 대한 비판적 시각을 내보이고 있으며,《홍루몽》의 내용 가운데 세태에 대한 비판이 상당한 비중으로 내재되어 있음을 암시하고 있다.

【《홍루몽》 주제의 이중성】

• '비극성' 과 '휴머니즘'

'인생무상의 깨우침'과 '현실비판'이라는《홍루몽》주제의 이중성은 모두 '비극적 색채'와 '휴머니즘'을 기조로 하는 것으로 이는《홍루몽》을 이해하는 데 중요한 키워드가 된다. 동서고금을 막론하고 인생의 허무를 이야기한 문학작품은 무수히 많았으나,《홍루몽》이 더욱 처연하게 다가오는 것은 봉건제도와 사상에 고통받으며 스러져간 청춘남녀들을 그리고 있기 때문이다. 더욱이 작가는 성세盛世의 이면에 감추어진 몰락의 징후를 섬세하게 포착하여 묘사하였기에 인생의 허무함에 대한 독자들의 감회와 작품의 비극적 색채가 남다를 수밖에 없는 것이다.

《홍루몽》의 비극성은 특히 제5회 가보옥이 태허환경을 노니는 장면에서 집중적으로 드러나고 있다. 흔히 소설의 도입부는 작품 전체의 분위기를 예고하는 성격이 강한데,《홍루몽》의 경우 전반부 다섯 회에 걸쳐 비극적 기조가 강하게 표출되고 있는 것은 독특한 점이라 하겠다. 작가는 제1회부터 제4회까지 주제와 기둥줄거리에 대한 암시 및 복선을 다양한 형태로 깔아놓고,

제5회에서는 작품의 비극성을 총제적으로 암시하고 있다. '태허환경'과 '경환선고'라는 명칭에서 감지되듯이, 작가는 '허虛', '환幻' 등의 글자를 통해 허무적 색채를 드러내면서 그 바탕 위에서 《홍루몽》의 비극성을 부각시키고 있다.

또한 《홍루몽》의 비극성은 가보옥이 태허환경에서 접하게 되는 《금릉십이차정책》과 〈홍루몽십이지곡〉에서 암시와 상징을 통해 표현되고 있다. 작가는 다양한 그림과 시, 노래를 통해 '가보옥과 임대옥의 비극적 사랑', '가부의 몰락'이라는 큰 기둥줄거리와 열두 여인의 비참한 운명을 묘사하고 있는데, 독자들은 여기에서 남녀주인공의 이별과 죽음, 열두 여인의 비극적 종말, 그리고 가부의 철저한 몰락을 예견할 수 있다. 제5회의 암시대로 《홍루몽》의 결말은 비극으로 귀결되고, 그 비극적 결말의 원인이 봉건적인 제도와 사상에 기인한다는 것 역시 전반부 5회에서 조심스럽게 드러나고 있다.

한편 '현실비판'이란 주제를 통해 작가는 보다 직접적으로 당시 봉건사회를 비판하고 있는데, 그 비판의 중심에는 인간성 회복에 대한 절실함이 놓여 있다. 조설근이 살았던 때는 청대의 봉건전제통치가 극에 달하였던 시기로 사람들은 봉건사상과 제도에 짓눌려 지내야만 했다. 이러한 상황에서 '존천리, 멸인욕存天理, 滅人欲'에 반대하며 한때를 풍미했던 명말청초의 계몽사조 역시 크게 부각될 수 없었다. 그러나 조설근은 이에 굴하지 않고 봉건예교와 제도에 의해 매몰된 인간의 문제를 굵은 뼈대로 삼아 작품 속에서 형상화시켰다. 조설근의 사고의 중심에는 억압당하는 시대의 공통된 문제의식인 '인간의 존엄성 추구'가 굳게 자리 잡고 있었다.

조설근은 암울한 시대적 상황에서 현실을 외면하거나 초월하려 하지 않고, 누구보다도 현실을 직시하고 그 어두운 면에 대해 분개하였다. 그리고 그 모든 것을 《홍루몽》이라는 불후의 명작 안에 용해시켰다. 시대의 불행이 오히려 《홍루몽》의 가치를 더욱 두드러지게 한 것이다. 조설근은 가보옥을 통하여 봉건체제에 물들지 않는 참된 인성, 개성과 욕망의 해방, 평등사상 등의 문제들을 펼쳐 보이고자 노력하였다. 결국 작가가 의도하였던 바는 현재에서 실현될 수 없었고《홍루몽》은 비극으로 귀결될 수밖에 없었지만, 그러한 시도와 추구는 더없이 값진 것이었고 독자들은 이를 통해 미래에 대한 희망을 꿈꿀 수 있었다.

조설근은 피눈물을 흘리며 통곡하는 심정으로《홍루몽》의 비극적 이야기를 써 내려갔다. 작품 서두에 작가는 시 한 수를 써넣어 피눈물로 작품을 써 내려간 심회를 직접 밝히고 있지 않은가? 그 피눈물에는 현실에 대한 비판뿐만 아니라 미래에 대한 추구가 담겨 있다. 뿐만 아니라 봉건사회라는 현실 속에서 속절없이 무너져간 '참된 인간'들을 위한 통곡의 소리도 함께 묻어 있다. 작가의 통곡은 미래를 향해 열려있다는 점에서 주목할 만하다. 조설근은 봉건제도와 봉건사회의 몰락이 안타까워 통곡하는 것이 아니라 오히려 그것이 몰락하지 않고 지속되기 때문에 통곡하는 것이다. 이미 죽거나 곧 죽을 이들을 위해 통곡하는 것이 아니라 막 태어났거나 머지않아 태어날 이들을 위해 통곡하는 것이다. 더 나아가 과거 때문에 통곡하는 것이 아니라 미래를 위해 통곡하는 것이다.

그러므로 그의 통곡은 미래를 향한 '외침'으로 이해될 수 있다. 조설근이 봉건사상에 물들지 않은 가보옥과 소녀들을 칭송하는 이면에는 아마도 그들이 그들의 부모들처럼 봉건사회에 매몰되지 않기를 간절히 바라는 마음과 그들을 구하고자 하는 바람이 함께 깔려있을 것이다. 마치 5·4시기의 노신이《광인일기狂人日記》에서 "아이들을 구하자救救孩子!"라고 외쳤던 것처럼, 조설근은《홍루몽》에서 "청년들은 구하자救救靑年!"고 외쳤던 것이다. 봉건사상과 제도에 대항하여 인간의 문제에 관심과 사고를 집중하였다는 점에서, 조설근은 진정 근대적, 계몽적 사상의 소유자였으며, 인간의 미래를 지향했던《홍루몽》은 진정 휴머니즘의 본질과 맞닿아 있다고 할 수 있다.

《홍루몽》의

구성

【줄거리의 흐름】

《홍루몽》의 전체 흐름을 파악하고 작가의 의도를 제대로 이해하기 위해 작품의 구성원리를 살펴보는 것도 의미가 있을 것이다. 《홍루몽》의 구성 역시 주제와 마찬가지로 논자들의 해석에 따라 여러 갈래로 나누어진다. 혹자는 120회의 내용을 스무 단락 이상으로 세분화시키기도 하고, 혹자는 세 단락으로 지나치게 간략하게 나누기도 한다. 이 외에도 네 단락, 다섯 단락, 일곱 단락으로 나누는 등 줄거리의 흐름을 심층적으로 분석하기 위한 단락구분 역시 통일된 기준을 잡기가 어려운 실정이다.

그러나 전반부 5회가 하나의 독립된 부분이라는 것과 전체 내용의 흐름상 제54회가 전후를 가르는 중요한 경계이자 전환점이라는 사실, 그리고 무엇보다도 《홍루몽》의 종적 구성은 '단계적'으로 진행되고 있다는 점에 대해 이미 많은 학자들이 동의하고 있다. 여러 의견을 놓고 종합해 볼 때, 《홍루몽》의 종적 흐름은 여섯 단락으로 나누어 이해하는 것이 타당한 듯하다. 단락구분과 대체적 내용은 다음과 같다.

단 락	횟 수	내 용
첫째 단락	제1회~제5회	작품의 서막
둘째 단락	제6회~제18회	원비 성친과 대관원 완성까지 이야기의 전개
셋째 단락	제19회~제54회	가부의 호화로운 생활에 대한 묘사
넷째 단락	제55회~제78회	왕희봉의 유산으로 인한 국면 전환과 대관원 수색
다섯째 단락	제79회~제98회	서서히 진행되는 가부의 쇠락과 임대옥의 죽음
여섯째 단락	제99회~제120회	가부의 몰락과 가보옥의 출가

여기서 드러나듯이, 《홍루몽》의 전체 내용은 제54회를 전환점으로 전후의 분위기가 크게 달라지고 있음을 알 수 있다. 즉 전반부에는 번영과 환희, 호화로움의 이미지들이 부각되어 있고, 후반부에는 쇠락과 슬픔, 스산함의 이미지들이 부각되어 있어 전후가 뚜렷하게 대비를 이루고 있는 것이다. 이처럼 뚜렷한 대비의 기법을 파악하는 것은 작품을 이해하는 데 큰 도움이 된다.

【《홍루몽》의 기둥줄거리】

1) 기둥줄거리에 대한 논란

《홍루몽》의 기둥줄거리에 대한 논의는 끊임없이 제기되고 있지만 여전히 공인된 결론은 없다. 이는 《홍루몽》의 주제에 대한 이해가 각양각색인 것과 맥락을 같이한다. 기존의 단편소설이나 명말청초 재자가인소설의 경우, 평면적이면서 단선적인 구성과 줄거리를 이루고 있는 반면, 《홍루몽》은 복합적이면서 여러 겹 얽힌 그물식 구성과 줄거리를 이루고 있는 것이 특징이다. 18세기 중국의 봉건사회가 안고 있는 갖가지 갈등과 생활상, 복잡다단한 인간관계를 묘사하기 위해 세밀하고 교묘한 구성방식이 필요했을 것이다. 이러한 필요에 의해 여러 가닥의 날줄과 씨줄이 교직된 입체적 그물구조가 사용되었으며 작가는 이를 통해 다채로운 내용을 담아내었다.

소설의 그물식 구조에서 날줄은 종적으로 뚜렷한 흐름을 갖는 기둥줄거리를 말하는데,《홍루몽》에서 기둥줄거리는 한 가닥이 아니고 여러 가닥이라고 할 수 있다.《홍루몽》은 처음 세상에 나왔을 때부터 몇 회가 전체 작품의 뼈대가 되는 '강綱'인지에 대한 논의가 끊이지 않았다. 처음에 논자들은《홍루몽》의 기둥줄거리를 단선적으로 파악하여, 각각 제1회, 제2회, 제5회 등이 작품의 '강'이라고 주장하였다. 하지만 최근에는 전반부 5회를 작품의 '강'으로 보는 견해가 지배적이다. 즉 '보옥과 대옥의 비극적 사랑 이야기', '대관원 여인들의 비극적 운명', '가보옥의 반항 정신', '귀족 가문의 몰락' 등 다양한 주제들이 복잡한 조합을 이루며 하나의 작품을 이루고 있다고 보는 것이다. 이로부터《홍루몽》연구는 단선적이고 평면적인 것에서 복합적이고 입체적인 것으로, 표층적인 것에서 심층적인 것으로 진행되고 있다.

2) 네 가닥의 기둥줄거리

그렇다면 과연《홍루몽》의 기둥줄거리를 어떻게 파악하는 것이 가장 타당할 것인가? 논란의 대상이 되고 있는《홍루몽》의 기둥줄거리 역시 작품 자체에서 해답을 찾을 수 있다. 조설근은 전반부 5회에서 앞으로 전개되는 이야기의 기둥줄거리가 무엇인가를 이미 말해 놓았으며, 후40회도 여기에 근거를 두고 이어나간 것으로 봐야 한다. 기둥줄거리에 대한 시사는 전반부 5회 중에서도 특히 제1회에 집중되어 있는데, 제1회는 서序, 설자楔子, 서곡序曲에 해당되는 세 부분으로 구성되어 있다. 또한 제3회와 제4회는 제1회와 제2회에서 언급된 기둥줄거리들을 다시 풀어서 설명하고 있고, 제5회는 앞서 제시된 기둥줄거리들을 종합적으로 연결시켜 묘사하고 있다. 전반부 5회에서 암시되고 있는 기둥줄거리는 크게 4가지로 나누어 살펴볼 수 있다.

• 대관원 여인들의 이야기

제1회 서에 해당하는 부분에서 작가는 작품이 "어떤 사람들의 이야기인가"
라는 질문을 먼저 던지고 있다. 그리고는 자기가 한평생 보아왔던 사람들 중
품행과 식견이 뛰어난 '여인들의 이야기'를 전하기 위해 글을 썼다고 밝히고
있는데, 이로써 '여인들의 이야기'가 기둥줄거리 중 하나임을 알 수 있다.

• 가보옥의 인생역정

제1회 설자에 해당하는 부분에서는 《석두기》의 유래가 소개되고 있다. 작
가는 처음에 《석두기》라는 제목을 붙이면서 이 작품이 여와에게 버림받은
돌이 인간 세상으로 내려가 겪는 이야기를 기록한 것임을 드러내고 있다. 이
렇게 볼 때, 가보옥으로 환생하여 인간 세상을 경험하였다가 다시 돌로 돌아
가는 '가보옥의 인생역정'은 《홍루몽》에서 중요한 주제를 이루는 기둥줄거
리라 할 수 있다.

• 가보옥과 임대옥의 비극적 사랑 이야기

제1회 서곡에 해당하는 부분에는 또 다른 신화가 삽입되어 있는데, 그것은
신선세계의 신영시자와 강주선자의 사연이다. 이들은 가보옥과 임대옥의
전신前身으로 이 둘이 전생에서부터 맺어진 인연임을 강조하면서 그들의 비
극적 사랑이야기가 작품의 중요한 기둥줄거리임을 드러내고 있다.

• 가씨 집안의 흥성과 몰락

앞서 세 가닥의 기둥줄거리는 제1회에 집중적으로 시사되고 있고, 제2회에
는 또 다른 기둥줄거리가 제시되고 있다. 제2회에서 작가는 냉자흥冷子興이
라는 인물을 통해 작품의 무대인 가부, 특히 영국부의 대체적 상황을 독자들
에게 전달한다. 아울러 가부의 가세가 경제적 위기와 더불어 점차 기울어져
가고 있음을 암시하는데, 여기에서 몰락해가는 귀족 가문의 이야기 역시

《홍루몽》의 중요한 기둥줄거리임을 감지할 수 있다.

3) 드러난 선과 감춰진 선

《홍루몽》의 네 가닥 기둥줄거리는 평면상에 동일한 비중으로 배치되는 것이 아니라 표층, 중간층, 심층의 세 층위로 배치되어 있다. 그리고 이는 다시 드러난 선과 감추어진 선, 즉 실선과 점선의 형태로 복잡하게 얽혀 드러난다.

• 가보옥과 임대옥의 비극적 사랑 이야기
– 가장 뚜렷하게 드러난 선이자 실선 –

네 가닥의 기둥줄거리 중에서 가보옥과 임대옥의 비극적인 사랑 이야기는 작품의 처음과 끝을 관통하면서 표층에 가장 분명하게 드러난 선이자 실선이라고 할 수 있다. 만약 보옥과 대옥의 슬픈 사랑 이야기가 이처럼 뚜렷한 줄거리로 드러나지 않았다면《홍루몽》은《홍루몽》으로서의 존재 가치를 잃는다고 해도 과언이 아니다.

• 가씨 집안의 흥성과 몰락
– 가장 광범위하게 배치되어 드러난 선이자 실선 –

가보옥과 임대옥의 사랑 이야기와 함께 《홍루몽》의 커다란 주제를 이루고 있는 것은 바로 가부의 흥망성쇠의 과정이다. 가부의 몰락이라는 기둥줄거리는 보옥과 대옥의 이야기와 어느 정도 연관되거나 교차되기도 하지만, 상당 부분이 함께 거론될 수 없는 성격을 지니고 있어 또 하나의 드러난 선이자 실선이라 할 수 있다. 다만 가부가 몰락하는 줄거리는 작품 전체를 조망해야만 파악할 수 있고 훨씬 넓은 범위로 나타나고 있어 확연하게 드러나고 있는 보옥과 대옥의 이야기와는 차이점이 있다.

- 가보옥의 인생역정
– 심층에 잠재되고 감춰진 선이자 점선 –

'가보옥의 인생역정'이라는 기둥줄거리는 '보옥과 대옥의 이야기'와 '가부의 흥망성쇠'와 비교해볼 때, 표층에 드러나지 않고 심층에 잠재되고 감춰진 선이자 점선이라고 볼 수 있다. 《석두기》라는 제목이 표방하고 있는 것처럼, 작품은 신기한 돌의 이야기가 주를 이루고 있는 것처럼 보이지만, 작가는 가보옥을 통해 자신의 사상을 간접적이고 우회적인 방법으로 표현할 뿐 직접적으로 드러내지 않는다. 이 때문에 '가보옥의 인생역정'이라는 줄거리는 심층으로 잠복하는 성향을 띠지 않을 수 없다.

따라서 이는 일반 독자들에게는 쉽사리 감지되기 어려운 것이고, 비교적 높은 안목을 지닌 독자 및 연구자들이 반복적으로 읽은 연후라야 비로소 찾아낼 수 있는 심층적 주제이다. 무엇보다 이러한 심층적 의미는 작품의 전체 주제와 밀착되어 있어 앞서 제시된 두 가닥의 기둥줄거리와 구분된다. 편폭이 크고 내용이 방대한 작품에서 남자 주인공의 인생과 운명에 대한 문제는 주로 잠재적이고 심층적인 형태로 줄거리의 '감춰진 선'을 구성하는데, 《홍루몽》은 바로 그러한 작품이라 할 수 있다.

- 대관원 여인들의 이야기
– 독립적으로 존재하는 드러난 선이자 실선 –

네 가닥의 기둥줄거리 중에서 '대관원 여인들의 이야기'는 앞서 언급한 세 가닥의 기둥줄거리와 다소 성격이 다르다. 우선 이 기둥줄거리는 여러 여인들의 운명이 하나같이 비극으로 귀결된다는 점에서 일관성이 있으나, 작품을 관통하는 하나의 줄거리를 형성하지 못하고 개개인의 비극적 운명이 독립적으로 삽입되고 있는 것이 특징이다. 이 때문에 대관원 여인들의 이야기는 표층에 뚜렷하게 드러난 선이나 실선도 아니고, 심층에 잠재되어 있으면서 감춰진 선이나 점선도 아니다.

이 기둥줄거리는 표층과 심층 사이의 중간층에 위치한다고 할 수 있다. 비록 하나의 종적 흐름을 갖고 있지는 못하지만 각각의 이야기가 분명하게 전개되고 있어 일종의 드러난 선이자 실선으로 간주될 수 있다. 작품 전체를 두고 볼 때, 다른 기둥줄거리에 비해 기둥줄거리로서의 역할은 상대적으로 약하지만 '가부의 몰락'이나 '주인공의 인생역정'이라는 줄거리 속에서 함께 언급될 수 있으므로 역시 중요한 기둥줄거리라 하겠다.

이상과 같은 네 가닥의 기둥줄거리는 각각 독립적으로 존재의미를 지니면서 상호 연관을 맺고 있어 《홍루몽》의 구성을 더욱 입체적이면서 풍부하게 해주고 있다.

【가로 세로로 얽힌 그물식 구조】

중국소설사에서 이야기의 구성이 단선적인 구조를 탈피하여 그물식 구조를 이루는 것은 《금병매》에서 시작된다고 할 수 있다. 《홍루몽》은 이로부터 직접적인 영향을 받았으나 《금병매》보다 훨씬 얽히고설킨 그물식 구조를 이루고 있다. 이른바 그물식 구조란 줄거리들이 평면적이지 않고, 날줄에 다양한 씨줄이 삽입되어 입체적으로 구성된 것을 가리킨다. 《홍루몽》은 이러한 날줄과 씨줄의 짜임이 그 어느 소설보다도 촘촘하고 입체적이며 화려하다. 《홍루몽》의 그물식 구조에서 날줄은 시종일관 작품을 관통하고 있는 '가보옥과 임대옥의 이야기'와 '가부의 몰락'이고, 여기에 다양한 씨줄들이 교차되면서 복잡한 다면체의 구조를 이루고 있다.

1) 단계적으로 진행되는 날줄

'가보옥과 임대옥의 이야기'와 '가부의 몰락'이라는 두 가닥의 날줄은 '발단－전개－위기－절정－결말'이라는 일정한 단계에 따라 이야기가 진행된다. 인물이 소개되고 사건의 실마리가 전개되는 전반부 5회는 작품 전체의 발단 부분에 해당하고, 그 후부터 '전개―위기―절정―결말'의 과정이 이어 진다. 가보옥과 임대옥의 이야기는 '초연단계―열연단계―성숙단계―파멸 단계'로 진행되는데, 성숙단계 이후에 파멸단계로 나아가는 설정은 두 사람 의 사랑이 이미 예견된 비극성을 향해 전개되고 있음을 보여준다. 여기서 금 옥양연金玉良緣의 어두운 그림자는 비극적 사랑 이야기의 원인과 결과를 설명 해주는 중요한 단서로 작용한다.

한편 가부의 몰락은 '성세단계―위기단계―몰락단계―파멸단계'로 진행 된다. 전개단계부터 가부 내부의 갈등과 경제적 위기가 지속적으로 암시되 고 있어 몰락의 원인과 결과를 유기적으로 이해하는 데 충분한 근거를 제공 한다. 《홍루몽》의 구성은 '발단―전개―위기―절정―결말'의 과정에 그대 로 적용되지 않으며, 그 중에서도 절정부분은 절정으로서의 성격이 다소 약 한 감이 없지 않다. 그럼에도 불구하고 이야기의 전개 과정이 개연성 있게 진행되고 전체적인 통일성을 유지하고 있어 작품에 대한 작가의 구상이 얼 마나 세심하고 치밀한지 짐작할 수 있다.

2) 다양한 형태로 날줄에 삽입되는 씨줄

《홍루몽》의 씨줄은 비교적 독립적이며 상호 연관관계가 적은 사건으로 이루 어져 있다. 날줄과 달리 작품을 관통하는 일정한 흐름도 없고 인과관계도 없 으며, 길거나 혹은 짧게, 감춰지거나 혹은 드러나는 형태로 날줄들 사이에 끼어 있다. 이처럼 횡적으로 분포되어 있는 씨줄은 하나의 커다란 주제나 문 제의식으로 드러나는 것보다 주로 인물들의 에피소드들을 통해 드러난다. 씨줄의 기능을 담당하는 인물 중에서 진사은, 가우촌, 냉자흥, 유노파의 역 할이 두드러진다. 이들은 자체적으로도 이야기를 구성하고 있지만, 무엇보 다도 내용의 전개나 주제의 암시 등과 관련하여 작품과 유기적인 연관성을 이루고 있어 매우 중요한 인물들이라 할 수 있다.

먼저 진사은의 경우, 가우촌과 함께 이야기의 전개상 필요에 의해 각별히

고안된 인물이다. 진사은은 제1회에 잠시 출현하였다가 본 내용에서는 등장하지 않고, 작품의 결말부분인 제103회와 제120회에 다시 나온다. 그는 소설의 수미首尾에 등장하면서 《홍루몽》의 이야기가 시작될 수 있는 계기를 마련해주고, 이를 끝맺는 역할을 하여 이야기 전체에 통일성을 부여한다. 진사은의 범상치 않은 행적은 작품에 낭만적이고 신비한 분위기를 불어넣으며, 그의 몰락은 곧 가부의 몰락을 암시하고 있어 상징적이면서 의미심장한 인물이라 하겠다.

다음으로 가우촌은 진사은과 대비를 이루고 있는 인물로 진사은과는 달리 작품에 여러 차례 등장한다. 먼저 가우촌은 제2회에서 냉자흥과의 대화를 통해 가부의 상황을 객관적으로 전달하는 역할을 하고, 제3회에서는 임대옥을 가부로 데려오는 역할을 한다. 제4회에서는 응천부 부사로 임명되어 설반의 살인사건을 판결하면서 가씨, 사씨, 왕씨, 설씨의 4대가문을 설명할 수 있는 기회를 만들어낸다. 또한 설보차가 가부로 들어가는 계기를 제공하여 가보옥, 임대옥, 설보차 세 주인공을 한자리에 모으는 역할을 한다.

더욱이 부침浮沈을 거듭하는 가우촌의 인생역정은 모두 가부와 밀접한 관계를 맺고 있어 독자들은 가우촌을 통해 가부의 흥망성쇠를 간접적으로 간파할 수 있다. 가우촌은 이야기의 진행에는 직접 개입하지 않으면서 내용이 진행되는 것을 도와주는 인물로 이러한 감초 같은 인물이 없었더라면 난마같이 얽혀있는 《홍루몽》의 복잡한 내용이 깔끔하게 진행될 수 없었을 것이다.

냉자흥은 중요한 비중을 차지하지도 않고 출현한 횟수도 적으며 성격도 부가되지 않은 인물이다. 그야말로 이야기 전개상 필요에 의해 창조된 인물로 작품에서 제2회, 제7회, 제104회 총 세 번 등장한다. 냉자흥의 역할은 특히 제2회에서 두드러지는데, 작가는 제2회에서 냉자흥을 통해 이야기의 배경이 되는 가부의 상황을 전달한다. 독자들에게 가부의 내력, 인물들의 성격, 인물간 복잡한 관계와 갈등, 현재 가부의 상황과 잠재된 위기 등을 전달하는 냉자흥은 바로 이야기꾼의 역할을 맡고 있는 셈이다. 《홍루몽》처럼 편폭이 크고 내용이 방대한 작품은 안내자의 도움이 없으면 전체적인 면모를 파악하기가 쉽지 않다. 냉자흥은 이처럼 이야기의 안내자 역할을 하고 있어 작품의 구성뿐 아니라 독자들에게도 중요한 인물이라 할 수 있다.

유노파는 비록 주인공 대열에 들지는 않지만 상당히 비중 있는 인물로, 특히 생기 넘치고 개성 있는 성격 때문에 많은 독자들의 사랑을 받고 있다. 작품에서 유노파가 가부에 오는 장면은 총 세 번으로 유노파의 등장은 가부의 흥성과 몰락을 간접적으로 보여주는 계기가 된다. 유노파가 첫 번째, 두 번째로 가부에 등장하는 장면은 가부의 화려한 생활을 드러내는 장치인데, 이는 각각 제6회, 제39회~제42회에서 자세하게 묘사되고 있다. 또한 유노파가 세 번째로 가부에 등장하는 장면은 제113회와 제119회에서 나오고, 독자들은 역시 유노파를 통해 가부의 철저한 몰락을 목도하게 된다. 이렇듯 작가는 외부인인 유노파의 시선을 통해 가부의 흥망성쇠를 표현하고 있는데, 유노파는 가부의 역사를 비춰주는 거울과도 같은 존재라 하겠다.

《홍루몽》에서 구성상 씨줄의 기능을 담당하는 인물은 이외에도 상당수 있지만 역할이 상대적으로 미미하다. 그러나 비록 한두 번밖에 출현하지 않거나 출현하였다가 이내 사라졌다 하더라도 이들은 소설의 구성과 흐름에서 없어서는 안 될 존재들이다. 다양한 씨줄로서의 기능을 수행하는 인물들은 기둥줄거리 사이사이에 삽입되어 전체와 유기적인 그물망을 형성하면서 작품에 통일성을 부여하거나 예시적 작용을 하고 주제를 드러내는 역할을 한다. 만약 횡적으로 삽입된 이러한 다양한 인물과 사건이 결여되었다면 《홍루몽》은 대작으로서의 면모를 갖추기 어려웠을 것이다.

《홍루몽》의

언어 예술

【이야기를 서술하는 작가의 기법】

• 치밀한 묘사와 촘촘한 구성

《홍루몽》은 가부라는 귀족 가문의 평범하고 자질구레한 일상을 담아낸 이야기로 색다르고 신기한 내용이나 사람들의 이목을 집중시킬 만한 사건 혹은 스릴 있는 장면이 없으면서도 사람들의 흥미를 끌어내고 있다. 도대체 그 이유는 무엇일까? 그것은 작가가 지극히 일상적인 생활을 단순히 제재로 활용하지 않고 이를 뛰어난 예술적 경지로 승화시켰기 때문이다. 작가는 귀족 사회의 일상을 묘사하면서 결코 평범하지 않는 의미를 기탁하였으며, 자신이 처했던 시대와 사회가 안고 있는 여러 갈등들도 함께 내재시킴으로써 작품에 사상적인 깊이를 부여하였다.

비록 일상생활에 대한 묘사라고는 하지만 《홍루몽》이 담고 있는 내용은 대단히 광범위하다. 작가는 당시의 광범위한 생활상을 생동적으로 표현하고 있는데, 이러한 생동적 묘사는 특출한 예술적 구상 아래 유기적으로 연계

되어 있는 점에서 돋보인다. 다시 말해 《홍루몽》의 이야기는 수미가 일관되고 개연성이 있으며 사리에 맞게 막힘없이 흘러가고 있어서, 크고 작은 많은 사건들이 작가의 치밀한 안배와 구상에 의해 질서정연하면서도 변화무쌍하게 펼쳐지고 있는 것이다.

이와 함께 독자들이 《홍루몽》에 매력을 느끼는 이유 중 하나는 작가가 '작은 것에서 큰 것을 보며, 평범한 것에서 특별한 것을 본다小中見大, 平中見奇'는 수법으로 이야기를 끌고 나가는 데 있다. 작가는 '작은 것'으로부터 '큰 것'을 이야기하고, '평범한 것'으로부터 '특별한 것'을 이끌어내는 탁월한 수완을 보여주고 있다. 바로 이러한 점이 독자들의 흥미를 끊임없이 유발하는 계기가 된다. 작가가 평범한 일상생활을 묘사하면서 당시 사회를 광범위하게 반영함과 동시에 비판적 시각을 투사할 수 있었던 것은 이와 같은 탁월한 예술적 수완에서 비롯된 것이었다.

여기에 한 가지 더 주목할 것은 작가가 귀족 가문의 일상생활을 묘사하는 가운데 중국문화의 우수한 전통을 종합적으로 체현해내었다는 점이다. 조설근은 작품 속에 대량의 시, 사, 곡, 사부, 가요, 대련對聯, 등미燈謎, 주령酒令 등을 삽입함으로써 사실상 거의 모든 문체를 총망라하고, 건축, 원림, 복식, 음식, 의약, 전장제도, 세시풍속, 종교, 음악, 미술, 희곡 및 놀이문화 등을 상세하게 묘사하여 마치 중국문화의 진열장을 들여다보는 느낌을 준다. 이러한 중국문화의 정수는 내용과 유리되지 않고 적절하게 용해되어 유기적으로 연결되어 있고, 적재적소에서 사건과 인물을 설명하고 부각시키는 역할을 담당하고 있다. 이러한 표현기법은 탁월한 예술적 역량을 지닌 작가의 수완이 아니면 결코 가능할 수 없는 일이라 하겠다.

【생동감 있는 인물 형상】

《홍루몽》이 보여주는 가장 뛰어난 예술적 가치는 무엇보다도 개성이 뚜렷한 인물을 그려냈다는 데에 있다. 인물은 소설의 핵심요소 중 하나이며, 인물이 어떻게 창조되었느냐에 따라 소설의 성패가 좌우된다고 해도 과언이 아니다.

《홍루몽》에는 놀라울 정도로 많은 인물이 등장하는데, 등장인물 가운데 이름이 나오는 인물만 해도 무려 480여 명에 달한다. 480여 명의 인물이 등장한다는 것은 수량 면에서 영국의 대문호 셰익스피어w.Shakespeare의 작품과 견줄 수 있다. 그러나 셰익스피어가 창조한 인물들이 30여 개의 극본에 분산되어 등장하는 반면,《홍루몽》의 경우 한 작품에 480여 명의 인물들이 동시에 등장하고 있어 대작으로서의 면모를 유감없이 발휘하고 있다. 그 중에서도 독자들에게 깊은 인상을 남기는 인물은 적어도 수십 명이나 되는데, 이는 걸작으로서《홍루몽》의 진가를 보여주는 측면이기도 하다.

《홍루몽》은 인물을 만들어내는 수법에서도 전통적 기법을 뛰어넘는 면모를 보여준다. 즉 등장인물을 단순화, 유형화시키지 않았다는 점에서 이전의 소설들과 구별된다.《홍루몽》이전의 소설들에서는 보통 선한 사람은 결점이 하나도 없는 완벽한 사람으로, 악한 사람은 장점이 하나도 없는 추악한 사람으로 묘사되는 전형성이 두드러진다. 하지만《홍루몽》은 기존의 도식적인 틀에서 벗어나 다양한 내면을 지닌 인간의 모습을 있는 그대로 그리고, 더 나아가 저마다 독특한 개성을 지닌 인물로 묘사하는 점이 뛰어나다. 바로 이러한 점 때문에《홍루몽》은 무궁무진한 생명력과 창조성을 갖출 수 있는 것이다.

인물 묘사에서 가장 중요한 것은 바로 뚜렷한 개성을 드러내는 작업이다. 조설근은 하나의 인물을 묘사하는 데 장점과 단점, 긍정적 측면과 부정적 측면을 두루 지닌 인물로 그려내면서 평면적인 인물이 아니라 입체적이면서 복합적인 내면의 인물을 창조해내고 있다. 아울러 주위환경에 대한 묘사, 시사의 삽입, 상호대비, 심리묘사 등의 다양한 수법을 통해 인물의 개성을 부각시키고 있다.

특히 인물의 개성을 표현하는 데 주위환경에 대한 묘사는 배경적 의미뿐아니라 인물의 성격을 암시하는 역할을 한다. 예컨대 소상관의 그윽하고 쓸쓸한 분위기는 임대옥의 번민을 돋보이게 하고, 도향촌의 소박함은 이환의처지를 부각시킨다. 또한《홍루몽》에 대량으로 삽입되어 있는 시사는 등장인물의 개성을 밀도 있게 드러내는 기능을 한다. 독자들은 임대옥의 시를 읽으면서 사색적이면서 우울한 분위기를 느낄 수 있고, 설보차의 시를 읽으면서 임대옥과는 전혀 다른 독특한 분위기를 감지할 수 있다. 이 외에 작가는인물들을 선명하게 대비시키는 수법을 사용하여 인물의 개성을 돋보이게 한다. 작품에서 임대옥과 설보차, 왕희봉과 이환, 청문과 습인 등이 비교적 선명하게 대비를 이루고 있는데, 이러한 기법은 인물의 개성을 두드러지게 하여 작품을 더욱 생동감 있게 한다.

인물의 개성은 다양한 심리묘사를 통해서도 드러난다. 작가는 등장인물의독백을 통해서 내면세계를 직접적으로 드러내고, 꿈이라는 장치를 통해 평소의 생각을 간접적으로 표출시킨다. 또한 인물의 표정과 태도를 통해 잠재의식을 반영하기도 한다.《홍루몽》의 심리묘사는 확실히 이전의 소설들보다훨씬 발전된 형태를 보이는데, 이러한 점 때문에 서구의 백과사전에는《홍루몽》을 위대한 '심리소설'이라고 소개하기도 한다.

《홍루몽》이 인물을 창조하는 데 성공할 수 있었던 것은 바로 이처럼 다양한 수법을 적절하게 사용하여 인물의 생동감, 복잡함, 심각성을 다각도로 드러냈기 때문이다.《홍루몽》에 등장하는 불후의 인간군상은 작가의 예술적기교에 힘입어 탄생되었으며, 뚜렷한 개성을 지닌 각 인물들은 오래도록 독자들의 뇌리에서 깊은 인상으로 남아있다.《홍루몽》이 많은 독자들의 환영을 받는 근본적인 이유는 바로 여기에서 찾을 수 있을 것이다.

【다양한 언어표현의 활용】

• 아雅와 속俗의 결합

《홍루몽》은 언어를 표현하는 데에도 타의 추종을 불허하는 경지를 보여준다. 중국 18세기의 '언어백과사전'이라고도 불리는 《홍루몽》은 중국고전소설의 언어전통을 계승하였을 뿐만 아니라 민간에서 사용하는 언어의 자양분까지 흡수하여 정련되면서 생동적이고 친근한 언어를 구사한다. 고아한 문학적 표현과 쉽게 이해할 수 있는 통속적 표현은 《홍루몽》만의 독특한 언어풍격을 이루고 있다고 하겠다.

1) 언어표현을 통한 인물의 개성 부각

《홍루몽》의 언어풍격에서 가장 뛰어난 점은 등장인물이 구사하는 언어가 모두 각자의 사회적 지위나 개성에 맞게 표현되었다는 점이다. 특히 작가는 등장인물간의 대화를 통해 인물의 신분과 지위를 드러내는 데 탁월한 수완을 보이고 있다. 귀족관료에서부터 촌부와 시정잡배, 그리고 가부 내의 마님, 아가씨, 시녀들에 이르기까지 모두 제 나름의 언어를 구사하며, 각 인물들은 이를 통해 자신만의 다양한 개성을 드러내고 있다.

예컨대 가정이나 가우촌과 같은 인물의 말투에는 문언과 백화가 반반씩 섞여 있어서 그들이 어느 정도 문화적 소양을 갖춘 관료임을 알아차릴 수 있고, 가용이나 설반의 말투는 조잡하고 거칠어서 대번에 그들이 주색을 일삼는 부류임을 알 수 있다. 또한 명연이나 홍아의 말투는 비속하면서도 재치가 있어서 하인의 신분에 딱 어울리는 언어를 구사한다고 할 수 있다.

또한 같은 신분의 귀족아가씨라 할지라도 작가는 그들이 사용하는 언어를 통해서 서로 다른 개성과 성격을 표현해낸다. 대옥의 말투는 영민하면서 예리하고, 보차의 말투는 부드러우면서 평온하며, 상운의 말투는 시원시원하고 솔직담백하여 이로써 각 인물의 성격이 분명하게 드러난다. 이 외에 진가경의 말투는 부드럽고, 이환의 말투는 무미건조하며, 희봉의 말투는 기지가 있으면서 익살스러워 독자들은 각 인물들이 구사하는 언어를 통해 저마다의 성품을 확실하게 구분해 낼 수 있다.

2) 우아한 문언체의 사용

《홍루몽》의 언어표현에서 또 하나 두드러진 특징은 이야기를 전개하거나 인물을 묘사하는 데 고전과 시문을 적절하게 사용하였다는 점이다. 주지하다시피 《홍루몽》은 백화소설이다. 백화란 서면어인 문언에 대응되는 구두어로 《홍루몽》은 기본적으로 청대의 구두어로 쓰인 소설이다. 그러나 조설근은 문언을 완전히 배제하지 않았다. 오히려 백화로 서술하는 사이사이에 문언의 고전과 시사를 적절하게 삽입함으로써 인물묘사나 분위기 설정, 그리고 사상과 감정을 매우 효과적으로 전달한다. 이 때문에 《홍루몽》은 통속적인 백화소설에 우아한 품격을 부여한 작품이라 할 수 있다.

《홍루몽》에서 언급되는 고전에는 《대학》, 《중용》, 《시경》, 《역경》, 《예기》, 《좌전》, 《전국책》 등의 경전과 《장자》와 《문선》 등의 고문을 비롯하여, 《서상기》, 《모란정》, 《남가몽》, 《비파기》, 《형차기》 등의 희곡과 〈천가시千家詩〉, 〈이소〉, 〈장한가〉 등의 시가가 있다. 특히 조설근은 등장인물의 사상과 감정을 표현하거나 대관원의 경물을 묘사할 때에도 고전시가를 적절히 인용함으로써 소설에 우아한 분위기를 부여한다.

옛 사람들의 문장이나 시구를 사용하는 것 외에도 조설근은 대량의 시사곡부와 명문銘文, 제문祭文 등을 창작하여 작품에 삽입하였다. 작가는 소설의 내용이나 구성상의 필요에 의해 고문이나 시구들을 적재적소에 안배함으로써 등장인물의 성격과 운명을 드러내고, 인물들의 사상과 감정을 표현하였으며, 작품의 주제를 개괄하기도 하였다. 사실 어떤 측면에서 볼 때 《홍루몽》은 시를 위한 소설작품이라고 하여도 과언이 아닌데, 이러한 시가의 삽입은 《홍루몽》만의 독창적인 소설 풍격을 이루는 데 중요한 요소가 되었다고 하겠다.

3) 방언과 속어를 통한 통속적 표현

《홍루몽》은 또한 북경방언과 민간에서 쓰이는 구어를 활용하는 데에도 탁월함을 보인다. 고전시문의 삽입이 《홍루몽》에 우아한 분위기를 부여하였다면, 민간에서 쓰이는 구어의 활용은 작품에 통속적인 풍격을 불어넣었다. 조설근은 오랫동안 북경에서 생활하였기에 북경의 방언에 매우 익숙해 있었다. 이러한 경험으로부터 《홍루몽》에 대량의 북경방언과 어휘를 반영할 수 있었고, 이 때문에 읽는 사람들은 더욱 생동감 있게 작품의 세계를 접할 수 있다.

아울러 조설근은 시정에서 쓰이는 구어를 구사함으로써 언어의 통속성과 생동감, 그리고 다양성을 배가시켰다. 소설 가운데 흔히 찾아볼 수 있는 경구警句와 속담, 헐후어 [歇後語 : 숙어의 일종으로 대부분 해학적이고 형상적인 어구로 됨] 등에서 독자들은 당시 사람들의 사고방식이나 언어표현을 더욱 생생하게 접할 수 있다. 《홍루몽》에 보이는 경구, 속담, 헐후어 등을 몇 가지 소개하면 다음과 같다.

▨ 하늘의 변화무쌍한 날씨 알 수 없고, 사람의 길흉화복 알 수 없다.

  天有不測風雲. 人有旦夕禍福. 제11회

▨ 이렇게 될 줄 알았다면, 애당초 왜 굳이 그러했을까? 旣有今日. 何必當初? 제20회

▨ 토끼가 죽은 여우가 슬퍼하듯이, 끼리끼리 동병상련한다. 死狐悲. 物傷其類. 제57회

▨ 겪어보지 않으면, 꾀가 생기지 않는다. 不經一事. 不長一智. 제60회

▨ 푸른 산이 있어야, 땔나무도 남아있다. 留得青山在. 依舊有柴燒. 제82회

▨ 두꺼비가 백조 고기를 먹으려 한다. : 제 분수를 모른다. 癩蛤想吃天鵝肉. 제11회

▨ 돼지고기 먹은 적 없어도, 돼지 뛰는 건 본 적 있다. : 겪지 않아도 조금은 안다.

  沒吃過猪肉. 也見過猪. 제16회

▨ 개 아가리서 상아 나랴. 狗嘴里還有象牙不成. 제42회

▨ 아무리 청렴한 관리라도 집안 살림은 못한다. 淸官難斷家務事. 제80회

❀ 높은 촛대는 남만 비춘다. : 등잔 밑이 어둡다.　丈八的燈臺照見人家, 照不見自己. 제19회

❀ 대단한 잔칫집 천막도 걷힐 날 있다.　千里搭長棚沒有個不散的筵宴. 제26회

❀ 황백나무 채는 겉은 보기 좋아도 속은 쓰다.　黃栢木作磬槌子, 外頭體面裡頭苦. 제53회

❀ 일이란 빈틈없이 해야 한다.　丁是丁, 卯是卯. 제43회

❀ 눈 안에 모래를 넣을 수는 없다. : 남의 잘못은 용인할 수 없다.　眼里揉不下沙子. 제69회

❀ 귀머거리가 폭죽을 터뜨린다. : 흩어지는 것만 보인다.　聾子放炮仗散了. 제54회

❀ 시녀간의 의자매는 모두 시녀다 : 끼리끼리 어울리다.　梅香拜把子都是奴幾. 제65회

❀ 맑은 물에 국수 삶는다 : 너희가 한 일을 훤히 안다.　淸水下雜麵, 吃我看. 제65회

❀ 이기면 왕후장상, 지면 바로 역적.　成則王侯, 敗則賊. 제2회

❀ 하나가 손해 보면 다 같이 손해보고, 하나가 잘 되면 다 같이 잘된다.

　一損皆損, 一榮皆榮. 제4회

❀ 무너지는 담을 달려들어 민다.　墻倒衆人推. 제55회

❀ 온 세상의 까마귀는 다 같이 새까맣다.　天下老鴉一般黑. 제57회

❀ 공평하지 않으면 볼멘소리 나게 마련.　物不平則鳴. 제58회

❀ 마음만 먹으면 세상에 겁날 게 없다.　天下無難事, 只怕有心人. 제49회

❀ 겉만 보아서는 사람의 속마음을 알 수 없다.　知人知面不知心. 제11회

❀ 높이 올라갈수록 떨어지면 더 아프다.　登高必跌重. 제13회

❀ 외손뼉이 소리 나랴.　一個巴掌拍不響. 제58회

❀ 한입에 살찌랴.　胖子也不是一口吃的. 제84회

❀ 진짜는 드러내지 않고 드러내면 진짜가 아니다.　眞人不露相, 露相不眞人. 제117회

❀ 황금 만 냥 얻기 쉬워도 지기는 얻기 어렵다.　萬兩黃金容易得, 知心一個也難得. 제57회

❀ 인연이 있으면 몽둥이로 때려도 헤어지지 않는 법.　是姻緣棒打不散. 제97회

【사실적 묘사와 낭만적 필치의 결합】

1) 진실에 바탕을 둔 사실적 묘사

《홍루몽》은 중국문학사에서뿐만 아니라 세계문학사에도 길이 빛날 리얼리즘의 걸작으로 평가받고 있다. 《홍루몽》은 18세기 중엽 중국의 정치, 경제, 사회, 문화, 예술 등 각 방면에 걸쳐 당시 사회상을 지극히 사실적으로 반영하고 있는데, 이처럼 당시의 사회상을 광범위하게 반영할 수 있었던 것은 창작의도나 표현기법 면에서 작가가 현실주의의 창작원칙과 사실적 묘사를 중시하였기 때문이다. 조설근은 당시 문단에서 재자가인 소설이 성행하고 있던 상황에 대해 비판적인 입장을 취하면서 더욱 진보적인 소설관으로 창작에 임하였다.

조설근은 작품 속에서 직설적으로 당시 소설계를 비판하면서 자신의 소설관을 천명하고 있다. 이는 다른 작품에서는 찾아볼 수 없는 특이한 점으로 작가의 소설관은 제1회 공공도인과 돌의 대화에서 잘 드러난다. 여기서 공공도인은 당시 사람들이 갖고 있던 진부한 소설관을 대변하고 있고, 이를 반박하는 돌은 기존의 소설관을 비판하는 작가의 견해를 대변하고 있다.

공공도인의 입을 통해서 드러나는 당시의 소설관은 소설도 경서와 마찬가지로 교화작용이 있어야 한다는 것이다. 그러나 조설근은 문학이란 정치와 도덕의 시녀가 아니라 예술로서의 독특한 가치와 효용을 지녀야 한다고 주장한다. 이 때문에 현자나 충신들이 정사를 돌보고 백성을 다스리는 이치 지서理治之書는 소설로서의 가치가 없다고 지적한 것이다. 아울러 작가는 당시 유행하던 야사, 풍월필묵, 재자가인 소설 등에 대해서도 차례로 비판을 가한다.

조설근이 이를 비판한 것은 기존의 소설들이 내용, 구성, 소재 등에서 대체로 진실성이 결여되어 있기 때문이다. 이러한 비판 위에 피력된 작가의 소설관에서 가장 핵심은 바로 진실성의 문제이다. 조설근은 소설이란 교화성이 우선되어서 안 되고, '신기하고 각별한 맛'이 있거나 '근심을 덜어주고 심심풀이'가 될 수 있어야 한다고 전제한다. 그리고 소설이 새롭고 재미있기 위해서는 무엇보다도 내용 및 구성에 진실감이 충만해야 한다고 지적한다. 이러한 가치관에 입각하여 조설근은 《홍루몽》을 쓸 때 반평생 동안 직접 보고 들은 이야기를 견강부회하지 않고 있는 그대로 쓸 수 있었던 것이다.

《홍루몽》이 다른 작품과 구별되는 우수성 가운데 하나가 바로 이러한 사실주의 정신이며, 이에 대해서는 여러 학자들의 견해가 일치하고 있다. 노신은 《홍루몽》에 대해 "대체로 문장은 진실성에 바탕을 두었고, 다 직접 겪은 일이며, 사실을 그대로 썼기 때문에 신선하다"라고 지적하였고, 장화삼蔣和森은 "《홍루몽》의 출현은 중국문학의 발전상 중요한 의미를 지닌다. 《홍루몽》에는 이전의 어떤 소설에서도 찾아볼 수 없는 현실주의 원칙이 잘 구현되어 있다"라고 주장한 바 있다.

2) 상상력과 서정성이 충만한 낭만적 필치

독자들이 《홍루몽》을 읽으면서 또 한 가지 매료되는 점은 진실성 뿐 아니라 낭만적 필치에 있다. 독자들은 작가의 손에 이끌려 청경봉 아래 돌의 이야기를 듣기도 하고, '태허환경'이라는 환상적 세계에 빠져들기도 한다. 뿐만아니라 〈장화음葬花吟〉이나 〈부용여아뢰芙蓉女兒誄〉와 같은 시를 읽으면서 시인의 비통한 심정과 한마음이 되기도 하는 등 독자들은 감성적인 측면에서 작품에 몰입하는 경우가 적지 않다.

만약 《홍루몽》에서 이러한 매력을 제거한다면 과연 《홍루몽》으로 존재할 수 있을 것인가? 단연코 그렇지 않을 것이다. 바꾸어 말하면 《홍루몽》의 예술적 매력은 사실주의적 필치 못지않게 다분히 낭만적 분위기에서 연유한다는 점을 인식해야 한다. 그럼에도 불구하고 그간 《홍루몽》의 낭만성은 크게 부각되지 못하였는데, 《홍루몽》의 실체를 제대로 파악하기 위해서는 낭만적 표현기법을 주목해볼 필요가 있다.

낭만주의는 한마디로 규정하기가 불가능할 정도로 개념이 다양하고 포괄적인데, 그 중에서도 낭만성을 대표할 수 있는 특성은 아마도 '상상력'과 '서정성'일 것이다. 먼저 《홍루몽》에서 상상력이 가장 부각된 부분은 제5회에 묘사되는 태허환경이다. 태허환경은 상상 속에서만 가능한 이상세계이자 낙원으로, 작가는 현실에서는 결코 실현될 수 없는 이상과 소망을 태허환경과 같은 환상세계를 통해 표출하고 있다. 이러한 이상과 소망은 불합리한 현실에 대한 불만에서 출발한 것이므로 그 근저에는 정치적, 사회적, 사상적 연유가 깔려 있다고 볼 수 있다. 그러므로 작가가 그리고 있는 이상세계는 현실과 유리되거나 무관한 이상세계가 아니라 현실에 기반을 둔 이상세계이다.

낭만주의 문학의 또 다른 특징인 서정성은 특히 비극적 운명을 노래한 시가를 통해 잘 드러나 있다. 일부 평자들이 《홍루몽》을 평하여 '시의詩意가 충만한 소설' 혹은 '편폭이 거대한 장시長詩'라고 하였듯이, 《홍루몽》에는 시적 분위기가 도도하게 흐르고 있다. 시의를 바탕으로 한 《홍루몽》의 서정성은 작품 전편에 흐르는 비극적 정조로 인해 예술적 감흥을 더욱 불러일으키며, 시가는 그 예술적 감흥을 가장 효과적으로 전달하는 매체가 된다. 그 중 〈홍루몽십이지곡〉, 〈장화음〉, 〈부용여아뢰〉는 비극적 호소력이 가장 뛰어난 절창絶唱들로 만약 《홍루몽》에 이러한 시가들이 삽입되지 않았다면 특유의 생기와 정감을 잃게 되었을 것이다.

하지만 그럼에도 불구하고 《홍루몽》의 이러한 낭만적 필치는 사실주의적 표현기법과 결합되었기 때문에 의미가 있다는 점을 간과해서는 안 된다. 《홍루몽》의 낭만성은 그 자체로도 예술적 매력을 지니고 있지만 사실주의적 필치와 완벽하게 결합함으로써 작품의 주제를 부각시키고, 비극적 선율을 주도하면서 작품의 완성도에 크게 기여하고 있다. 《홍루몽》은 이처럼 낭만적 필치를 통해 새로운 심미적 경계를 개척하였고, 소설장르의 풍격을 예술적으로도 한층 더 승화시켰다. 바로 이러한 점 때문에 《홍루몽》은 전통적 창작기법을 타파하고 중국소설사에서 새로운 시대를 열었다고 평가받는 것이다.

《홍루몽》의
시대적 배경

대부분의 문학작품이 당시의 시대상을 반영하기 마련이지만,《홍루몽》은 사학자들도 연구대상으로 삼을 만큼 18세기 중엽의 중국 사회를 세심하게 반영하고 있다. 문학 중에서도 특히 소설은 시가나 희곡과 같은 장르에 비해 운율이나 무대의 제약을 받지 않아서 역사와 현실에 대해 광범위하고도 핍진한 묘사가 가능하다. 이러한 점 때문에 독자들은 오히려 역사서보다 소설작품을 통해 훨씬 상세하고 생동적으로 과거의 사회상을 이해할 수 있다. 그렇다면 18세기 중엽의 중국은 어떠한 모습이었는지《홍루몽》을 통해 살펴보기로 하자.

【청대의 정치적 상황】

《홍루몽》의 작가 조설근은 강희 54년에 남경에서 출생하여 옹정연간 13년을 거치고 건륭 28년 북경의 교외에서 48세의 나이로 일생을 마친 것으로 알려져 있다. 그는 옹정 때 성장했고 건륭시기에 창작에 임했으므로,《홍루몽》이 반영하는 시기는 강희, 옹정, 건륭의 세 시기를 모두 포괄한다고 할 수 있다.

18세기 중엽, 즉 강희, 옹정, 건륭 시기는 정치적 안정과 함께 경제와 문화 면에서 대단한 발전을 이룩한 시기였다. 청대는 이와 같이 사회적 질서의 안정을 꾀함과 동시에 전제집권통치를 강화하기 위해 정주의 이학을 통치이념으로 정립하면서 사상적인 측면에서 회유와 탄압의 양면정책을 썼다. 한편으로는 과거제도를 계속 시행하고 박학홍사과博學鴻詞科를 만들어서 지식인들을 회유하는가 하면, 다른 한편으로는 사인士人들의 결사結社를 엄격하게 금하고 문제시되는 서적들을 금서조치시켰으며, 문자옥을 대대적으로 일으킴으로써 이단사상을 탄압하였다.

우선, 청대 통치자들이 지식인들을 회유하는 수단으로 삼았던 과거제도는 주희의 《사서집주》와 팔고문八股文을 채택함으로써 지식인들의 자유로운 사고를 통제하였다. 당시의 지식인들은 과거에 급제하려면 사서오경 이외의 서적은 보아서는 안 되고, 공맹정주 이외의 말은 해서는 안 되며, 더욱이 개인의 관점은 피력할 수조차 없었다. 따라서 대부분의 사람들은 어릴 때부터 다양한 사상과 격리된 채 오로지 성현의 저작 몇 권만을 읽도록 교육받았다. 그 결과 절대다수의 지식인들은 처음부터 비판능력을 상실하였고, 통치자의 명령에 그대로 복종하는 꼭두각시가 될 수밖에 없었다. 즉 팔고취사八股取士의 과거제도는 청대의 의도적인 우민정책이었던 것이다.

강희, 옹정, 건륭시기가 비록 성세이기는 하였으나 청대는 이미 봉건사회의 말기로 접어든 상태였고, 도처에 위기가 잠복하면서 쇠락의 길로 치닫고 있었다. 《홍루몽》은 중국의 봉건사회가 성세로부터 쇠락해가는 과정을 세심하게 묘사해낸 것으로 작품에서 '말세'라는 단어가 자주 나타나는 것에 미루어 우리는 작가 조설근의 의중을 헤아릴 수 있다. 예컨대 제5회에서 왕희봉의 판사첫줄은 "봉황새 하필이면 말세에 태어나"라고 되어있고, 탐춘의 판사에는 "말세에 태어나 운이 막혔더라"라는 구절이 있다. 또한 지연재의 평어에도 말세라는 표현이 적지 않게 보인다.

이와 같이 《홍루몽》의 시대배경이 되는 강희, 옹정, 건륭 시기는 표면상으로는 비록 성세였지만 그 이면에는 갖가지 갈등과 변화의 조짐이 매복되어 있었던 이른바 '성극필쇠盛極必衰'의 위기였다. 그러한 성세 이면의 위기라는 역사적 형세는 이를 간파한 사상가, 문인들에 의해 미미하나마 그들의 저서와 작품 속에서 대단히 조심스럽게 표출되고 있었다. 《홍루몽》은 그 가운데서도 가장 대표적인 저작이라고 할 수 있다.

【청대의 문자옥과 《홍루몽》】

《홍루몽》의 시대적 배경을 이해하는 데에는 삼엄했던 사상통제를 빼놓을 수 없다. 팔고취사제도와 함께 문자옥으로 대표되는 청대의 사상통제는 역사상 보기 드문 것이었다. 명말청초라는 격동의 시기를 거치면서 청대 초기에는 황종희黃宗羲, 고염무顧炎武, 왕부지王夫之, 당견唐甄, 안원顏元 등 진보적 사상가, 문인들이 대거 등장하였다. 그들은 공통적으로 봉건제도의 각종 폐단과 이를 비호하는 정주이학에 대해 맹렬한 공격을 가하였고, 황제의 특권을 제한해야 한다는 견해를 펼치기도 하였다. 또한 일부 지식들 사이에는 이족 정권에 반대하는 반청사상이 팽배해 있었고, 심지어 명나라 복원을 꾀하려는 움직임도 일어났었다.

이와 같은 상황이 벌어지자 청대 통치자들은 그들을 통제해야만 정권을 공고히 할 수 있다고 생각하였다. 이에 대대적인 사상탄압을 시행하였는데 이를 문자옥이라고 한다. 청대의 문자옥은 강희초년에 시작되어 옹정, 건륭 시기에는 고조에 달했다. 특히 건륭 39년에서 48년까지 10년간 근 50차례에 달하는 문자옥이 발생하였는데, 100여 년의 문자옥에서 사형에 처해진 사람만 해도 200여 명에 달했고, 연루되어 각종 형벌에 처해진 이들은 부지기수였다. 문자옥의 주요 대상은 만주족을 반대하고 명나라로의 복귀를 주장하는 지식인들이었다.

문자옥으로 인해 당시의 지식계와 학술계는 점차 침체 일로를 걷게 된다. 대다수의 지식인들은 현실을 도피하기 시작하여 현실문제에 대해서는 거론조차 하지 않았으며, 사회에 불만을 품었다 하더라도 필화가 두려워 직언을 하지 못하고, 다양한 예술형식을 빌려 은밀하게 토로할 수밖에 없었다. 이 때문에 청대 통치자들은 각종 금지령을 내려 소설, 극본, 곡사, 민가 등이 민간에 전파되는 것을 금지하였고, 이로부터 창작활동 자체가 크게 위축되어 갔다. 그러나 사상탄압이 아무리 심하게 시행된다고 하더라도 모든 문인들의 필봉을 봉쇄할 수는 없었다. 문자옥에 대한 비판과 자유를 갈망하는 욕구는 시문, 희곡, 소설 등의 문학을 통해 드러났는데, 그 중 《홍루몽》의 출현은 괄목할 만한 것이다.

《홍루몽》은 당시 봉건사회의 부정적 측면에 대해 비판하고 인도주의를 추구한 작품으로 조설근 역시 작품을 쓰면서 문자옥을 염두에 두지 않을 수 없었다. 이 때문에 작가는 다양한 은폐수법을 동원하여 자신의 의도를 독자들에게 전달하였는데, 이로써 《홍루몽》은 사상적 깊이뿐만 아니라 예술적 묘미까지 얻을 수 있었다. 더욱이 《홍루몽》 제1회에서 조설근은 자신이 작가가 아니라 단지 작품의 목록을 편성하고 장회를 나눈 편자라고만 밝히고 있다. 이는 작가가 문자옥을 피하기 위해 고의로 설정한 장치였던 것이다. 그러면서 작가는 자신이 《홍루몽》을 통하여 말하고자 하는 바를 독자들이 제대로 헤아려 주기를 간절히 바랐다. 독자들을 향해 "그 누가 숨은 뜻을 헤아려 줄까?"라고 간절하게 호소하는 작가의 절박한 심정은 지금도 고스란히 우리에게 전달되고 있는 듯하다.

【《홍루몽》에 반영된 사상】

• 명말청초의 계몽사상

《홍루몽》에 반영된 사상성은 조설근이 살았던 시대에 성행했던 고증학이 아닌 명말청초의 계몽사조에서 그 연원을 찾을 수 있다. 명말청초의 사상가들은 공통적으로 이학과 '존천리, 멸인욕'의 사상에 반대하였다. 이러한 관점에서 인간의 개성과 욕망을 긍정하였고, 전제군주제에 대해 비판적인 태도를 보였다. 조설근은 명말청초의 계몽사상으로부터 많은 영향을 받아 이를 작품 가운데 투영시켰는데, 그 중에서도 이탁오李卓吾의 영향이 가장 컸다고 할 수 있다.

조설근이 추구하던 사상적 경향은 대부분 주인공 가보옥의 사고와 행동을 통하여 전달된다. 아버지 가정과의 갈등, 대관원의 여인들에 대한 애정과 연민, 시녀들에 대한 동정, 과거제도와 팔고문에 대한 혐오 등은 작가의 사상을 그대로 드러내는 단서들이다. 봉건예교에 대한 이러한 비판정신은 조설근의 사상이 이탁오와 밀접하게 연관되어 있음을 보여준다. 《홍루몽》에 투영된 계몽적, 진보적 사상은 당시 이단으로 간주되었는데, 특히 청대 유학에서 적대시되었던 이탁오의 사상이 소설장르에 반영된 것은 청대 문학에서 주목할 만한 사건이라 할 수 있다.

인간의 존엄성에 눈을 떴던 명말청초 계몽사상가들의 진보적 사상은 이렇듯 《홍루몽》에 사상적인 깊이를 부여하였다. 동시에 그들의 사상은 《홍루몽》을 통하여 형상화됨으로써 광범위한 독자층으로부터 지지를 받을 수 있었다. 중국사상사의 흐름을 크게 바꾸어 놓은 명말청초의 계몽사조는 《홍루몽》이라는 걸작에 투영되면서 이로부터 훨씬 역동적인 영향력을 갖게 되었다.

【《홍루몽》과 청대의 경제적 상황】

《홍루몽》의 이야기 배경은 귀족 가문으로 독자들은 작품에 묘사된 지주와 소작농의 관계를 통하여 봉건사회의 경제적 상황을 파악할 수 있다. 먼저 녕국부의 경우, 여덟 곳 이상의 장원을 소유하고, 이 장원에서 나오는 소작료가 그들의 주요 수입원이다. 제53회에는 영국부 소유의 장원인 흑산촌黑山村에서 오진효烏進孝라는 관리인이 소작료를 바치러 온 장면이 나오는데, 이 대목에는 소작료로 바치는 물품의 목록들이 상당히 자세하게 적혀있다. 독자들은《홍루몽》을 통해 청대 소작료의 종류와 규모에 대해 비교적 구체적으로 알 수 있고, 역사서보다 더욱 생생하고 핍진하게 당시의 상황을 이해할 수 있다.

건륭시기의 경제적 상황은 고리대를 통해서도 묘사된다. 소작료와 고리대는 전통사회에서 농민에게 가해지는 이중의 속박이었고, 봉건경제의 붕괴를 가속화시키는 요인이었다.《홍루몽》에서 고리대를 놓는 장면은 왕희봉과 관련된 이야기에서 주로 묘사되고 있다. 제11회에는 이자에 관한 언급이 보이고, 제16회에는 왕희봉의 시녀인 평아가 왕희봉을 도와 고리대를 놓는 장면이 나온다. 제39회에서는 그 행동이 더욱 대범해지고 수단도 악랄해지는데, 이는 결국 제105회에서 가부의 재산이 몰수될 때 관리에게 적발된다.

18세기 중엽의 중국은 수공업이 대단히 발달한 시기로 그 중에서 면방직업이 가장 성행하였다. 당시 면방직업은 비록 농촌의 부업으로 간주되었지만, 시장수요가 부단히 증가하고 상업자본이 활성화됨에 따라 생산을 좌지우지하는 상인까지 등장하였다. 이러한 상인들은 대량의 자본을 가지고 면화 원료의 산지, 면포 소생산자, 먼 곳에 있는 시장, 이 삼자를 연결하면서 이윤을 챙겼으며, 더 나아가 면화의 공급과 면포의 수매를 독점함으로써 상업자본을 형성하였다.

뿐만 아니라《홍루몽》에는 서양으로부터 수입한 물건이나 대외무역에 대한 언급이 간간이 나온다. 예컨대 왕희봉의 조부는 대외무역을 관장하였고, 설보금의 부친은 해상무역에 종사하였다고 묘사된다. 더욱이 서양의 직물과 칠기, 법랑, 안경, 반사경, 유리등, 유리병풍, 자명종, 회중시계 같은 희귀한 물품 및 포도주, 서양의약, 외국차, 서양담배 등 다양한 수입품들은 가부의 호화로운 생활상을 보여주는 소재가 될 뿐 아니라 당시 대외무역이 어떠한 규모와 범위 내에서 이루어지고 있었는지를 알 수 있는 중요한 사료가 된다.

이 외 《홍루몽》에는 고용노동에 관한 내용이 전해져 이는 학계의 주목을 받는 부분이다. 예컨대 설반이 가게의 점원을 채용하는 장면이나 대관원의 정원을 손질할 때 외부에서 일꾼을 고용하는 장면 등에서 우리는 당시 이미 고용제가 있었음을 알 수 있다. 이상과 같이 《홍루몽》에서 묘사되는 경제적 상황은 청대 사회의 시대적 배경을 이해하는 데 유용한 정보들을 제공해주며, 문학연구뿐 아니라 사학연구 방면에 중요한 사료가 된다고 하겠다.

《홍루몽》

연구사

《홍루몽》은 필사본이 세간에 전해졌을 때부터 폭넓은 독자층으로부터 열렬한 환영을 받았다. 당시 《홍루몽》은 소설 중에서 가장 훌륭한 작품으로 인정받았고, 집집마다 한 권씩 비치해 놓을 정도로 유행하였다. 특히 건륭 말부터 가경嘉慶연간에 이르기까지 북경의 문사들 사이에서 《홍루몽》의 인기는 대단하여 "《홍루몽》을 화제에 올리지 못하면 시서를 제 아무리 많이 읽어도 소용없는 일이다"라는 말이 나돌았을 정도였다. 《홍루몽》에 대한 이러한 독자들의 관심과 사랑은 홍학이라는 하나의 학술적 풍토를 만들어내었는데, 난해하다고 정평이 나 있는 《홍루몽》을 올바르게 이해하기 위해서는 《홍루몽》 연구사, 즉 홍학사에 대한 이해가 필수적이다.

홍학이라는 명칭의 유래는 청조 광서光緒연간까지 거슬러 올라간다. 당시 경성의 사대부들은 《홍루몽》을 각별히 즐겨 읽으면서 자기들끼리 홍학을 한다고 뽐냈다는 기록이 보인다. 물론 여기서 언급된 홍학이라는 용어는 민국 이후부터 본격적인 학문으로 발전하여 오늘날에 이르는 개념과 다르기는 하지만, 어쨌든 《홍루몽》을 즐겨 읽으면서 '학' 자를 붙여 이야기했다는 것은 주목할 만한 일이다.

《홍루몽》이 창작되었던 청대 건륭시기부터 지금에 이르기까지 250여 년에 걸친 《홍루몽》 연구사는 크게 세 시기로 나누어진다. 첫 번째 시기는 구홍학舊紅學 시기로서 지연재 평본이 전파되던 청대 건륭연간부터 중화민국 초기까지이고, 두 번째 시기는 신홍학新紅學 시기로서 1921년 호적의 《홍루몽고신증》부터 신중국 초기까지이다. 세 번째 시기는 당대홍학當代紅學 시기로서 1954년 유평백의 《홍루몽연구》 비판운동 이후부터 현재까지이다. 구홍학, 신홍학, 당대홍학은 다른 한편으로 색은파索隱派, 고증파考證派, 비평파批評派라고도 하는데, 전자는 시대별 구분법이고 후자는 작품을 해석하는 방법에 따른 구분법이라 할 수 있다.

【구홍학 시기 : 평점파와 색은파】
• 건륭연간부터 중화민국 초기까지

대략 150년간 지속되어온 구홍학 시기는 연구의 성격상 네 가지로 나누어 살필 수 있다. 우선 평점파와 색은파가 이 시기에 대두하였고, 《홍루몽》에 대한 최초의 문학비평이라고 할 수 있는 왕국유王國維의 〈홍루몽평론〉도 이 시기에 발표되었다. 왕국유의 〈홍루몽평론〉은 평점파, 색은파와 구별되는 비평파의 시작이라는 점에서 주목할 필요가 있다.

1) 청대 홍학의 시가와 잡기
조설근과 《홍루몽》에 관련된 시가나 잡기류 문장들은 본격적인 연구의 성격을 띠지는 않는다. 하지만 조설근과 친분이 있었거나 동시대에 살던 사람들의 시가와 잡기들은 조설근과 《홍루몽》에 관한 정보나 자료, 당시의 평가 등을 알려준다는 점에서 의미가 있다. 그 가운데 조설근의 막역한 친구였던 돈민과 돈성이 조설근에게 보내는 시가나 《홍루몽》에 관한 세간의 평가들을 모아 놓은 글은 오늘날 《홍루몽》을 연구하는 데 매우 중요한 자료가 되고 있다. 그 중에서도 돈민의 《무재시초懋齋詩鈔》와 돈성의 《사송당집四松堂集》에 실려 있는 시들이 가장 중요하며 학술적 가치도 비교적 높다.

2) 《지연재평본》과 《삼가평본》

《홍루몽》을 아끼고 지대한 관심을 가졌던 사람들 가운데 일부는 소설 본문의 여백에 작품을 읽으면서 느낀 소감을 직접 써넣기도 하였다. 이러한 평본에는 두 가지 종류가 있다. 하나는 《석두기》라는 제목으로 전해지던 필사본에 평어를 써넣은 《지연재평본》이고, 다른 하나는 《홍루몽》이라는 제목으로 전파되던 간행본에 평어를 써넣은 왕희렴 등의 《평본》이다.

《홍루몽》에 처음으로 평어를 써넣은 인물은 조설근과 동시대인이던 지연재다. 지평脂評은 《홍루몽》 연구사상 가장 이른 평론이라고 할 수 있는데, 그의 비평은 독자들이 《홍루몽》의 창작과정을 이해하는 데 적잖은 도움을 준다. 지연재 평어가 실린 필사본은 현재까지 10여 종이 발견된 상태다.

도광연간에서 광서연간에 이르기까지 평점파의 활약이 두드러졌다. 이들은 다각도의 관점에서 《홍루몽》을 평가하고 작품의 문학적 가치와 예술적 의미를 분석하였다. 대표적인 평점가로 왕희렴, 장신지, 요섭 등이 있다. 이들의 평점을 묶어 간행한 것이 《삼가평본》으로 이는 전통시기 비평문학의 진수를 보여주는 귀한 자료들이다. 청말 《삼가평본》은 《금옥연》이라는 제목으로 간행되면서 독자들에게 크게 환영받았다.

3) 채원배蔡元培의 〈석두기색은石頭記索隱〉

구홍학 시기에 《홍루몽》을 전문적이면서 학술적으로 평론하려는 연구동향은 색은파로부터 시작된다. 이른바 '색은索隱'은 글자 그대로 작품 이면에 감춰진 내용을 찾아내는 것으로 《홍루몽》 연구에서 색은은 대부분 가씨 집안과 애정관계, 정치적 상황, 성리性理개념 등과 관련되어 있다. 그런데 색은파의 한계는 주관적 억측이 강하다는 것이다. 색은파의 연구는 분명 《홍루몽》의 예술성을 이해하고 분석하는 데 많은 도움을 주었으나 그 연구태도와 관점은 종종 실제 내용에서 크게 벗어나기도 하였다.

색은파의 대표저작으로 1917년 가씨 집안과 애정관계에 대해 분석을 시도한 왕몽완王夢阮, 심병암沈瓶庵의 〈홍루몽색은〉, 1917년 정치적 상황과 연결시켜 분석한 채원배의 〈석두기색은〉, 1919년 등광언鄧狂言의 〈홍루몽석진紅樓夢釋眞〉 등이 있다. 특히 채원배의 〈석두기색은〉은 《홍루몽》을 만주족 정권에 대한 배척을 의도한 강희조의 정치소설로 간주하고, 작중인물 하나하나를 당시의 실제인물과 대비시키기도 하였다. 채원배의 주장은 청말의 여러 견해들을 종합한 것으로 색은파의 대표적 학설로 간주되고 있다.

4) 왕국유의 〈홍루몽평론〉

광서연간에 발표된 왕국유의 〈홍루몽평론〉과 민국초년에 발표된 성지成之의 〈평홍루몽〉, 계신季新의 〈홍루몽신평〉 등은 평점파나 색은파에 비해 당시 홍학에서 주도적인 역할을 하지 못했지만, 《홍루몽》의 문학적 의미와 예술적 가치에 대해 본격적으로 논의하였다는 점에서 매우 의의가 크다. 그 중에서도 1904년 왕국유의 〈홍루몽평론〉은 독일 염세주의 철학자 쇼펜하우어의 이론에 근거하여 《홍루몽》의 사상적 의의를 분석하면서, 인생의 고통과 해탈을 그린 《홍루몽》은 철두철미한 비극적 심미관을 구현하고 있다고 지적하였다.

왕국유의 글은 이전의 평점파처럼 자신이 견해를 수필식으로 쓰거나 감상 위주로 견해를 피력했던 것과는 확실히 다르고, 색은파처럼 숨겨진 사람과 사건을 찾기에 급급하여 견강부회하였던 것과도 구분되는 연구결과를 보여 주었다. 진지한 태도로 철학과 미학의 관점에서 《홍루몽》의 사상적 의의와 예술적 풍격을 논구한 것은 홍학사에서 괄목할 만한 성과이다. 왕국유의 견해는 당시로서는 대단히 탁월한 것으로서, 이후 대두되는 비평파 홍학의 출발점으로 간주하여도 전혀 손색이 없다고 하겠다.

【신홍학 시기 : 호적에서 주여창까지】

1) 호적의 〈홍루몽 고증〉

홍학사에서 1921년은 매우 의미 깊은 해로 자리매김하고 있다. 호적이 1921년 〈홍루몽고증〉을 발표하면서 구홍학 시기 색은파의 연구태도를 비판하였는데, 이로부터 《홍루몽》 연구의 새로운 장이 열리게 되었다. 호적은 《홍루몽》의 작가와 판본 등의 고증에 주력하였으므로, 이러한 연구유파를 고증파라고도 부른다. 호적의 학설은 당시로서는 획기적인 것이 아닐 수 없었으며, 그의 영향력은 대단히 커서 이후 30여 년 동안 고증파가 홍학 연구의 주류를 이루었다. 그 여파는 현재까지 여전히 남아있다.

호적은 〈홍루몽고증〉에서 진정으로 《홍루몽》을 이해하려면 우선 색은파와 같은 견강부회에서 벗어나야한다고 지적하면서 《홍루몽》에 대한 이해는 작가와 판본에 관한 고증부터 시작되어야 한다고 주장하였다. 그 후 고증파의 연구는 작가와 판본문제, 후반부 40회의 속작에 대한 연구에 집중되었다. 호적은 판본의 연구에 착수함과 동시에 작가 조설근의 전기를 조사하여 이를 《홍루몽》의 줄거리와 대비시켰다. 이를 통해 《홍루몽》은 작가 자신이 직접 경험한 일들을 기록한 자서전적 작품이라고 주장하게 되었다.

호적의 이러한 학설을 계승한 이는 바로 유평백이다. 유평백은 1923년에 〈홍루몽변紅樓夢辨〉을, 1952년에는 이를 수정 보완하여 〈홍루몽연구〉를 발표함으로써 홍학 연구에 적지 않은 공헌을 남겼다. 그 뒤를 이어 주여창周汝昌이 1953년에 〈홍루몽신증〉을 발표하였는데, 이로부터 고증파의 연구는 정점에 이르게 된다. 하지만 주여창의 연구는 《홍루몽》 작품 자체에 대한 연구보다는 조설근의 연구에 치우치는 면이 있다. 이 때문에 주여창에 이르러 고증파의 연구가 극에 달했으며 아울러 홍학이 조학曹學, 즉 '조설근학'으로 바뀌게 되었다는 평가를 받기도 하였다.

이에 고증파의 연구도 스스로 한계를 드러내기 시작하였다. 그들 역시 색은파와 마찬가지로《홍루몽》을 문학작품으로 간주하지 않고 작가의 자서전으로 여김으로써, 작중인물과 내용 모두가 작가의 실제 경험과 일치한다고 주장한 것이다. 작가의 경험이 창작에 반영되는 것은 지극히 당연한 일이지만, '자전설'에 얽매이다보면 색은파의 경우처럼 견강부회의 오류에 빠질 수도 있다. 호적 이후 30여 년간 홍학을 주도하였던 고증파는 1950년대에 들어서면서 이상과 같은 한계와 정치적 상황으로 인하여 비판받는 입장에 처하게 되었다.

2) 비평파의 새로운 시각

신홍학 시기의《홍루몽》연구는 비록 고증파가 주류를 이루고 있었지만 색은파의 연구도 계속 이어졌으며, 새로운 시각에서《홍루몽》을 비평하려는 연구 역시 꾸준히 제기되었다. 구홍학 시기 왕국유가 철학적, 미학적 관점으로《홍루몽》을 해석하려는 노력을 기울인 이래, 1920년대 초기에는 서구의 문학비평론에 입각해《홍루몽》을 논의한 글들이 몇몇 나오게 되었다. 노신 또한《중국소설사략》과《중국소설의 역사적 변천》등에서《홍루몽》에 대해 탁월하고도 예리한 분석을 가하였다. 이러한 연구들은 평점파, 색은파, 고증파와는 달리《홍루몽》이라는 작품 자체에 대한 연구와 평론을 시도하였다는 점에서 의의가 있다.

비평파의 연구는 그 후 1940년대로 이어져 1942년 이진동李辰冬의《홍루몽연구》, 1945년 장천익張天翼의《가보옥의 출가》, 1948년 왕곤륜王崑崙의《홍루몽인물론》등《홍루몽》의 문학적, 예술적 가치에 주목한 연구들이 출현하였다. 왕국유를 필두로 한 비평파의 연구성과들은 평점파, 색은파, 고증파 중 어디에도 속하지 않는 연구풍토를 조성하였다는 점에서 홍학사상 큰 의미를 지닌다. 그러나 1921년부터 1954년까지 신홍학 시기에는 고증파 홍학이 득세하고 있었으므로 비평파의 연구는 그다지 주목받지 못하였다.

【당대홍학 시기】

1) 1954년부터 문혁 이전까지

1954년은 유평백의《홍루몽》연구에 대한 비판을 시작으로 고증파 연구의 기세가 크게 꺾이면서《홍루몽》연구가 새로운 단계로 진입한 해이다. 그 이후부터 현재까지의 연구유파를 당대홍학 혹은 비평파라고 부르는데, 문학비평적 시각으로《홍루몽》을 연구한다는 점에서 가장 바람직하다고 할 수 있다. 하지만 정치적 상황으로 인해 비평파의 연구가 학문적 순수성을 보장받지 못한 시기도 있었다. 1950년대 중엽에서 문화대혁명이 끝난 1970년대 말에 이르기까지 비평파 홍학은 정치권력에 예속된 시녀의 모습으로 전락하고만 것이다.

1954년에서 1970년대 말까지 비평파의 연구는 문화대혁명 전후로 나누어진다. 먼저 당대홍학은 유평백의《홍루몽연구》에 대한 비판에서 시작된다. 1954년 당시 무명의 청년비평가였던 이희범李希凡과 남령藍翎이 함께 산동대학山東大學의 학술지《문사철文史哲》에 "홍루몽간론 및 기타에 관하여"라는 글을 발표하게 된다. 그들은 유평백이 반현실주의적, 유심주의적 관점으로《홍루몽》을 해석하였다고 비판을 가하였다. 이 글은 처음에는 학계의 주의를 끌지 못하였으나 모택동의 지지를 받으면서 급부상하였고, 이로부터 유평백에 대한 비판은 전국 규모의 비판운동으로 확대되었다.

여기에서 비판의 직접적인 대상은 유평백이었지만 이는 당시만 해도 학술계, 문화계에 뿌리 깊게 남아있는 호적의 사상을 겨냥한 것이었다. 모택동의 문예이론은 호적과 유평백의 연구가 자본주의적, 유심론적 관점에서 행해졌다고 대대적으로 비판함으로써 더욱 확고한 입지를 굳힐 수 있었다. 그런데 1954년 10월에 일어난 한 차례 비판운동은 처음에는 맑스주의의 관점에 대한 관심을 유도하기 위해 시작된 것이었으나, 좌파 사상의 영향을 받으면서 학술영역과 정치문제가 서로 뒤섞이게 되었다. 이러한 상황에서 연구의 주류 역시 좌경교조주의 노선으로 선회하는 경향을 띠게 되었다.

호적, 유평백의 연구에 대한 거센 비판의 물결은 1955년 하반기부터 가라앉았고, 그때부터 《홍루몽》 자체에 대한 연구와 평가가 진행되었다. 그러자 호적과 유평백을 비판해왔던 학자들 사이에서 다시 견해가 나누어지면서 격렬한 논쟁이 일어났다. 논쟁의 초점은 주로 《홍루몽》의 사회적, 역사적 배경과 《홍루몽》에 반영된 사상성을 어떻게 해석할 것인가에 모아졌다. 이러한 연구는 대부분 《홍루몽》의 내용과 당시 사회, 경제와의 관계를 탐색하고, 나아가 모종의 역사적 사실과 다시 연계시킴으로써 사회학적 해석을 가하는 것이었다.

그 중 당시의 시대적 조류에 휩쓸리지 않고 독자적인 시각에서 작품을 해석한 성과로 1950년대 하기방何其芳의 《홍루몽》 비평을 들 수 있다. 하기방의 비평은 왕국유, 노신 등의 비평파 홍학의 연장선상에서 파악될 수 있다. 특히 하기방이 《홍루몽》을 비평하면서 제기한 '공명설共名說'은 하나의 문학비평 이론을 수립하였다는 점에서 상당히 의미가 있다. 또한 실사구시實事求是의 방법으로 자료를 섭렵한 후, 이를 튼실한 이론으로 해석해야 한다고 주장하였던 하기방의 견해가 당대 홍학에 시사하는 바는 매우 크다. 그러나 안타깝게도 하기방의 '공명설'은 문화대혁명시기에 '수정주의홍학'이라는 이유로 거센 비판을 받았으며, 문혁이 끝난 뒤에도 이에 대한 재조명이 여전히 되지 않는 실정이다.

2) 문혁시기의 《홍루몽》 평론

1966년에서 1976년까지 일어난 문화대혁명은 인류 역사상 그 예를 찾아보기 힘들 정도로 사상과 문화의 암흑기였다. 문혁이 진행되면서 문학을 위시한 문예계 모든 영역의 작품들이 봉건주의, 자본주의, 수정주의의 반동적 산물이라 하여 배척당했고, 작가와 지식인들은 견디기 어려운 박해와 수모를 겪어야만 했다. 이러한 상황에서 당시 거의 유일하게 인정받은 작가는 노신이었고, 겨우 읽을 수 있게 허용되었던 고전작품은 바로《홍루몽》이었다. 노신은 마치 영웅처럼 추앙되었으며,《홍루몽》에 대한 집중적인 관심은 마치 열병처럼 번지면서 전국적으로 일세를 풍미하였다.

문혁시기의《홍루몽》평론은 문혁 후반기 비림비공批林批孔운동이 전개되는 과정에서 일어났던 광기어린 열풍이었다. 이러한 광기어린 열풍은 엄밀한 의미에서 볼 때 진정한《홍루몽》평론이 아니었다. 혹자는 당시의《홍루몽》평론은 학술적 차원에서 이루어진 것이 아니기에 연구나 평론으로 볼 수는 없고, 단지 '평홍評紅' 정도로 볼 수 있다고 지적하기도 한다. 문혁시기의《홍루몽》평론은 중국공산당의 문예정책풍의 연장선상에 있었다. 특히 문혁 후반기 비림비공운동이 진행되는 과정에서 모택동과 사인방四人幫은 개혁파를 타도하려는 목적으로《홍루몽》평론을 동원하였다.《홍루몽》은 문학작품으로서의 순수성을 잃고 정치투쟁의 수단으로 전락하였던 것이다.

강청江青을 위시한 사인방은 주은래周恩來와 화국봉華國鋒을 제거하고 정권을 잡으려는 야욕을 채우기 위하여 더욱 가공할 만한 양태로《홍루몽》평론을 동원하였다. 이와 같이 문혁시기《홍루몽》평론의 성격은 '극좌'와 '음모'라는 두 단어로 압축될 수 있으며,《홍루몽》은 권력투쟁의 희생양이었다. 따라서 문혁시기의《홍루몽》평론은 문학이 어느 정도로 정치권력에 예속될 수 있고, 얼마만큼 유린될 수 있는가를 보여주는 하나의 사례라 하겠다.

《홍루몽》연구사를 놓고 볼 때, 문혁시기의《홍루몽》연구는 단순한 단절이 아니라 돌이킬 수 없을 정도로 심각하게 파괴당하고 후퇴되는 과정이었다. 그 상흔은 오늘날까지 완전히 치유되지 않는 상태이다. 그러나 문혁시기의《홍루몽》연구에 긍정적인 성과가 없는 것도 아니었다. 살벌하고 열악한 상황에서 소수의 학자와 전문가들은 비교적 정치의 영향을 덜 받는 고증, 판본연구, 자료수집 등에 몰두함으로써 어느 정도의 성과를 얻을 수 있었기 때문이다. 단절과 파괴로 점철된 문혁시기에 나온 이러한 연구성과들은 실로 너무도 귀한 학술적 자료들이며, 문혁시기의 《홍루몽》 연구는 이들의 연구를 통해 홍학의 명맥을 이어갔다고 할 수 있다.

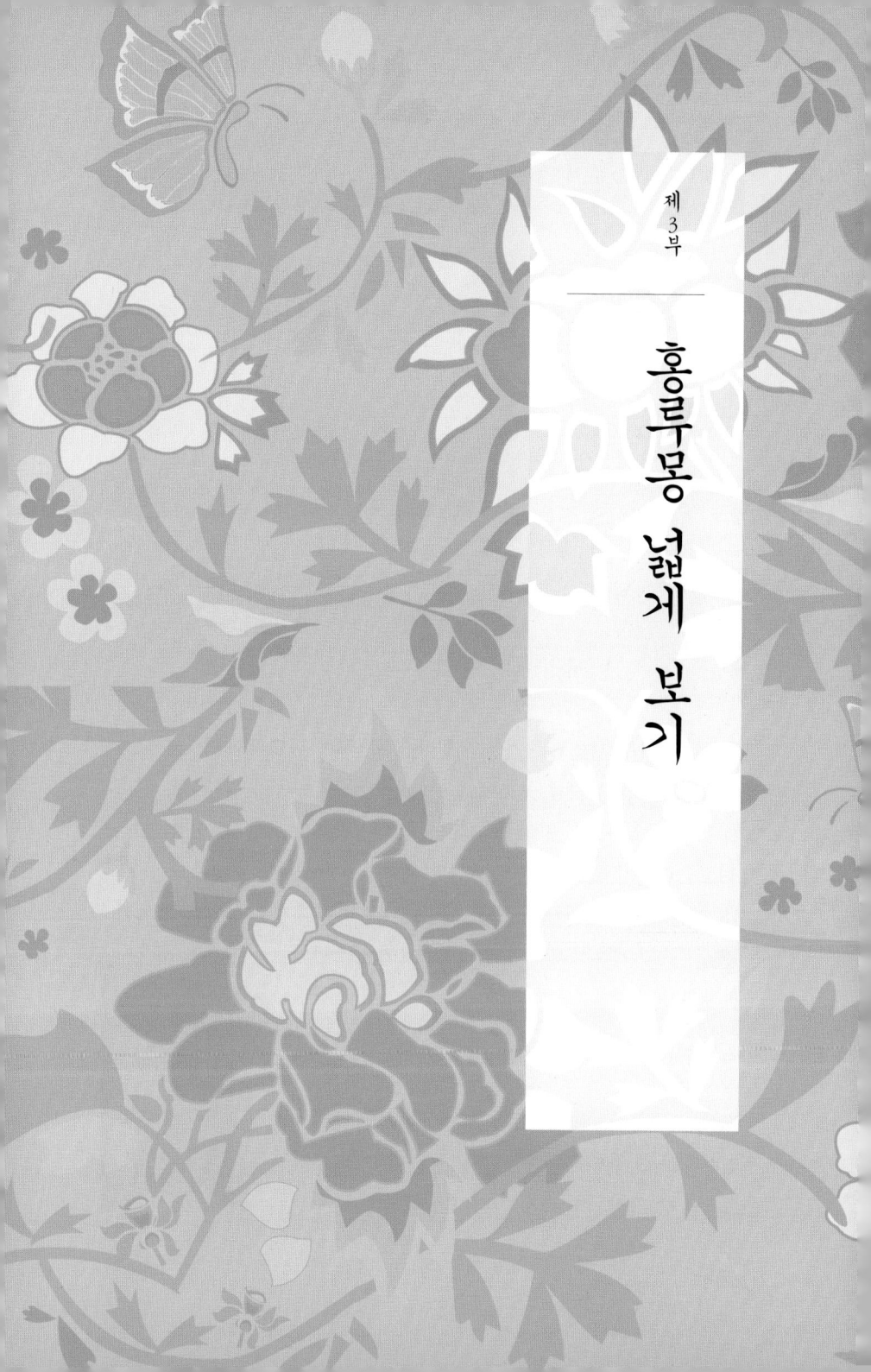

제3부

홍루몽 넓게 보기

《홍루몽》과
중국의
전통문화

【《홍루몽》에 나타난 중국인들의 생활상】

《홍루몽》은 가부라는 귀족 가문의 일상을 세심하면서도 구체적으로 묘사한 작품으로 독자들은 작품 곳곳에서 전통 시기 중국인들의 생활상을 어렵지 않게 접할 수 있다. 그 중에서도 세시풍속이나 관혼상제에 관한 장면들이 많이 나오는데, 이러한 묘사들은 당시의 생활상을 생생하게 보여주고 있어 풍속사, 생활사를 연구하는 데 귀한 사료들이라 하겠다. 《홍루몽》에서 묘사되는 세시풍속과 관혼상제 등을 살펴봄으로써 중국인의 생활상에 대해 알아보도록 하자.

1) 세시풍속

＊춘절 春節

우리나라의 설날에 해당하는 춘절은 음력 정월 초하루로 1년 중 가장 성대하게 치러지는 명절이다. 춘절

대련

은 '새해가 시작되는 첫 아침'이라는 뜻
으로 원단元旦, 신년新年, 과년過年이라고
하기도 한다. 춘절은 섣달 그믐날 밤에
각지에 흩어져 살던 가족이 한자리에 모
여 식사를 하고 함께 밤을 새는 것에서
부터 시작된다. 춘절 아침에는 연고年糕,

용춤

교자餃子, 탕원湯圓 등을 먹으며 차례를 지낸다.

　춘절에는 서로 덕담을 나누고 세배를 하며 이웃끼리 한 해의 안녕을 기원
하는 인사를 나누기도 한다. 웃어른에게 세배를 드리면 붉은 봉투에 든 세뱃
돈을 받는다. 집집마다 대문에 대련對聯을 써 붙이는데, 대련에는 주로 집안
의 평안과 재물운을 기원하는 내용을 적는다. 혹은 복福자를 거꾸로 붙여 놓
기도 한다. 이는 중국어로 읽으면 "복이 들어온다福到了"는 뜻이 된다. 집안
에는 잉어를 안고 있는 아기의 그림을 걸어두거나, 폭죽을 터뜨려 집안에 있
는 악귀를 쫓아낸다. 거리에는 사자탈춤과 용춤 등의 공연이 열리기도 한다.
《홍루몽》제20회, 제22회, 제53회 등에서 춘절에 차례를 지내고 세뱃돈을
주고받으며 덕담을 나누는 장면들이 나온다.

＊원소절元宵節

원소절은 음력 정월 대보름이다. 궁중에서
환하게 등불을 켜고 천제天祭를 지내며 밤을
새우는 풍습이 있어 등절燈節이라고도 한다.
원소절에는 형형색색의 크고 아름다운 등을
걸어놓고 보름달을 감상한다. 등이나 초롱

등미(燈謎)

등롱(燈籠)

에 수수께끼 문제를 붙여놓고 맞추는 놀이를 하기도 한다. 등절의 등燈은 성
년 남자를 의미하는 정丁과 발음이 비슷하여 민간에서는 아들을 낳게 해달라
고 빌면서 못을 만지는 풍습이 있다.

제1회 등불구경 　　　　제85회 연극장면

원소절에는 속에 깨를 넣어 찹쌀로 동그랗게 빚어 만든 원소元宵, 탕원湯圓을 먹는다. 원소는 모양이 둥글기 때문에 온 가족이 단란하고 화목하기를 기원하는 의미를 담고 있다. 원소를 먹을 때는 홀수로 먹지 않고 짝수로 먹는다. 《홍루몽》에는 제1회 원소절에 등불놀이를 하다가 진영련이 유괴되는 사건, 제22회에서 등에 수수께끼를 적어놓고 맞추는 장면, 제53회에서 연극구경을 하면서 연회를 여는 장면 등이 생생하게 묘사된다.

* 청명절清明節

양력 4월 4~5일 경, 즉 동지를 보내고 105일 혹은 106일째 되는 날을 한식寒食이라고 하고, 그 이틀 후를 청명절 혹은 답청일踏靑日이라고 한다. 한식에는 불을 금하고 찬밥을 먹는 풍습이 전해진다. 진晉나라 문공文公이 개자추介子推의 은공에 보답하기 위해 만남을 청하였으나 개자추는 산으로 들어가 나오지 않았다. 문공은 개자추를 불러낼 묘책으로 산에 불을 질렀으나 끝내 내려

오지 않고 불에 타죽었다고 한다. 그 후 개자추를 기리기 위해 한식에는 불을 지피지 않고, 3일 동안 더운 음식을 먹지 않았다.

청명절에 중국인들은 목욕재계하고 의복을 정제한 후, 조상의 묘

청명절 전통의식

지를 찾아 성묘를 한다. 연날리기를 하거나 그네뛰기, 공차기 등을 하며 보내기도 한다. 《홍루몽》제58회, 제70회에는 청명절을 맞아 연 날리는 장면, 화원을 관리하는 장면 등이 나온다.

* 단오절端午節

음력 5월 5일로 원래 용에게 제사를 지내는 용자절龍子節이었으나 이후에는 굴원을 추모하는 날이 되었다. 단오절이 되면 멱라수에 투신한 굴원을 구한다는 의미로 강에 배를 띄워 용주龍舟 경주를 즐기고, 물고기들이 굴원의 시신을 해치지 않도록 강물에 던져주었던 종자粽子를 먹는다. 여인들은 창포물에 목욕을 하고 쑥이나 부적 등을 몸에 차기도 한다. 5월이면 날씨가 더워져 전

용주경기

염병이 자주 돌곤 했기 때문이다. 《홍루몽》제24회, 제31회에는 단오절을 맞아 향료와 약초 등을 선물하고, 종자를 먹는 모습 등이 묘사된다.

* 중추절仲秋節

음력 8월 15일로 우리나라의 추석에 해당한다. 한국에서는 추석이 설날 다음으로 큰 명절이지만, 중국에서는 중추절을 법적 공휴일로 정하지 않고 있다. 흩어져 있던 가족들이 둥근 보름달처럼 모인다고 하여 단원절團圓節이라

제53회 제사

제57회 중추절 연회

고도 한다. 중추절에는 조상에게 감사의 제사를 올리고 둥근 보름달을 구경하며 월병月餠을 먹는다. 《홍루몽》제75회에서는 제사를 지내고 달을 감상하는 장면, 월병을 함께 먹는 모습 등이 구체적으로 묘사된다. 특히 제사를 지낼 때 동그란 식탁과 의자를 사용하는 장면은 가족의 단란함과 화목함을 상징한다.

* 중양절 重陽節

음력 9월 9일로 중양重陽은 양수陽數인 9자가 두 번 겹쳐 있다는 뜻이다. 중국인들은 중양절에 국화를 감상하고 산에 올라 국화주를 마신다. 숫자 9자와 국화는 모두 장수와 관련이 깊다. 9자는 중국어 발음이 '오래되다[久]'와 같고, 국화는 장수를 상징하는 신물로 여겨졌기 때문이다. 《홍루몽》제38회에는 가보옥과 대관원의 여인들이 모여 국화를 감상하고 시를 짓는 장면이 묘사되었다.

2) 관혼상제

* 혼례식

전통시기 중국에서는 자유연애를 인정하지 않았고, 매파를 통하거나 부모의 명령에 따라 혼사를 치렀다. 또한 예를 중요시하였기 때문에 혼례의 절차도 매우 복잡하고 엄격하였다. 중국은 주周나라 때부터 납채納采, 문명問名, 납길納吉, 납징納徵, 청기請期, 친영親迎 등의 육례六禮라는 혼례 절차가 있었다.

제98회 가보옥과 설보차의 결혼식

납채는 신랑이 중매인을 통해 신부 집에 예물을 보내고 구혼하는 것이다. 구혼이 성사되면 신랑이 다시 중매인을 통해 홍첩과 예물을 보낸다. 납길은 신랑이 신부의 성명과 사주를 가지고 조상의 위패 앞에서 점을 친 후 그 결과를 신부에게 통보하는 것이다. 점을 친 결과가 좋으면 신랑은 중매인을 통해 빙례聘禮를 준비하여 신부에게 보내고 정식으로 정혼한다. 이를 납징이라고 한다. 청기는 신부를 맞이할 길일을 선택하고 길일을 종이에 써서 예물과 함께 신부집에 보내는 것이다. 혼례 당일에 신랑은 중매인과 예물을 가지고 신부집에 간다. 신랑이 문밖에 서 있으면 신부가 수레에서 내려 집안으로 들어가기를 청한다. 이를 친영이라고 한다. 이러한 육례가 완성되어야 신랑과 신부가 정식으로 부부가 될 수 있다.

《홍루몽》제97회에는 가보옥과 설보차의 결혼식 장면이 나온다. 중국의 전통혼례에서는 신랑이 신부를 미리 보지 못하도록 붉은 천으로 신부의 얼굴을 가리는 풍습이 있었다. 왕희봉은 이를 이용해 가보옥을 속여 설보차와의 결혼을 성사시킨다.

*장례식

중국의 전통적인 장례절차 또한 매우 엄격하며 복잡하다. 먼저 시신을 청결하게 한 후, 수의로 갈아입히는 것을 소렴小殮이라고 한다. 그 다음 망자의 입에 붉은 실로 꿴 진주, 돈, 찻잎을 넣어서 빈손으로 이승을 떠나지 않도록 배려해준다.

제111회 가모의 장례

머리맡의 탁자 위에는 장명등長明燈을 놓아 저승 가는 길을 밝혀준다. 시신을 관에 넣고 제단을 설치하여 조문을 받는데, 이를 대렴大殮이라고 한다. 조문객들은 종이돈, 향, 과자 등의 예물을 들고 와서 조문한다. 조문객이 오면 상주는 관 옆에서 곡을 하고 며느리는 상가 대문에서부터 곡을 한다. 출가한 딸은 마을 어귀에서부터 곡을 한다. 묘지에 관을 내려놓고 장자가 먼저 흙을 한줌 뿌리면 매장하는 사람이 흙을 덮어 봉토한다.

《홍루몽》은 인생의 허무함을 그린 비극적 작품으로 유독 사람이 죽는 장면들이 많이 나온다. 제13회, 제14회, 제53회 등에서 장례식과 제사를 지내는 장면이 세세히 묘사되어 전통 시기 장례식의 절차나 구체적인 면모를 짐작해볼 수 있다.

3) 기타

《홍루몽》에는 세시풍속이나 관혼상제 외에도 여러 전통적인 생활상들이 묘사되고 있다. 제9회에서 가보옥이 진종과 함께 서당을 다니는 장면이나 제82회에서 서가를 묘사한 장면은 전통 시기 서당의 모습, 그 속에서 공부하였던 학생들의 생활상을 생생하게 보여준다.

한편 제70회에는 가모의 팔순 잔치가 성대하고 화려하게 열리는 장면이 묘사된다. 연꽃, 복숭아, 사슴과 봉황이 그려진 병풍 등 장수를 기원하는 물건들이 잔칫상을 장식하는 데 사용된다. 이러한 묘사들을 통해 장수를 기원하는 중국인들의 염원을 살펴볼 수 있고, 중국인들의 풍속을 더욱 구체적으로 이해할 수 있다.

제 82회 서당의 모습   제 70회 가모의 팔순잔치

【《홍루몽》과 청대의 복식문화】

청대는 만주족과 한족이 혼거한 시대로 사회 여러 방면에서 다양한 변화가 있었다. 그 중에서 인간생활의 필수적인 요소 중 하나인 복식문화에서도 적잖은 변화가 있었다. 청대 복식은 만주족의 전통적 양식을 고수하면서 한족

의 전통적 복식문화를 수용하였다. 이로부터 화려하면서도 실용성을 강조한 청대의 복식문화가 탄생하게 되었다. 《홍루몽》에는 청대 귀족사회의 화려한 복식들이 섬세하게 묘사되는데, 이러한 묘사들은 당시의 복식문화를 연구하는 데 귀중한 자료가 된다. 《홍루몽》에는 어떠한 아름다운 의복과 장신구들이 나오는지 살펴보도록 하자.

1) 상의

*괘

길이가 허리까지 오는 저고리이다. 남녀귀천에 따라 문양과 색깔 등에서 차이가 나며, 그 위에 오襖를 덧입기도 한다. 하의는 치마나 바지를 입는다. 《홍루몽》 제3회에 왕희봉과 가보옥이 괘를 입고 등장하는 장면이 나온다.

*오襖

적삼 혹은 두루마기로 남녀귀천에 상관없이 모든 계층이 입었던 복식 중 하나이다. 《홍루몽》에서 묘사되는 오襖에는 대오大襖, 소오小襖, 삼杉, 단오短襖 등 여러 종류가 있다. 대오는 오늘날 코트처럼 가장 겉에 입는 것이다. 소오는 속저고리이고, 삼은 홑겹의 상의이며, 단오는 짧은 형태의 상의이다. 《홍루몽》 제3회에 왕희봉과 시녀, 가보옥이 오를 입고 등장하는 장면이 나온다.

*두봉斗蓬

길고 소매가 없는 웃옷으로 주로 비나 눈 오는 날 입는 망토이다. 원래는 우의雨衣로 사용되었으나 청대에는 외출할 때 걸치는 망토로 애용되었다. 상류

층 남성과 나이 많은 여성층 사이에 널리 유행하였다.《홍루
몽》제 49 회에 탐춘과 설보금이 두봉을 걸치고 등장하는 장
면이 나온다.

* 배심背心

옷깃과 소매가 없는 조끼 형태의 웃옷이다. 몸을 따뜻하게
하면서 양손의 움직임이 자유로운 복식이다. 겉옷 안에 입
어도 되고 내의 위에 입어도 된다.《홍루몽》제8회에 설보
차가 배심을 입고 등장하는 모습이 나온다.

2) 하의

* 군裙

치마를 가리킨다. 청대의 한족 여성들은 명대의 복식을 그대로 따랐다. 위에
는 주로 오, 아래에는 군을 입었고, 그 위에 배심을 덧입기도 하였다. 군은 재

료와 모양 등에 따라 추군[綢裙 : 비단치마], 피군[皮裙 : 가죽치
마], 습군[褶裙 : 주름치마], 산화군[撒花裙 : 꽃무늬치마] 등이 있
다.《홍루몽》제3회, 제8회에 각각 왕희봉과 설보차가
화려한 군을 입고 등장하는 장면이 나온다.

3) 장신구

* 이환耳環

귀고리로 이추자耳墜子라는 것도 있
다. 이환은 귀에 달라붙는 것이고,
이추자는 귀고리 아랫부분에 장식이
달려있어 움직일 때마다 달랑거리는

이환

이추자

것이다. 《홍루몽》의 여인들은 매번 이환이나 이추자 등의 장신구들을 착용하고 등장한다.

* 차釵와 잠簪

모두 비녀의 일종으로 고대 여인들이 즐겨 하던 머리장식이다. 일반적으로 잠은 머리에 꽂아 고정시키는 부분이 하나이지만, 차는 두 개 이상을 가리킨다. 《홍루몽》의 여자 주인공 열두 명을 금릉십이차라고 하는데, 차나 잠 등은 아름다운 여인들을 상징하는 은유가 되기도 하였다.

차   잠

* 계지戒指

반지를 가리킨다. 손가락에 끼는 둥근 모양의 장신구였기에 혼인의 증표로 간주되었다. 반지에는 길상吉祥한 내용의 글자나 다양한 동식물의 모양들이 새겨졌다. 화려한 머리장식, 귀고리 등과 더불어 귀족사회의 여성들이 즐겨 착용했던 장신구이다.

* 장명쇄長命鎖

목걸이의 일종이다. 청대의 장명쇄는 주로 은으로 만들어졌다. 윗부분은 목에 거는 부분이고, 아래 부분은 장식을 매달았다. 장명쇄의 정면에는 여러 가지 길상한 내용의 글자를 새겨 넣었다. 이것을 착용하면 재앙을 피하고 악

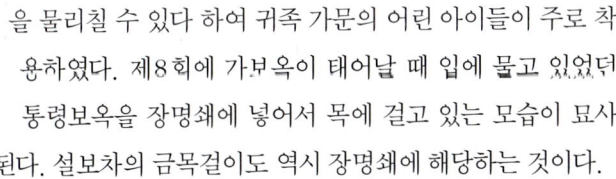

을 물리칠 수 있다 하여 귀족 가문의 어린 아이들이 주로 착용하였다. 제8회에 가보옥이 태어날 때 입에 물고 있었던 통령보옥을 장명쇄에 넣어서 목에 걸고 있는 모습이 묘사된다. 설보차의 금목걸이도 역시 장명쇄에 해당하는 것이다.

4) 기타

* 봉관하피 鳳冠霞帔

봉관鳳冠은 봉황모양 장식의 관, 하피霞帔는 노을 무늬가 수놓인 웃옷이라는
뜻으로 봉관하피는 귀부인을 일컫는 말로도 쓰인다. 《홍루몽》제119회에
보옥이 형수인 이환에게 절을 올리는 장면에서 이환이 봉관하피를 장식하고
등장하는 모습이 나온다.

• 봉관은 예식 때 귀부인들이 썼던 관으로 여인의 존귀함을 상징하
는 머리장식이다. 태후가 입묘入廟할 때나 귀족의 결혼식 때 사
용되었고, 주로 천자로부터 봉호를 받은 부녀자들이 썼다.

• 하피는 여성용 예복으로 명대에는 구품九品 이상의 귀부인들만
입을 수 있었다. 서민들은 결혼식 때 조정의 특허를 받아 하피를
빌려 사용할 수 있었다. 하피는 급에 따라 그 문양이 다르다.
일품과 이품은 꿩, 삼품과 사품은 공작, 오품은 원앙, 육품과
칠품은 삼광조, 팔품과 구품은 꽃가지가 휘감긴 문양이다.

* 두두 肚兜

몸에 딱 붙는 속옷으로 가슴과 배를 보호하는 용도로 사용되었
다. 윗부분은 목 뒤로 끈을 묶고 아랫부분은 양쪽 허리 뒤로
끈을 묶는다. 《홍루몽》제36회에서 배두렁이에 수놓고 있
던 습인이 설보차를 맞이하면서 대화하는 장면이 묘사된다.

【《홍루몽》의 미식 세계】

《홍루몽》은 세상의 모든 산해진미들이 모여 있는 거대한 식탁과도 같다. 그
들이 펼쳐 보이는 음식들은 우리가 일상에서 상상할 수 있는 경계를 넘어선

다. 홍루미식의 세계는 그 대상이 무엇이든 자신의 손 안으로 끌어와 오묘하고 조화로운 맛을 연출해낸다. 하지만 작자는 화려함만을 추구하기 위해 근거 없이 요리를 만들어낸 것이 아니다. 《홍루몽》은 청대 귀족사회가 향유하였던 음식문화들을 매우 섬세하고 핍진하게 그려내고 있어 중국의 전통 음식문화와 생활상을 파악하는 데 유용한 자료가 된다. 그 옛날 홍루에서 화려한 삶을 영위하였던 사람들이 어떠한 음식들을 먹고 마시셨는지 내면을 들여다보기로 하자.

《홍루몽》의 음식은 크게 고기요리, 국이나 탕, 죽이나 떡, 만두 등의 간단한 식사, 과일이나 과자 등의 간식, 차나 술 등의 음료 등 다섯 가지로 분류할 수 있다.

1) 고기요리

* 화퇴돈주자火腿炖肘子

소금에 절인 돼지고기를 불에 오랫동안 고아 만든 요리이다. 화퇴火腿는 중국식 햄으로 돼지다리를 소금에 절여 햇볕에 말린 것이다. 중화요리에서 국물을 낼 때 가장 자주 사용되는 재료이다. 돈은 약한 불에 장시간 고아

내는 요리법이며 주자肘子는 돼지의 허벅다리 살이다. 약한 불에 오랫동안 고아낸 것이라 고기가 부드럽고 노인들이 먹기에 좋다. 제16회에서 왕희봉이 가련의 유모인 조노파에게 이 요리를 권하는 장면이 나온다. 청대에 이름난 요리로 특히 진강鎭江, 양주揚州 일대에서 이 요리가 유행하였디.

* 합자단鴿子蛋

청대 궁중요리 중 하나이다. 합자鴿子는 비둘기이고 단蛋은 알이라는 뜻이다. 비둘기 알을 살짝 익힌 뒤, 껍질을 까서 닭고기 육수에 넣고 끓인 요리이다.

양주에서 비둘기 고기나 알로 요리한 음식은 최상품으로 간주되었다. 제40회에서 유노파가 가모와 왕부인, 설부인 등 여러 사람들 앞에서 익살을 부려가며 맛있게 먹는 장면이 나온다.

*야계조자野鷄爪子

꿩고기에 버섯이나 죽순 등을 넣어 만든 요리이다. 야계野鷄는 꿩이고 조자爪子는 짐승의 발을 뜻한다. 꿩은 기력을 보충해주는 식재료이기에 보양식에 많이 사용된다. 제49회에서 보옥과 탐춘, 상운 등이 가모의 처소에

서 찻물에 밥을 말아 야계조자를 반찬으로 먹는 장면이 나온다. 《홍루몽》에는 이 외에도 꿩 요리가 자주 나온다. 제20회에는 왕희봉이 화가 나 있는 이노파를 달래주기 위해 술 한 잔을 권하면서 안주로 소야계燒野鷄를 내어오는 장면이 나온다. 소燒는 불에 굽는 요리법을 말한다.

*롱증방해籠蒸螃蟹

대나무통에 게를 넣고 찐 요리이다. 롱籠은 대나무통, 방해螃蟹는 게, 증蒸은 찌는 요리법을 말한다. 대나무 통이 열기를 품고 있어서 게가 빨리 식지 않게 한다. 게는 원래 성질이 차서 황주黃酒처럼 차가운 성질의 술보다는 소주燒酒처럼 뜨거운 성질의 술과 함께 먹으면 좋다. 제38회에는 대옥이 게를 먹다가 황주를 내어가게 하고 합환화合歡花로 담근 소주를 마시는 장면이 나온다.

*주양청증압자酒釀淸蒸鴨子

오리고기를 주재료로 한 요리이다. 주양酒釀은 흰
찹쌀로 만든 감주甘酒이고 압자鴨子는 오리이다. 청
증淸蒸은 아무것도 넣지 않고 그냥 쪄내는 요리법
이다. 즉 술과 소금에 절인 오리고기를 오랫동안
쪄낸 요리를 말한다. 강남江南에서는 오리 고기의
비린내를 없애기 위해 종종 술을 사용하여 요리를
하였다. 건륭乾隆시기 황실에서 공신들에게 하사품으로 오리 요리를 자주 내
렸다고 전해진다. 제62회에서 보옥이 방관과 함께 찬합을 열어 이 요리를
먹는 장면이 나온다.

*소록포 燒鹿脯

사슴고기로 만든 요리로 소燒는 불에 굽는
것이고, 녹포鹿脯는 사슴고기 육포이다. 사
슴고기는 가을과 겨울의 환절기 때 자주
먹는 보양식이었다. 제49회에서 눈이 하
얗게 내린 어느 겨울날, 보옥과 상운 등이 가모의 처소에서 사슴고기를 얻어
와 노설암에서 함께 구워먹으며 시를 짓는 장면이 나온다. 북방민족의 음식
문화가 반영된 요리이다.

2) 국이나 탕 요리

*회퇴선순탕火腿鮮笋湯

돼지고기와 죽순을 함께 넣고 맑고 담백하게
끓인 국이다. 화퇴火腿는 돼지고기를 소금에
절여 햇볕에 말린 것이고, 선순鮮笋은 죽순이
다. 청대 중엽 강남지역에서 유행하였던 고

급요리이다. 제58회에서 보옥이 며칠 동안 아파서 죽만 먹다가 이 국을 보고 반가운 마음에 얼른 달려들어 먹다가 입을 데는 장면이 나온다.

* 연와탕 燕窩湯

바다제비집으로 만든 탕이다. 연와燕窩는 바다제비의 침샘에서 나온 분비물로 만들어진 둥지로 허약하거나 병중에 있는 사람들, 특히 각혈이나 기침이 심한 사람들에게 최고의 보양식이다. 오늘날에도 제비집은 가장 고급의 중화요리에 속한다. 제10회에서 어지러움증이 심한 진가경에게 시어머니인 우씨가 연와탕을 먹이는 장면이 나온다. 제45회에서 대옥이 기침이 심한 것을 알게 된 설보차가 연와에 얼음사탕을 섞어 죽처럼 쑨 빙당연와죽冰糖燕窩粥을 가지고 문병 가는 내용이 보인다.

* 야계새자탕 野鷄賽子湯

어린 꿩의 고기로 만든 탕이다. 야계野鷄는 꿩이고 새자賽子는 새끼를 뜻한다. 꿩고기를 큰 덩어리로 썰어서 기름에 살짝 튀긴 뒤, 황주黃酒와 소금, 생강을 넣고 약한 불에 오랫동안 끓여낸 요리이다. 제43회에 왕부인이 감기 걸린 가모에게 문병을 가서 영양식으로 이 탕을 바치는 장면이 나온다.

* 건련홍조탕 建蓮紅棗湯

복건성福建省 연밥과 붉은 대추를 넣고 끓인 탕이다. 건련建蓮은 복건성에서 나온 연밥이고, 홍조紅棗는 붉은 대추를 뜻한다. 둘 다 한의학에서 몸을 보양하는

최고급 약재로 쓰인다. 특히 건련은 주식이나 국, 간식 등에 두루 사용되었
으며 겨울철 보양식에 자주 들어가는 재료였다. 제52회에 가보옥이 털옷을
입고 외출하기 전, 이 탕을 두어 모금 마시고 나가는 장면이 나온다.

＊하환계피탕蝦丸鷄皮湯

하환계피탕은 완자탕의 일종이다. 하환蝦丸
은 새우 살로 만든 완자이고, 계피鷄皮는 닭의
껍질이다. 완자는 흰색과 초록색 두 가지로
만들고, 닭 껍질은 삶아서 마름모 모양으로
자른 다음, 함께 넣고 끓여내는 요리이다. 제62회에서 보옥과 방관芳官이 이
국에 밥을 말아먹는 장면이 나온다.

3) 죽이나 떡, 만두 등 간단한 요리

＊당증소락糖蒸酥酪

당糖은 설탕이고 증蒸은 찌는 요리법이다. 소
락酥酪은 중국식 치즈를 가리킨다. 즉 치즈에
설탕을 넣어 찐 요리로 청대 궁중요리 중 하
나였다. 제19회에 원춘이 성친 후, 가보옥에
게 이 요리를 하사하는 장면이 나온다. 가보

옥은 습인이 이 요리를 좋아하는 것을 알고 남겨두었다가 준다.

＊두부피포자 豆腐皮包了

역시 청대 궁중 요리 중 하나이다. 두부피豆腐
皮는 두부껍질이고, 포자包子는 소가 있는 만
두를 가리킨다. 두부껍질 안에 표고버섯, 목
이버섯, 여러 채소들을 넣어 만든 야채만두

이다. 제8회에서 청문이 이 만두를 좋아하는 것을 알고 보옥이 남겨두었다가 주는 장면이 나온다.

＊종자 粽子

음력 5월 5일 단옷날 굴원을 기리기 위해 먹는 음식이다. 찹쌀에 밤, 대추 등을 넣고 댓잎이나 갈잎에 싸서 쪄 먹는 음식으로 제31회에 왕부인이 설씨 모녀를 청하여 둘러 앉아

함께 종자를 먹으며 단오를 보내는 장면이 나온다.

＊원소 元宵

원소절, 즉 정월 대보름에 먹는 음식으로 찹쌀가루 반죽 안에 소를 넣고 새알심 모양으로 빚어낸 것이다. 제54회 가모가 대보름날 연극 공연을 보다가 극단의 어린 배우들에게 원소병과 음식을 하사하는 장면이 나온다.

＊납팔죽 臘八粥

음력 12월 8일 부처의 성도成道를 기리는 명절인 납팔절臘八節에 먹는 죽이다. 부처와 조상에게 바치고 친척이나 친구들과 나누어 먹기도 한다. 쌀이나 콩,

과일 등 다섯 가지 곡물을 넣고 만든 것이어서 오미죽五味粥이라고도 한다. 제19회에서 보옥이 대옥에게 해주는 우스개이야기에 오미죽에 관한 내용이 보인다.

4) 과일이나 과자 등 간식

*빈랑 檳榔

소화를 돕고 구취를 제거하는 효능이 있다. 특히 남방지역 사람들은 늘 주머니에 넣어 다니며 껌처럼 씹는다. 두통, 피부병, 설사 등을 완화하는 데에도 효능이 있다고 전해진다. 제64회 가련이 우이저에게 빈랑을 빌미로 말을 걸고 유혹하는 장면이 나온다.

*여지 荔枝

중국 남부 원산으로 과육은 시고 달며 독특한 향기가 있다. 양귀비가 즐겨 먹었다고 전해지는 과일로 중국 남방에서는 과일 중의 과일이라고 칭하고 있다. 성질이 따뜻한 열매라서 양기가 센 사람이 많이 먹으면 화기가 올라 어지러움, 발한 등의 증세가 생길 수 있다. 제82회 설보차가 꿀에 절인 여지를 임대옥에게 보내는 장면이 나온다.

*불수감 佛手柑

희귀 관상용 과일로 향기가 강해 천연방향제로도 사용되었다. 열매의 끝이 손가락처럼 갈라졌는데, 부처님의 손같이 생겼다고 하여 불수감이라고 부른다. 제40회 탐춘의 방에서 유노파의 손녀인 판아板兒가 불수감을 먹으려 하자 유노파가 야단을 치고, 탐춘이 판아에게 불수감을 선물하는 장면이 나온다.

* 월병 月餠

음력 8월 15일 추석에 먹는 음식이다. 둥근 달 모양의 월병은 모든 일이 원만하게 이루어지고 가족이 화합하는 것을 상징한다. 제75회에는 추석날 철벽산장에 다 함께 모여 수박과 월병 등의 제물을 차려놓고 제사를 지내는 장

면이 나온다. 이때 음식뿐 아니라 탁자나 의자까지도 모두 둥근 물건을 사용하는 장면이 나온다. 여기에는 만사가 원만하기를 바라는 염원이 담겨있다.

* 내조과인유송양월병 內造瓜仁油松瓤月餠

역시 추석에 먹는 월병으로 궁중요리 중 하나이다. 내조內造는 궁에서 만들었다는 것을 뜻한다. 과인유瓜仁油는 호박씨나 해바라기씨의 기름이고 송양松瓤은 잣이다. 여러 과일씨 기름과 잣가루를 소에 넣고 만든 월병을 가

리킨다. 제76회 추석날 가모가 멀리서 들려오는 피리소리를 듣고 연주한 사람에게 술과 이 월병을 하사하는 장면이 나온다.

* 내유송양권소 奶油松瓤卷酥

후식으로 먹는 간식거리 중 하나이다. 내유奶油는 버터, 크림이고 송양松瓤은 잣이다. 권소卷酥는 참깨나 땅콩 가루 등을 가락엿으로 말아 만든 과자이다.

내유송양권소는 버터나 크림을 넣고 밀가루를 말아서 그 위에 잣가루를 뿌려 만든 과자를 가리킨다. 제62회에서 보옥의 찬합에 이 과자가 들어있는 장면이 나온다. 또한 제41회에는 가모가 시녀들에게 송양아유권소松

鵝油卷酥를 나눠주는 내용이 보인다. 아유鵝油는 거위기름으로 송양아유권소는 버터 대신 거위기름을 넣어서 만든 과자이다.

5) 차나 술 등의 음료

*보이차普洱茶

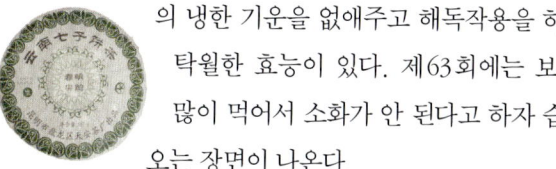

운남성雲南省 보이산普洱山에서 나는 차로 중국 명차 중 하나다. 보이차는 몸의 냉한 기운을 없애주고 해독작용을 하며 무엇보다 소화에 탁월한 효능이 있다. 제63회에는 보옥이 저녁에 국수를 많이 먹어서 소화가 안 된다고 하자 습인이 보이차를 내어오는 장면이 나온다.

*용정차龍井茶

역시 중국 명차 중 하나로 특히 서호西湖에서 난 용정차가 유명하다. 짙은 향, 부드러운 맛, 비취 같은 녹색 그리고 참새 혀 모양의 잎새라는 네 가지 특징이 있어 4절四絶이라 호평받는다. 제82회에 보옥이 소상관에 찾아가자 대옥이 용정차를 내어오는 장면이 보인다.

*소흥주紹興酒

황주黃酒를 대표하는 명주로 절강성浙江省 소흥紹興에서 나는 술이다. 황주는 곡물을 주원료로 만든 술로 막걸리와 비슷하지만 독하지 않고 색깔은 맑은 편이다.

소흥주 중에서도 여아홍女兒紅이 유명하다. 소흥지방에서는 딸을 낳으면 이

술을 빚어 땅에 묻는 풍습이 있다고 전해진다. 제63회 보옥의 생일잔치에다 함께 모여서 소홍주를 마시고 주령을 하며 노는 장면이 나온다.

*도소주屠蘇酒

세주歲酒로 설날 아침에 액운을 피하기 위해 마시는 술이다. 도소屠蘇는 사람의 혼을 깨어나게 한다는 뜻이다. 도소주는 육계肉桂, 산초山椒, 백출白朮, 방풍方風 등 여러 약재를 넣어 만든 약술로 설날에 마시면 병이 생기지 않고 장수한다고 한다. 제53회에 가정과 가사의 식구들이 그믐날을 함께 보내면서 가모에게 세배를 하고 합환탕合歡湯과 길상과吉祥果, 여의고如意糕 등을 먹는 장면이 나온다. 합환탕은 화합을 기원하는 국이고, 길상과는 상서로움을 기원하는 과일이며, 여의고는 만사가 뜻대로 되기를 기원하는 떡이다.

【《홍루몽》을 통해 본 건축문화】

중국 정원의 미학과 건축구조에 대해서는 앞서 대관원과 관련하여 살펴본바, 여기에서는 구체적인 생활공간에서 묘사되는 다양한 건축양식에 대해 소개하도록 하겠다. 작품 속에는 다양한 건축양식에 대한 묘사가 나오는데, 이에 대한 이해가 전제되지 않으면 독서를 하면서도

그 상황을 제대로 파악하지 못하는 경우가 발생하기도 한다. 생활 속 공간에는 어떠한 전통 건축양식이 나오고 있는지 이에 대한 이해를 높여보기로 하자.

＊패방牌坊

공훈, 과거급제, 충효와 정절 등을 표창하기
위해 세우는 건축물이다. 사당의 부속건축물
로 세워지기도 하였다. 선조의 공적을 기리고
제사를 지내는 기능까지 겸하였다. 패방은 보
통 건축군建築群이나 대로大路의 입구에 세워졌고, 그 아래로 통행이 가능하다.
패방은 주로 두 개의 기둥 위에 대들보를 얹은 형태로 목재, 벽돌, 돌, 유리 등
다양한 재질로 만들어졌다. 가장 간단한 형식은 두 기둥으로 만든 한 폭 짜리
이고, 복잡한 것은 세 폭에서 다섯 폭으로 된 것도 있다. 제1회에서 진사은이
꿈을 꾸다가 태허환경 네 글자가 적혀있는 패방을 보는 장면이 나온다.

＊수화문垂花門

귀족 저택의 대문 안에 있는 중문重門 혹은
안뜰이나 안채에 붙어 있는 정원의 문이다.
두 개 이상의 정원으로 겹겹이 둘러싸여 있
는 사합원에서 볼 수 있는 건축양식이다. 본

채와 별채 사이에 위치하여, 본채와 별채를
나누는 기능을 함과 동시에 소통시켜주는 역할도 한다. 후에 수화문은 중문
으로서의 기능이 약화되고 장식이나 실용적인 측면이 두드러져 원림 미학
에서 중요한 요소가 되었다. 《홍루몽》제3회에 대옥이 시녀의 손을 잡고 수
화문을 들어서는 장면이 나온다.

＊월동문月洞門

정원의 벽에 보름달과 같은 모양으로 만들어
진 통로이다. 일반적으로 원형이지만 각양각
색의 모양이 있다. 중국의 원림이나 건축에

서는 담에 월동문을 만들어 정원과 정원 사이를 오갈 수 있게 하였다. 《홍루몽》에서 인물들이 월동문을 넘나드는 장면이 상당히 자주 나온다.

* 화청花廳

귀족 저택에서 연회, 연극관람, 집회 등에 사용되던 내청內廳이다. 주로 저택 내의 정원에 짓는 건물이다. 정원 내에 나무와 꽃을 심고 연못과 돌로 조경을 하여 정원의 정취를 높였기 때문에 화청이라고 불렀다. 제43회에서 왕희봉의 생일연회가 화청에서 열리는 장면이 나온다.

* 여장女墻

성첩城堞 혹은 성가퀴라고도 한다. 외벽 위로 튀어나온 부분으로 원래는 사격할 때 몸을 숨기는 장벽이었다. 일부 대저택의 외벽에는 장식용으로 여장을 설치하였다. 여장은 그 모양에 따라 평여장平女墻, 철형여장凸形女墻, 원여장圓女墻 등이 있다. 평여장은 윗면이 평평한 것이고, 철형여장은 윗면이 凸 모양이며, 원여장은 윗면이 둥그런 모양이다. 제102회에서 여장에 대한 묘사를 찾아볼 수 있다.

【《홍루몽》에 묘사된 청대의 기물】

《홍루몽》에는 청대 귀족들이 사용하던 기물器物이 대거 등장한다. 《홍루몽》의 작가는 의도적으로 조대朝代를 불명확하게 서술하고 있지만, 독자들은 기물에 대한 묘사를 통해 작가의 생존시기와 작품의 시대적 배경, 당시의 생활상을 어렵지 않게 감지해낼 수 있다. 더욱이 《홍루몽》에 등장하는 기물들은 당대 최고의 권세가문에서 사용하던 것들로 작자는 이러한 묘사에서 당시 귀족들이 얼마나 화려하고 고급스러운 생활을 누렸는지를 세세하게 보여준다. 전통 시기 사람들은 생활 속에서 어떠한 기물들을 사용하면서 살아갔는지 몇 가지 살펴보기로 하자.

*교의交椅

팔걸이가 있는 접이식 의자이다. 호상胡床이라고도 한다. 고대 중국의 기마민족이 사용하던 간이의자에서 변형된 것으로 대략 당송 무렵부터 사용된 것으로 추정된다. 앞뒤의 두 다리가 교차되어 있고, 교차점을 축으로 다리를 접을 수도 있다. 주로 제왕이나 귀족이 사용하던 의자였다. 가부에서 사용한 교의는 남목교의楠木交椅로 고급 가구목재인 녹나무로 만든 것이다.

*삽병揷屏

병풍의 일종으로 바람을 막거나 공간을 가리는 실용적인 용도 외에 벽면을 장식하는 용도로도 사용되었다. 보통 병풍은 두 폭 이상으로 되어있어 접었다 폈다 할 수 있으나, 삽병은 한 폭으로만 만들어진 것이다. 제3회 가부의 실내를 묘사하는 장면에서 삽병에 대한 언급이 보인다. 가부에 있는 삽병은 대리석으로 병풍의 중심부분을 만들고 자단목紫檀木으로 테두리를 두른 것으로 화려한 실내 장식용으로 사용되었음을 알 수 있다.

*구들[炕]

굽지 않은 흙벽돌이나 벽돌을 쌓아서 만든 흙침대로 구들의 원리를 이용한 것이다. 아궁이에 불을 때면 방바닥 밑에 깔린 넓적한 구들장이 데워져 열을 전도하는 난방시설이다. 처음에 추운 북쪽지방에서 만들어졌으나 차츰 남쪽지방으로 보급되었다. 제8회를 비롯하여 작품에서 실내장면은 대부분 구들을 중심으로 묘사된다.

제98회 대옥이 구들에 누워있는 모습

* 각답脚踏

의자나 침대 앞에 놓고 발을 올리거나 신발을 두는 용도로 사용되는 소형 목기이다. 각상脚床 혹은 답상踏床이라고도 하였다. 각답은 간혹 하인들이 앉아서 쉬거나 밥을 먹을 때 사용되기도 하였다. 제16회에 평아 등의 시녀들이 각답에 앉아 밥을 먹는 장면이 나온다. 귀족들에게는 발이나 신발을 두는 기물이었지만 하인들에게는 의자나 밥상으로 사용된다.

* 염낭과 향낭香囊

염낭은 자수나 박음질 등으로 만든 정교한 수공예품으로 향료, 약, 돈, 기념품을 담아두는 데 사용되었다. 주로 화초, 과일, 벌레, 새, 산수 등의 무늬나 복福, 수壽, 길吉 등의 글자를 수놓았다.

향낭은 사향을 넣어두는 향주머니이다. 호리병, 연잎, 연꽃, 마름, 감나무, 박 등의 모양이 있다. 허리띠에 달거나 저고리 속에 넣고 다녔고 옷장 안에 두기도 하였다.

향낭은 보통 왕족들이나 귀족들이 딸을 시집보낼 때 속곳에 넣어 주었던 미약迷藥으로 실제로 사향 냄새는 최음제로 사용되기도 하였다. 제17회와 제18회 등에서 장식으로 염낭이나 향낭을 착용하는 장면이 나온다.

＊ 수돈 繡墩

도자기로 만든 북 모양의 걸상이다. 앉는 부분은 대부분 원형으로 만들어졌다. 안장 속에는 면화나 종려나무 털을 채워 넣고 겉은 비단을 씌웠다. 제38회에서 수돈을 사용하는 장면이 나온다.

＊ 발보상 拔步床

팔보상八步床, 대상大床이라고도 한다. 중국 전통 침대의 일종으로 침실의 역할과 일상적인 용무를 보는 기능까지 담당하였다. 침대 위로 지붕과 시렁이 있으며, 침대 앞에는 약간의 공간이 있어 거기에 작은 탁자나 경대, 등잔 등을 둘 수 있었다. 혹은 옷 바구니, 변기 등을 놓아두기도 하였다. 침

대의 휘장을 내리면 침대 안은 독립적인 생활공간이 되었다. 화장하고 옷을 갈아입고 용변을 보는 일 등을 모두 이 작은 침실 안에서 할 수 있었다. 제40회 탐춘의 방에 발보상이 있는 장면이 나온다.

＊ 포단 蒲團

스님들이 좌선을 할 때나 불사중에 깔고 앉는 방석으로 부들이나 수수잎, 옥수수잎 등을 엮어서 만든 원형 방석이다. 《홍루몽》에서는 비구니인 묘옥이

포단을 사용하는 대목이 종종 나온다. 사용된 재료에서 알 수 있듯이, 포단은 농촌에서 주로 사용되는 기물이었다. 가부를 비롯하여 대관원의 여인들이 포단을 사용하는 경우는 거의 보이지 않는다.

【《홍루몽》과 전통 시기의 놀이문화】

오늘날 여가를 즐기는 방식은 너무도 다양하다. 시간이 나면 독서를 하고 운동을 하며 잠을 자면서 휴식을 취하기도 한다. 혹은 자신만의 취미생활을 찾는 등 다양한 방법을 통해 무료함을 달랜다. 그 옛날 사람들도 물론 여가를 즐겼고 다양한 놀이문화가 있었다. 하지만 이러한 전통의 흔적은 현대인의 생활에서 갈수록 찾아보기 어려워졌다. 《홍루몽》에는 전통 시기 다양한 놀이문화에 대한 묘사가 보이는데 이에 대한 실상들을 살펴봄으로써 옛사람들의 생활 속 정취를 찾아보는 것도 분명 의미가 있을 것이다.

＊투초鬪草

단오에 여인들이 즐겼던 놀이로 투백초鬪百草라고도 한다. 주로 꽃이나 나무가 무성한 봄이나 여름에 한다. 각자 흩어져 귀한 풀이나 꽃을 꺾어 와서 상대방과 대결하는 놀이로 더 귀하고 상서로운 풀을 가진 사람이 승자가 된다. 《홍루몽》제23회, 제62회 등에서 꽃을 꺾어와 투초 놀이를 하는 장면이 나온다. 관음류觀音柳, 나한송羅漢松, 군자죽君子竹, 미인초美人草, 성성취星星翠, 월월홍月月紅 등 진귀한 꽃과 풀이름이 나온다.

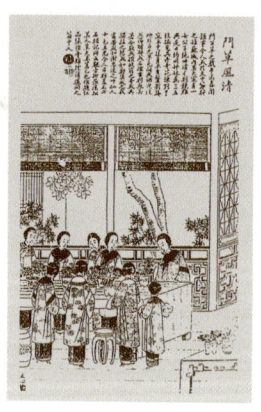

＊연 날리기

청명절을 비롯하여 명절 때마다 즐겨하던 놀이이다. 단순한 관상용으로 연을 날리기도 하고, 연을 날려 시합을 벌이기도 한다. 보통 명절에 연을 띄우는 것은 불운을 날려 보낸다는 의미가 있다. 《홍루몽》

제70회에는 여인들이 게, 미인, 물고기, 박쥐, 봉황 등 다양한 모양의 연을 띄우며 노는 장면이 나온다.

*골패 骨牌

아패 牙牌라고도 한다. 상아나 대나무로 만든 오락도구로 도박에도 사용되었다. 모양은 장방형이고 윗면에는 각각 동그란 점이 배열되어 있다. 점은 붉은색과 녹색 두 가지가 있고, 모두 하늘, 땅, 별의 배열을 상징한다. 처음에 한 벌이 32장이었는데, 이후에 더 추가되어 마작으로 변하였다. 《홍루몽》 제7회, 제62회, 제40회, 제92회 등에서 골패를 하는 장면이 나온다.

*주령 酒令

술자리에서 놀이를 하다가 틀린 사람이 벌주를 마시는 놀이이다. 술을 채워 놓고 마시기 전에 주령을 하는 것을 주면酒面, 술을 먼저 마시고 주령을 하는 것을 주저酒底라고 한다. 《홍루몽》에서 자주 나오는 주령에는 점화명아占花名兒, 사복射覆, 격고전매擊鼓傳梅, 무전拇戰 등이 있다.

점화명아는 일종의 제비뽑기 놀이이다. 제비마다 꽃이나 풀이 그려져 있고, 시 구절이나 술 마시는 규칙들이 쓰여 있다. 하나씩 뽑아 제비에 적힌 대로 술을 마시는 놀이이다. 사복은 원래 그릇 속에 무엇인가를 숨겨 놓고 그것을 알아맞추는 놀이인데, 주령에서는 수수께끼 놀이이다. 격고전매는 격고전화擊鼓傳花라고도 한다. 한 사람이 북을 치는 동안 매화가지를 돌린다. 북이 멈출 때 매화를 가지고 있는 사람이 술을 마시는 놀이다.

무전은 일종의 가위바위보 놀이이다. 지는 사람이 벌주를 마신다. 《홍루몽》의 술문화에서 가장 특징적인 것은 바로 주령을 즐기는 장면이다. 제8회, 제28회, 제40회, 제54회, 제62회, 제63회 등에서 주령을 즐기는 장면이 나온다.

* 척투 擲骰

주로 도박에 사용되었던 것으로 일종의 주사위 놀이이다. 정육면체의 주사위 여섯 면에 모두 1부터 6까지의 점이 배열되어 있다. 그 중 점 네 개가 있는 것은 붉은 색이고 나머지는 검정색이다. 동그란 쟁반에 담아 흔들어서 위쪽에 있는 면의 색깔과 점수로 승부를 겨룬다. 제73회에 척투를 하는 장면이 나온다.

* 등롱 燈籠

원소절에는 달을 감상하면서 수수께끼를 붙인 등불을 달아 서로 알아맞히는 놀이를 하였다. 제23회에는 원춘이 수수께끼가 적힌 등불을 가부에 보내자, 사람들이 모여서 정답을 맞히고 선물을 받는 장면이 나온다. 제50회에서는 가모와 사람들이 난향오에 모여 수수께끼 놀이를 즐기는 장면이 나온다.

중국인들에게 《홍루몽》에 대한 관심은 늘 현재진행형이다. 즉 《홍루몽》이라는 전통은 그저 고전 속에 묻혀있는 것이 아니라 현대 생활 속에서 같이 숨 쉬고 살아있는 대상인 것이다. 이 때문에 《홍루몽》은 소설, 드라마, 영화, 연극, 무용, 뮤지컬 등 다양한 매체와 형식을 통해 재창조되었고, 이에 대한 관객의 호응은 늘 뜨겁다. 전통이라고 하면 보통 지루하고 따분하게 여기는 우리의 사회풍조와는 사뭇 다른 모습이다. 중국의 현대문화 속에서 《홍루몽》은 얼마나 사랑받고, 어떠한 형태로 끊임없이 변신해왔는지 그 변화의 역사를 살펴보기로 한다.

● 1927년 복단영화사의 〈홍루몽〉

감독 : 임팽년任彭年, 유백암俞伯巖

주연 : 범설붕范雪朋, 육검분陸劍芬, 문일민文逸民, 주공공周空空

최초의 흑백 무성영화이다. 《홍루몽》의 줄거리를 완벽하게 재현해 내었다는 점에서 의의가 있다. 하지만 제작사는 관객들의 시선을 사로잡기 위해 배우들에게 현대 복장을 입혔다. 임대옥이 하이힐을 신고 허리에는 하얀 비단을 늘어뜨리며 등장하였는데, 이 때문에 지금까지 혹독한 질책을 받고 있는 작품이 되었다.

● 1944년 상해중화영화사의 〈홍루몽〉

감독 : 복만창葡萬倉

주연 : 주선周璿, 원미운袁美雲, 왕단봉王丹鳳, 백홍白虹

〈홍루몽〉 전체 내용을 조명했다기보다 가보옥과 임대옥의 사랑에 포커스를 맞추었다. 해방 이전 시기 나온 〈홍루몽〉 영화 중 수작으로 손꼽힌다. 특히 가보옥을 연기한 원미운은 가보옥이 환생하였다는 호평을 받으며 사람들에게 깊은 인상을 주었다.

● 1961년 홍콩 소씨공사의 〈홍루몽〉

감독 : 원추풍袁秋楓

주연 : 악체樂蒂, 임결任潔, 정홍丁紅

영화 〈홍루몽〉의 경전이라 할 수 있는 작품이다. 음악의 대가 왕복령王福齡의 OST는 가보옥과 임대옥의 비극적인 사랑을 절절하게 표현하였다고 평가받고 있다. 대관원에서 벌어지는 가보옥, 임대옥, 설보차의 삼각관계가 매우 섬세하게 그려진 작품으로 꼽힌다.

● 1962年 월극판 〈홍루몽〉

감독 : 잠범岑範

주연 : 왕문연王文娟, 서옥란徐玉蘭, 여서영呂瑞英, 김채봉金采鳳

원래 월극판 〈홍루몽〉은 극작가 서진徐進이 제작하여 1958년 상해에서 초연되었다. 우아하고 아름다운 대사와 노래, 섬세한 표현기교, 풍부한 개성의 인물 형상이 월극越劇의 특징과 완벽하게 조화를 이룬 작품이었는데, 1958년 2월 18일 상해에서 초연된 후로 수많은 관객들로부터 사랑을 받았다. 이것이 1962년 홍콩에서 희곡 영화로 촬영되어 널리 호응을 얻게 되었다. 이후 중국, 홍콩, 대만 등지에서 공연된 홍루희紅樓戲와 홍루영화는 모두 월극판 〈홍루몽〉의 영향을 받았다고 할 수 있다.

● 1977년 영화 〈금옥양연홍루몽〉

감독 : 이한상李翰祥

주연 : 임청하林青霞, 장애가張艾嘉, 미설米雪

촬영장의 세트, 의상 등 대관원의 생활상을 표현하는 데 전문학
자들의 고증을 거쳐 제작한 영화이다. 특히 미소년의 가보옥을
연기하기 위해 남자배우가 아닌 임청하가 역을 맡은 것이 특이하
다. 당시 중국어 영화 10대 작품으로 선정되었다.

● 1987년 CCTV 드라마 〈홍루몽〉

감독 : 왕부림 王扶林

주연 : 진효욱 陳曉旭, 구양분강 歐陽奮强, 등첩 鄧婕, 장리 張莉

1987년 중국 CCTV에서 투자하고 촬영한 〈홍루몽〉은 원로 홍학가인 주여창 周汝昌과 양내제 楊乃濟 등
이 고문위원으로 참여하였다. 촬영기술과 분장기술의 한계로
시각적인 화려함은 떨어지지만, 캐릭터의 완성도가 매우 높
고 원전의 정신을 제대로 살린 드라마로 인정받고 있다. 당
시 십여 세로 가보옥을 연기했던 구양분강은 실제 보옥의 모
습과 가장 비슷하다는 평가를 받았다. 임대옥을 연기한 진효
욱이 2007년에 사망하였을 때, 중국 전역에서는 애도하는
목소리가 끊이지 않았다. 그만큼 이 드라마가 현대 중국인들
에게 미치는 영향력은 대단한 것이었다. 이후에 이 드라마를
뛰어넘는 작품이 아직 나타나지 않았다.

● 1989년 북경영화제작소 영화 〈홍루몽〉

감독 : 사철려 謝鐵驪, 진회애 陳懷

주연 : 하흠 夏欽, 도혜민 陶慧敏, 부예위 傅藝偉, 유효경 劉曉慶

1989년 북경영화제작소는 막대한 자본을 투자하여 대관원과 영국부 세트를 세우고, 전무후무한 거대
한 스케일로 영화 〈홍루몽〉을 찍었다. 배우 역시 초호화 캐스팅으로 이루어졌다. 유효경, 조여용 趙麗蓉,
정람 丁嵐 등의 실력파 배우 외에도 전국에서 5년의 기간에 걸쳐 1백여 명의 배우를 선발하였다. 감독
인 사철려는 영화 촬영 전에 경공업부 輕工業部 초대소 招待所에 거주하며 홍루교습소 [紅樓培訓班]를 열었
고, 홍학 전문가와 명청시대 전문가를 초빙하여 강연회를 개최하기도 하였다. 3년의 촬영과 기록적인
투자를 거쳐 735분에 달하는 중국 최장의 영화 〈홍루몽〉이 완성되었다.

● 2004년 무용극 〈춤추는 홍루〉

감독 : 조명趙明

주연 : 소총蘇聰

전우가무단戰友歌舞團의 특별요청으로 최고의 무용가 산충山翀과 무외봉武巍峰, 원림袁琳 등이 출연한 무용극이다. 태허환경에 대한 묘사를 시작으로 총 2막 4장으로 구성되어 있다. 오늘날 끊임없이 새로운 문화콘텐츠를 개발해야 하는 경쟁적 구도 속에서 전통에 주목하여 이를 발굴하고 참신하게 재창작하였다는 점이 우리에게 시사하는 바가 매우 크다. 2008년에는 뉴욕에서도 공연되었다.

이 외 현재 베이징TV에서 제작중인 드라마 〈홍루몽〉은 2006년 오디션 열풍으로 중국대륙 전체를 휩쓴 적이 있다. 2006년 8월21일 응모를 시작하여 최종적으로 13만 8,000명이 오디션에 지원하였다. 가보옥 역에는 4만 500명, 임대옥 역에는 1만 2,000명이 응모하였다고 한다. 제작비용은 중국 드라마 사상 최대규모인 1억여 위안, 즉 한화 160억여 원에 이를 것으로 전망된다. 《홍루몽》에 대한 중국인들의 애정이 얼마나 각별한지 보여주는 사례라 하겠다.

세계 속의

《홍루몽》

【대만 및 홍콩, 그리고 세계의 홍학】

중국이 문혁시기를 거치면서 교조적인 정치논조에 휩쓸려 격동의 세월을 보내고 있을 때, 홍학은 홍콩과 대만을 중심으로 명맥을 유지하고 있었다. 홍콩의 홍학은 주로 원전의 영역에 대해 관심이 집중되었다. 홍콩의《홍루몽》연구는 중국자료를 쉽게 접할 수 있는 장점이 있지만, 홍학가의 폭이 두텁지 못하고 사회 전반적인 관심을 이끌어내지 못하는 한계가 있다. 한편 대만의 경우, 독자적인 홍학의 영역을 개척하여 새로운 자료들을 발굴하고, 많은 연구자를 배출하였던 점은 괄목할 만하다. 하지만 경학이나 시문 위주의 전통학문을 중시하는 학풍이 여전히 만연해 있고, 일부 새야홍학가의 활동까지 혼재되어 있어 조금은 체계가 잡히지 않는 실정이다.

그 밖에 미국과 일본, 유럽에서도《홍루몽》에 대한 활발한 연구가 진행되고 있다. 역시 연구의 초점은《홍루몽》의 번역에 집중되어 있다. 미국은 처음에 화교학자들이《홍루몽》의 번역과 연구를 시도하였다. 그 중에는 여영시余英時 같은 사학자도 있었고, 조강趙岡 같은 경제학자도 있었다. 이들은 《홍루몽》의 문학적 가치에 주목하고, 다양한 시각에서 작품을 바라보는 연구 방법론을 제시하였다. 위스콘신대학의 주책종周策縱이 미국의 홍학을 주도한 이래로, 최근에는 서사학, 심리학, 사회학 등의 방법론을 통해《홍루몽》을 분석하는 연구성과들이 나오고 있다.

일본은 일찍이 독자적인 번역과 연구체계를 세워 정교한 번역과 분석, 고증 등의 연구성과들을 제시해왔다. 일본의 역주는 다른 2차 자료들을 참고하지 않고 원본에 대한 천착에서 시작된다. 그리고 주석과 번역의 성과를 발표하면 이를 곧바로 다시 연구에 응용하는 시스템을 구축해왔다. 연구방면에서도 미시적 방법론을 지향하고, 하나의 연구과제를 선택하면 그것을 필생의 과업으로 여기고 꾸준히 매진한다. 중국 홍학에서 뜨거운 감자로 여겨지는《홍루몽》성서成書 과정에 대해 선월달지船越達志와 같은 젊은 학자가 과감하고도 꼼꼼하게 학위논문으로 제출한 연구성과는 일본학계의 저력을 보여주는 사례이다.

유럽의 경우, 영국과 프랑스를 중심으로《홍루몽》연구와 역주가 시도되었다. 특히 프랑스에서 지연재평어로 박사학위를 받은 홍콩학자 진경호陳慶浩의 활약은 주목할 만하다. 한편 러시아에서도 일찍부터《홍루몽》연구가 시도되었다. 멘시코프Menshikov와 리프친B. Riftin 등이 발굴한 필사본《석두기》는 세계 홍학계에서 커다란 반향을 일으킨 바 있다. 이 필사본은 청대 후기 러시아정교회의 선교사가 북경어 공부를 위해 구입했던 것으로 상트페테르부르크 동방연구원에 소장되어 있던 것을 두 학자가 발굴해내었다. 지연재평본 계열인 이 필사본은 현재 북경에서 영인 간행되었다. 이처럼 오늘날《홍루몽》과 홍루문화는 급속도로 전 세계적으로 전파되고 있으며, 중국어와 중국문화를 이해하고 배우고자 하는 사람들로부터 비상한 관심을 받고 있다.

【홍루몽 국제학술회의】

최초의 홍루몽 국제회의는 1980년 6월 미국의 위스콘신대학에서 개최되었다. 화교학자 주책종과 조강 등이 개최한 이 회의에는 개혁개방 이후 처음으로 중국학자 주여창, 풍기용 등이 참여하였고, 대만, 홍콩, 일본, 캐나다, 미국 등지의 홍학가들이 한자리에 모였다. 이에 자극받은 대만은 회의의 주관자였던 주책종, 조강 등을 비롯하여 10여 명의 해외학자를 다시 초빙하고, 《연합보》 주최로 '홍학좌담회'를 개최하여 홍학의 붐을 고조시켰다. 중국에서도 이 해 7월 하얼빈에서 제1차 홍루몽학술토론회를 개최하고 '중국홍루몽학회'를 결성하였다. 이후 매년 전국홍루몽학술토론회가 개최되었고, 지방에서도 각각 홍루몽학회가 결성되었다.

중국에서 첫 번째 국제학술회의는 1986년 하얼빈에서 개최되었다. 이 회의는 오랫동안 단절되었던 중국과 해외 각국의 홍학연구자들이 한자리에 모였다는 점에서 큰 의의를 지닌다. 1992년 양주 국제홍학회는 또 다른 의미에서 중요한 회의였다. 양주는 《홍루몽》의 배경과도 밀접한 관계가 있는 장소로 북경의 홍루몽연구소가 공동주관하여 다양한 홍루문화를 함께 선보였다. 그 중에서도 처음으로 시도된 '홍루연'은 작품 속 음식문화를 재현하여 큰 호응을 얻었다. '홍루연'은 훗날 양주의 새로운 문화전통으로 자리잡게 되었다.

1994년 《갑술본》 출현 250주년을 기념하여 대만의 중앙대학中央大學은 강래신康來新의 주관 아래 '갑술년세계홍학회의'를 개최하였다. 국내외 학자는 물론 중국학자의 대만방문은 해협양안간 실질적 교류의 초석이 되었다. 이어 1997년 홍콩반환을 기념하며 요녕성 요양시가 후원하고 홍루몽연구소가 주관하여 북경에서 국제홍학회의가 개최되었다. 요양시는 조설근 가문의 발상지로 인정받는 곳이다. 이때 천안문광장 인민대회당에서 열린 개회식은 중국에서 《홍루몽》이 차지하는 위상이 얼마나 높은지를 단적으로 보여준

사건이었다. 한편의 고전소설이 이와 같이 극진한 대우를 받은 경우는 아마 동서고금에 그다지 흔치 않을 것이다.

그 후 2002년 양주에서 국제학술회의가 한 차례 개최되었고, 2004년에는 고려대와 선문대가 《낙선재樂善齋번역홍루몽총서》 간행기념으로 국제회의를 공동으로 주최하였다. 이로써 한국도 세계 홍학의 대열에 선두로 나섰다고 할 수 있다. 또 2006년에는 조설근의 증조부가 지현을 지냈던 산서성山西省 대동大同에서 국제홍학회가 열렸고, 2008년 7월에는 말레이시아에서 개최되었다. 이렇게 볼 때, 홍학은 중국학계에서만 중시되는 것이 아니라 전 세계적으로도 주목받고 있는 학술현상이라 하겠다. 홍학의 세계로 다가가는 것, 그것은 바로 세계화의 추세를 따라가는 과정과도 맞물리는 일일 것이다.

【전 세계의 독자들로부터 사랑받는 《홍루몽》】

《홍루몽》은 일찍이 외국어로 번역되어 해외에서도 각광받았다. 영어로 된 최초의 번역은 1816년 로버트 모리슨Robert Morrison이 홍콩에서 발표한 것이다. 내용은 제31회에서 습인이 보옥의 실수로 발에 걷어차여 피를 토하는 짧은 대목이었다. 1830년 존 프란시스 데이비스John Francis Davis는 제3회에서 보옥과 대옥이 처음 만나는 장면과 서강월사西江月詞를 번역하여 발표하였고, 1842년 독일 선교사 칼 구츠라프Karl F.A.Gützlaff는 《홍루몽》 서평을 광동에서 발표하였다. 서평은 책의 가치를 매우 높게 사고 있음에도 불구하고 가보옥을 여자아이로 오인하는 우를 범하고 있다. 19세기 말인 1892년과 1893년에 벤크라프트 졸리Bencraft Joly는 《홍루몽》 영문번역본을 상하 2권으로 각각 홍콩과 마카오에서 간행하였다. 총 56회 분량을 다룬 것으로 《홍루몽》을 영어권 독자들에 알리는 데 큰 역할을 했다.

20세기 들어 《홍루몽》의 영문 번역본 출판은 더욱 활기를 띠게 된다. 1929년 화교학자 왕제진王際眞이 40회로 축약해서 발표한 *Dream of the Red*

Chamber가 널리 알려졌고, 1932년 독일학자 쿤Kuhn이 발표한 독일어 축약본은 훗날 유럽에서 《홍루몽》을 번역하는 데 중요한 참고자료가 되었다. 영어 완역본의 경우, 호크스David Hakes본과 중국에서 나온 양헌익楊憲益본이 대표적이다. 호크스본은 1973년부터 1986년까지 총 5권으로 나왔으며, 책 제목도 《석두기》를 그대로 번역하여 The Story of the Stone으로 하였다. 양헌익본은 1978년 북경외문출판사北京外文出版社에서 3권으로 간행되었는데, 그의 영국인 부인 그레이디스 양Gladys Yang과 함께 번역한 것이었다. 책 제목은 Dream of the Red Mansions으로 원문의 내용에 충실하면서 꼼꼼하게 번역하였다.

일본어 최초의 번역은 1892년 삼괴남森槐南이 《홍루몽》 제1회의 서론 부분을 일본어로 번역한 것이었다. 그는 번역을 시도한 후, 《홍루몽》에 대한 논문을 쓰기도 하였다. 도기등촌島崎藤村은 제12회의 풍월보감 대목을 번역하여 발표하였다. 이처럼 시작은 미미하였으나 일본의 홍학연구는 20세기 초에 이르러 비약적인 발전을 이루게 된다. 1916년 안춘풍루岸春風樓가 39회 분량의 번역을 발표하였고, 1920년에서 1922년 사이에 행전로반幸田露伴과 평강용성平岡龍城은 전반부 80회를 완역하고 주석을 달아 《국역홍루몽》으로 출판하였다. 120회본의 완역본은 1940년대에 나온 송지무부松枝茂夫의 번역본과 1960년대에 나온 이등수평伊藤漱平의 번역본이 대표적이다. 이 번역본들은 한국을 비롯하여 다른 언어권에서 《홍루몽》을 번역하는 데 중요한 참고자료가 되었다.

《홍루몽》이 최초로 한국에 전래된 과정에 대한 구체적인 자료는 아직 발굴되지 않았다. 1830년대 이규경李圭景이 쓴 《오주연문장전산고五洲衍文長箋散稿》에 《홍루몽》과 《속홍루몽》 등에 대한 언급이 있는 것을 보건대, 《홍루몽》은 적어도 1800년대 초기에 조선에 들어와 널리 전파된 것으로 추정된다. 《홍루몽》의 한국어 번역본은 1884년경 역관 이종태李鍾泰를 비롯한 문사들이 《홍루몽》 120회를 완역한 것이 효시가 되었다. 상단에 원문을 싣고 모든 한자마다 한글자모를 이용하여 중국어 발음을 달았는데, 이는 낙선재본 번역소설 중에서도 매우 특이한 양상을 띠는 것이다. 당시 궁중의 비빈이나 권세가들이 중국어 학습을 위해 《홍루몽》을 읽었을 가능성을 가늠해볼 수 있는 대목이다. 낙선재 번역소설에는 이 외에도 《홍루몽》의 속서 5종이 있다. 선문대 박재연 교수가 모두 〈낙선재본홍루몽번역총서〉로 정리하여 발표하면서 전 세계의 홍학계에 반향을 일으킨 바 있다.

사실 《홍루몽》 120회의 완역본이 나온 것만으로도 대단한 성과인데, 속서 5종까지 번역되어 간행된 것을 보면 조선시기 《홍루몽》이 독자들에게 얼마나 널리 사랑받았는지 짐작할 수 있다. 그런데 이처럼 훌륭한 문화자산이 있었음에도 불구하고, 근현대 이후 《홍루몽》 연구나 역주에 대한 관심은 사회적으로 크게 반향을 일으키지 못하였다. 먼저, 백화白華 양건식梁建植이 1918년과 1925년에 《매일신보》와 《시대일보》 등에 신문연재소설로 《홍루몽》의 번역을 시도하였고, 수차례에 걸쳐 소개와 평론문도 발표하였지만 아쉽게도 완역까지 가지는 못했다. 1930년 장지영張志暎도 《조선일보》에 장기간 《홍루몽》을 번역 연재하였으나 역시 완성을 보지 못하였다.

그 후로 《홍루몽》 번역서가 나오지 않다가 광복 이후 새로운 번역본들이 나오기 시작하였다. 하지만 대부분 일본어 번역본을 중역한 것으로 낙선재본 번역소설의 전통을 잇지 못한 점은 대단히 아쉬운 일이다. 1956년에는 김용제의 2권짜리 번역본이 정음사에서 나와 많은 독자층을 확보한 바 있다. 1969년에는 이주홍의 5권짜리 번역본이 을유문화사에서 나왔는데, 완역이기는 하나 부분적으로 첨역을 가하여 원전과는 다른 부분이 있다. 그 후 1990년에 연변대학 홍루몽 번역소조의 완역본이 예하출판사에서 나왔고, 같은 해 안의운·김광렬의 완역본이 청년사에서 출판되었다. 모두 절판되었으나 청년사 번역본은 2007년 청계에서 재출판되었다. 《홍루몽》의 연구토대가 척박하였던 상황에서 나온 성과물이라 당시 학계에 끼친 영향은 지대하다고 할 수 있다. 최근에는 《홍루몽》에 대한 사회적 관심이 높아지고 연구성과가 날로 축적되고 있는데 이는 매우 고무적인 현상이라 하겠다.

【학술과 문화로 바라보는 21세기 《홍루몽》】

이제는 《홍루몽》이라는 유산을 어떻게 제대로 이해하고, 이를 다시 어떻게 우리의 문화자산으로 확장시킬 수 있을 것인지에 대해 진지하게 고민해야 할 때가 왔다. 더욱이 조선시기에 《홍루몽》이 널리 읽혀졌고 여러 속서들까지 사랑받았던 상황을 감안한다면, 《홍루몽》 연구는 단지 중국의 문학 혹은 문화를 위한 연구가 아니라 우리의 문학 혹은 문화의 기저를 파악하는 문제와 직결될 수 있다. 《홍루몽》은 분명 하나의 문학작품에서 그치는 것이 아니라 문화적 유산으로 다루어져야 한다. 이러한 전통문화에 대한 관심과 연구는 인문학뿐 아니라 여러 인접 학문분야에 풍부한 학적 토대를 제공해줄 것이다. 입체적이면서 다각도의 방법론으로 《홍루몽》에 접근한다면, 이는 궁극적으로 동아시아 전통문화의 저변에 흐르고 있는 사유의 원형을 알 수 있는 계기가 될 것이고, 이를 통한 다양한 문화콘텐츠의 발굴은 《홍루몽》 연구, 나아가 중국학과 인문학 연구에 새로운 방법론을 제시하게 될 것이다.

홍루몽 인물 관계도

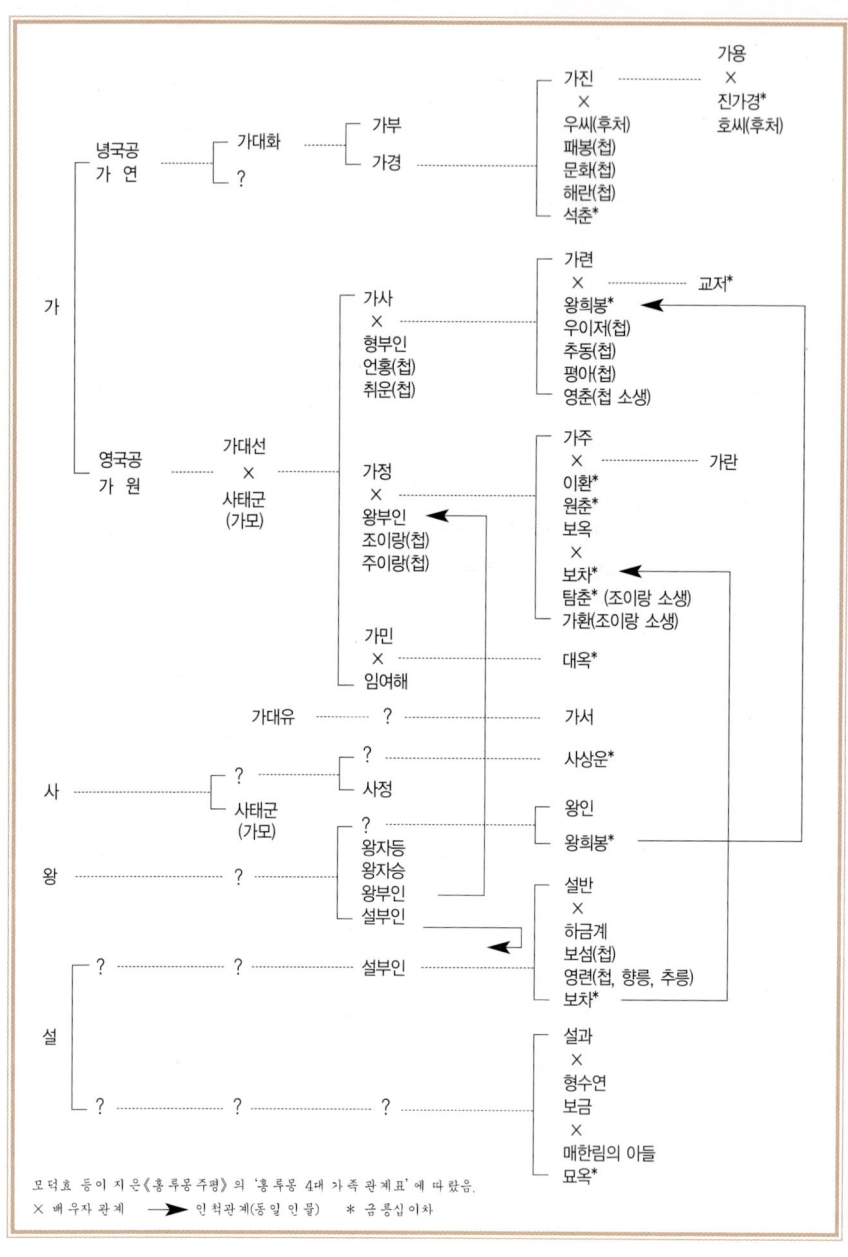

모덕효 등이 지은 《홍루몽주평》 의 '홍루몽 4대 가족 관계표' 에 따랐음.

× 배우자 관계　　⟶ 인척관계(동일 인물)　　＊ 금릉십이차

대관원의 구조

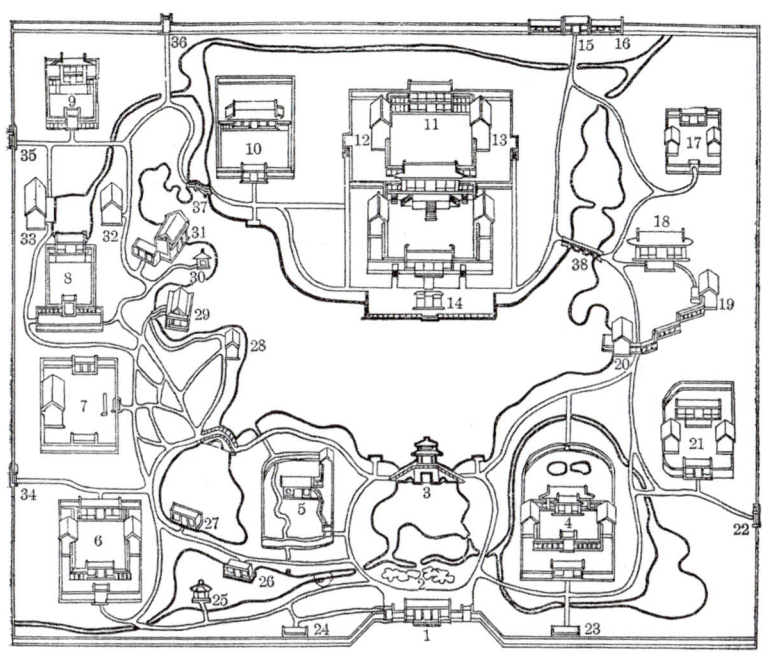

1 대문 2 곡경통유 3 심방정 4 이홍원 5 소상관 6 추상재 7 도향촌 8 난향오 9 자릉주
10 형무원 11 대관루 12 함방각 13 철금루 14 성친별서방 15 후문 16 주방 17 절 18 가음당 19 철벽당
20 요정관 21 농취암 22 각문 23 적취정 24 유엽저 25 행엽저 26 노설암 29 우향사 30 모란정
31 파초오 32 홍향포 33 유음당 34 각문 38 심방갑교

* 양내제(楊乃濟)의 대관원 모형도(《홍루몽연구집간》제3집, 상해고적출판사, 1980)를 따랐음.

후기

2006년이 저물어가는 12월의 어느 날, 오랜 시간을 함께 하며 《홍루몽》 완역에 참여하였던 몇몇 주역들이 모여 책을 출판하기 전 마무리 작업을 어떻게 할 것인지에 대해 회의를 하였다. 외국 문학을 한국어로 번역하는 작업 자체가 그리 녹록치 않은 일인데 더구나 《홍루몽》처럼 방대하면서 섬세한 작품을 번역하는 것이 얼마나 어려운 일인가라는 사실에 새삼 힘들어하고 있었다. 아무리 적절한 어휘를 잘 사용하고 각주를 제대로 달아서 설명을 한다고 하더라도 《홍루몽》의 진면목을 전달하지 못할지도 모른다는 걱정이 앞서기 시작하였다. 그러던 중 그 미진한 부분을 번역문이 아닌 다른 형식을 통해 표현해야 한다는 의견들이 제기되었고, 급기야 《홍루몽》 번역본 외에 따로 독립된 책을 기획하여 《홍루몽》을 독자들에게 널리 알릴 수 있는 기회를 만들어야겠다는 결론을 내렸다.

그때부터 누가 뭐라고 할 것 없이 서로 분주하게 움직이기 시작하였다. 어떤 부분을 소개하고 설명할 것인가, 어떤 자료들을 보충해야할 것인가에 대해 늘 같이 고민하면서 발 빠르게 작업을 진행해나갔다. 분명 번거롭고 힘든 과정이기는 하였지만 그래도 함께 《홍루몽》을 공부하면서 문제의식을 공유할 수 있는 그 시간들이 너무도 행복하였다. 물론 이 과정에서 도와주신 분들이 적지 않다. 이지은 박사를 비롯하여 세심한 작업까지 도와준 서사문학 연구회의 조현주, 노선아, 신주희, 이설연, 이영화 동학들에게 감사드린다. 또한 당초 기획에 없었던 이 책의 출판을 흔쾌히 허락하신 나남출판의 조상호 사장님, 편집의 노고를 맡아주신 방순영 부장, 윤인영 선생께 감사드리며 이 책이 나오기까지 고생해주신 모든 분들의 노고에 다시 한 번 고마운 마음을 전한다.

최용철 · 고민희 · 김지선

저자
약력

최용철崔溶澈 choe0419@korea.ac.kr
고려대학교 중어중문학과 교수. 고려대 중문과를 졸업하고 국립타이완(臺灣)
대학에서《홍루몽》연구로 석·박사학위를 취득했다. 중국고전소설과 동아시
아 비교문학 등의 연구에 주력하고 있다. 박사논문 "청대 홍루몽학의 연구"
외에《홍루몽의 전파와 번역》과 "조설근 가세고", "구운기에 나타난 홍루몽의
영향연구" 등의 저서와 논문이 있다.

고민희高旼喜 miniko@hallym.ac.kr
한림대학교 중국학과 교수. 고려대 중문과를 졸업하고 동 대학에서《홍루몽》
연구로 석·박사학위를 취득했으며,《홍루몽》의 사상성 및《홍루몽》연구사
등에 관심을 기울이고 있다. 박사논문 "홍루몽의 현실비판적 의의 연구" 외에
"홍루몽에 나타난 휴머니즘 연구", "중국 신문학운동 초기의 홍루몽평가에 관
한 고찰" 등의 논문이 있다.

김지선金芝鮮 laken68@hanmail.net
이화여대 중문과 강의전담교수. 이화여대 중문과를 졸업하고 동 대학원에서
석사학위를, 고려대에서 "위진남북조 지괴의 서사성 연구"로 박사학위를 취
득했다. 최근에는 문학과 문화의 상관성에 주목하며 홍루 문화에 관심을 기울
여 "대관원의 만찬─홍루몽에 나타난 중국의 음식문화", "홍루몽에 구현된
후각기법과 그 미학" 등의 논문이 있다.